거문고 타는 소리를 듣다

聽彈琴

맑고 고운 일곱 줄의 저 거문고
차가운 송풍곡 고요히 듣는다
옛 가락 스스로 좋아하지만
지금 사람들은 대개 연주하지 않는다

冷冷七弦上
靜聽松風寒
古調雖自愛
今人多不彈

십삼월무

십삼월무 1

참마도 新무협 판타지 소설

초판 1쇄 찍은 날 § 2005년 9월 26일
초판 1쇄 펴낸 날 § 2005년 10월 6일

지은이 § 참마도
펴낸이 § 서경석

편집장 § 문혜영
편집책임 § 김민정
편집 § 장상수 · 이재권 · 유경화

펴낸곳 § 도서출판 청어람
등록번호 § 제1081-1-89호
등록일자 § 1999. 5. 31
어람번호 § 제2-0707호

주소 § 경기도 부천시 원미구 심곡1동 350-1 남성B/D 3F (우) 420-011
전화 § 032-656-4452 팩스 § 032-656-4453
http://www.chungeoram.com
E-mail § eoram99@chollian.net

ⓒ 참마도, 2005

ISBN 89-5831-751-5 04810
ISBN 89-5831-750-7 (세트)

도서출판

참마도 新무협 판타지 소설
Fantastic Oriental Heroes

청어람

삼십삼월무

十三月舞

1

목차

작가의 말　　　　　　　　　　　　　6

序　　　　　　　　　　　　　　　　9

제1장　망일곡의 인연　　　　　　23

제2장　드리워진 암운　　　　　　55

제3장　인연의 끝　　　　　　　　83

제4장　생과 사　　　　　　　　　129

제5장　다시 시작된 인연들　　　163

제6장　백면호리 이두경(1)　　　193

제7장　백면호리 이두경(2)　　　223

제8장　동정호로 가는 길　　　　253

제9장　구소산의 혈투　　　　　287

쌀쌀한 바람이 아침저녁으로 불어옵니다. 이 더운 여름날이 언제 가려나 하고 얼굴을 찡그린 게 엊그제 같은데 어느새 저도 모르게 가을이라는 선선한 계절이 다가온 것 같습니다.

항상 꿈을 그리고 그 꿈을 쉽게 표현하려 노력하지만 특히 사람의 이야기를 그려내고 싶었습니다. 이렇듯 자신도 알 수 없는 사이에 주위의 것들이 바뀌어가면서 또한 같이 변해가는 사람의 이야기를 표현하려 하였습니다.

이 글의 주인공 역시 마찬가지입니다. 항상 변하는 환경 속에서 자신의 뜻을 이루려 하는 사람의 이야기를 표현하려 하였습니다. 그리고 그 속에서도 흔들리지 않는 자신을 지키려 하는 노력들을 글로 표현하려 노력했습니다.

흔히들 우리가 세상을 혼재된 가치관의 세계라 말합니다. 완전한 선도, 혹은 완전한 악도 없는 세상 속에서 결국 모든 판단은 자신의 몫이라고 말하는 것처럼 제가 표현하는 세상 역시 그런 혼재된 가치관을 표현하려 합니다.

글을 쓴다는 것은 힘든 일이지만 그만큼 즐거운 일이기도 합니다. 그래서 스스로 글을 쓰면서도 조금씩 웃곤 합니다. 제가 가진 이러한 느낌들을 이 글을 읽는 여러분 모두가 느끼셨으면 하는 바람을 가져봅니다.

혼탁한 세상은 비단 책 속에 쓰여진 상상 속의 공간에서만 존재하는 것은 아니라고 생각합니다. 눈을 돌리면 볼 수 있는 우리가 사는 세상, 그곳 역시 상상 속에서나 나올 법한 혼탁함을 지니고 있습니다.

사람의 마음속에 강호가 있듯, 우리가 보는 세상도 하나의 강호라 표현할 수 있을 것입니다. 그 강호에 살아가는 모든 분께 조금이나마 세상을 잊고 편안함을 느끼실 수 있도록 되었다면 전 그것으로 만족합니다.

끝으로 언제나 제게 힘을 주는 저희 가족들에게 감사를 전하며 이제 이야기를 시작하려 합니다. 이 글을 읽으시는 모든 분들의 건승을 기원합니다.

참마도 올림.

카칵.

붉게 물든 두 개의 검날, 회백색의 대리석에 박힌 두개의 검날은 한껏 떨리고 있었다.

검을 타고 흐르는 피는 다름 아닌 검을 쥔 자의 피. 그러나 만신창이가 된 그의 몸과는 달리 두 눈만은 핏빛 혈광과 정광이 형형하게 빛나고 있었다.

그의 앞에는 복면을 한 정체불명의 무인들이 있었다. 검은 야행복으로 통일된 그들의 손에는 각양각색의 병기가 들려 있었지만 모두 붉은 피에 흠뻑 젖어 있었다.

"과연 서현(徐泫). 사람들이 그대를 일컬어 천무대장군(天武大將軍)이라 칭하는 이유를 알겠네."

무인들의 살풍경한 모습과는 달리 어울리지 않는 여유 가득한 목소리가 들려왔다. 쌍검을 대리석에 박은 사내, 서현이라 불린 그는 살짝 어깨를 떨며 손아귀에 힘을 주었다. 그의 고개가 살짝 들린다.

입가에 미소를 짓고 있는 사내가 보였다. 호화로운 관복을 입고 혹의 인들의 건너편에서 언뜻 보이는 그를 향해 서현은 눈을 좁혔다. 그 사람은 서현도 너무나 잘 아는 사람이었다.

"역시 자네였나? 이해할 수가 없구나. 대체 나에게 왜 이러는가?"

담담한 음성으로 이야기하지만 서현의 목소리에는 은근한 노기가 묻어 있었다. 조금의 힘만 더 있었어도 바로 송완에게 덤벼들고 싶었지만 그건 상상 속에서나 가능했다.

남을 꺼꾸러뜨리는 데 필요한 머리와 이를 가능하게 하는 세 치 혀. 그것이 이자가 가진 무기였다. 송완(松完)이라는 이름을 가진 자.

추밀원(樞密院) 밀정사(密偵仕) 송완(松完), 그것이 바로 이자를 부르는 긴 이름이었다. 당금 천하의 보이지 않는 실세라 해도 과언이 아닌 것이다.

"자네도 잘 알면서 왜 그러나? 시대가 변했음을 탓하게."

"허허허, 시대가 변했다라……."

서현은 건조한 웃음을 흘렸다. 이미 아수라장으로 변해 버린 집 안의 곳곳을 보면서 그는 끓어오르는 노화를 참을 수 없었다.

그의 아들, 며느리는 물론이고, 집 안의 모든 사람이 이미 죽었다. 일하던 사람 모두 단 한 사람도 살아남은 사람은 없었다. 그들이 흘린 피로 하얗던 대리석 바닥이 모두 붉게 변해 버려 이젠 별로 하얀 곳도 보이지 않을 정도였다.

서현은 허리를 펴면서 상체를 곧추세웠다. 그리고는 송완을 향해 입을 열었다.

"그럼 자네는 어떤가? …시대가 변하면 친구도 변하는 것인가?"

"……."

서현의 목소리에 송완은 할 말을 잊은 듯 입을 꽉 닫았다. 자신이 얼마나 말을 잘하든지 간에 지금은 입이 열 개라도 할 말이 없는 상황이었다.

조용히 은거한 개국공신의 집에 쳐들어와 모든 사람들을 죽이고 그 흔적조차 지워 버리려 하고 있었다. 그것도 관군이 아니라 무림인을 데리고 말이다.

"뭐라 불러도 할 말이 없다네. 자네 좋을 대로 생각하게나."

대답을 회피하듯 그는 얼버무렸다. 솔직히 더 이상 할 말도 없었고 일순 친구라 불렀던 사람에 대해 미안한 감정이 새삼 솟아올랐던 것이다.

"내 좋을 대로 생각이라… 그럼 그렇게 하지. 자, 가져가게나."

툭.

서현은 품속에 손을 넣어 뭔가를 꺼냈다. 그리곤 송완의 발치 앞에 던졌다.

도로로로…… 탁…….

송완은 오른발을 살짝 들어 굴러오는 물체를 슬며시 밟았다. 지그시 밑을 내려다보던 그의 입술이 열렸다.

"…이게 뭔가?"

"자네가 나에게 노리는 것은 이것 외엔 없지 않은가? 내 생각이 틀렸나?"

발치 앞에 널브러진 작은 두루마리를 보면서 송완은 눈을 반짝였다. 말과는 달리 그는 서현의 말처럼 그것에 관심있는 것이 분명했다.

한데 그 책자에 관심을 보이는 사람은 송완뿐만이 아니었다. 그가 데리고 온 무림인들 역시 눈빛이 유난히 반짝이고 있었다. 송완은 그런 사람들의 시선을 느끼며 허리를 굽혀 서현이 던진 두루마리를 집어 올렸다.

그의 눈길이 손 안으로 향했다. 비록 피에 흥건히 젖어 있지만 겉면에 쓰여진 네 글자가 확연히 눈에 들어오고 있었다.

영뇌검보(影雷劍譜). 흔히들 전중뇌검식(戰中雷劍式)이라 부르는 서현의 쌍검술이 적힌 무공서였다. 오늘날 서현의 명성을 있게 해준 원동력이 바로 이 검보였다.

서현의 무공은 가전무공이기는 하나 그 위력은 너무도 대단했다. 전장에서 스스로 익힌 것을 체계적으로 설립한 것이나 아쉽게도 그의 대에는 전해지지 않았다. 그의 아들은 무가 아니라 문을 택했던 것이다.

하지만 수많은 전장에서 그가 쌓아 올린 무훈은 무림인들조차 그를 경외의 대상으로 만들어놓았다. 여기 이 무림인들이 눈을 빛내는 이유가 있는 것이다.

"왜 이걸 내게 보여주는가? 이것이야말로 자네의 목숨을 살릴 수 있는 구명줄일 텐데?"

송완은 의심 어린 눈초리를 하며 서현에게 입을 열었다. 서현은 잠시 그의 눈을 바라보다 다시금 말을 이었다.

"나보다도 다른 사람을 살리기 위해서일세. 이 아이만은 살려줄 수 없겠는가?"

"……."

살짝 비켜선 서현의 등 뒤로 한 아이의 신형이 보였다. 마치 죽은 듯이 아무런 미동도 없이 침상 위에 누워 있는 아이였다. 서현의 손자, 서연우란 아이였다.

송완의 눈이 찌푸려졌다. 애초에 싹은 잘라야 되는 법이니 살려둔다는 것은 말이 되질 않았다. 게다가 이미 마음속에서부터 절대 저 아이를 살려둘 수 없다고 생각하고 있지만 지금 이 순간은 그의 생각대로 하기가 쉽지 않을 듯했다.

여기 자신이 데려온 무림인들의 눈이 탐욕으로 빛나는 것이 보였던 것이다. 쉽게 결정하지 못하는 그의 귓가에 다시금 서현의 목소리가 들렸다.

"이쯤에서 나의 목숨을 주겠네. 나에게 어떤 죄명이 씌워지는지 모르나 그건 중요한 것이 아니네. 내가 미쳐서 사람들을 죽이고 스스로 죽었다고 소문낼 수 있도록 내 스스로 목숨을 끊겠네. 만족하는가?"

"자네… 진심인가?"

송완조차도 서현의 이런 반응은 미처 생각하지 못했는지 눈만 동그랗게 뜰 뿐이었다. 하나 서현의 표정은 진지했다.

"이 상황에서 내가 농담을 할 수 있겠나? 이제 자네가 내 부탁을 들어줄 것이라 믿어도 되겠는가?"

"…으음."

이마에 내 천 자를 그리며 송완은 인상을 구겼다. 이 결정이 과연 옳은 것인지는 모르나 받아들일 수밖에 없음을 이미 알고 있었다. 사실 이후의 대책이 별로 없었던 것이다.

서현의 말처럼 뒷수습을 한다면 그건 정말 좋았다. 아무래도 이 일에서 자신이 드러나는 일은 없어야 하겠기에…….

"침묵은 긍정을 의미하지. 계약은 이루어진 것으로 알겠네…….."

"……."

서현의 목소리에 송완은 양 볼에 주름이 파이도록 어금니를 꽉 깨물었다. 그의 말처럼 은연중에 수락한 셈이었다. 서현은 대리석 바닥에 꽂아 두었던 쌍검을 뽑아 올리며 입을 열었다.

"부디 그 약속을 잊지 말아주게. 흡!"

파아아앗.

서현의 몸에서 피분수가 쏟아졌다. 그동안 혈도로 눌러놓았던 상처들을 모두 열어놓은 채 그는 양손을 가슴께로 끌어 올렸다. 그리고는 양손의 검을 움직여 자신의 가슴에 깊숙하게 박았다.

푸우웃.

붉은 선혈이 허공에 뿌려지며 통나무가 쓰러지듯 그는 넘어졌다. 차가운 대리석 바닥에 몸을 누이는 그의 모습은 과거 그를 일컬었던 천무대장군이라는 이름에 걸맞지 않는 초라한 최후였다.

"……."

천무대장군이자 자신의 친구였던 서현의 죽음을 살펴보던 송완은 눈을 돌렸다. 그리고는 수혈을 짚여 자고 있는 듯한 아이의 얼굴을 보며 그는 갈등하기 시작했다.

약속은 했지만 언젠가 이 일이 외부에 알려질지도 모르는 일이었다. 그러니 이 자리에서 아이마저 죽이는 것이 옳겠지만 약속한 것이 있어서인지 차마 그럴 수가 없었다.

하나 그래도 아이를 이렇게 둘 수는 없었다. 서현에게는 미안하지만 도저히 그의 말을 들어줄 수는 없었다.

스릉.

그는 소매춤에서 작은 단도를 꺼냈다. 그리고는 아이의 목을 향해 내려치려 할 때였다.

"약속을 했으면 지켜야 할 것이외다. 더 이상 날 부끄럽게 만들지 마시오."

삭막한 음성이 옆에서 들려왔다. 어느새 한 복면인이 다가와 검을 번뜩이며 자신을 바라보고 있었다. 자신이 데려온 무림인들 중 한 명이었다.

"당신 역시 이 사실이 외부에 알려지면 좋을 것이 없을 것이오. 그래도 날 말리겠소?"

"난 지금 이곳에 온 것을 후회하는 사람이외다. 이대로 끝난다면 물론 입을 다물어야 하겠지만 이 아이에게마저 손을 댄다면 조용히 처리하는 것 자체가 힘들 것이오. 나부터 죽여야 할 터이니!"

차가운 복면인의 목소리에 송완은 눈을 험악하게 떴다. 하나 이내 그 눈은 사라지고 다시금 여유로운 얼굴로 돌아왔다.

"허허, 알겠소이다. 사실 나도 그리 좋아서 하는 일이 아니니. 그럼 일을 이 정도로 정리를 하겠소. 이 아이는 세외의 망일곡으로 보내고 말이오. 어떻소?"

"……."

복면인이 조용히 고개를 끄덕이자 송완은 웃으며 신형을 돌렸다. 천천히 나가다 한 복면인 앞에 서더니 불쑥 손을 내밀었다.

검보. 그것을 통째로 내어주고 있었다. 그의 행동에 사람들은 조금 놀란 듯 반응이 없었다.

"내겐 필요없는 것이외다. 이 일에 대한 보수 중의 하나라 생각하고 가져가시오."

한 복면인에게 검보를 넘긴 후 그는 사라져 갔다. 마치 아무 일도 없었던 것처럼 말이다.

갑자기 검보를 얻은 사람들은 멍한 기분이 되었다. 이걸 바라고 이 일에 동참한 것은 맞으나 너무 쉽게 얻었다는 생각이 든 것인데 그래서인지 서로가 눈치만 볼 때였다.

"우리도 그만 가봅시다. 아직 할 일은 너무나도 많소이다."

검보를 받은 복면인이 굵은 목소리를 내더니 바로 신형을 돌렸고 그러자 다른 복면인들 모두 그를 따라 움직였다. 아이의 앞에 서 있던 한 사람만 빼고 말이다.

"하아……."

잠시 아이를 보면서 한숨을 짓다 이윽고 그자도 움직이기 시작했다. 피로 물든 풍경 속에서 살아 있는 것이라고는 아이뿐이었다.

“사숙님, 꼭 떠나셔야겠습니까?”

“허, 자네들이 여긴 또 왜 나왔는가? 이 늙은이보다는 앞으로 세상을 짊어지게 될 아이들을 신경 써야지.”

하늘에 떠 있는 밝은 달 아래 몇몇의 사람들이 모여 있었다. 어린아이도 있고, 장년인도 있었고, 나이 지긋한 노인도 한 명 있었는데 높다란 산중턱에서 그들은 그렇게 말을 주고받았다.

“장문인께서 악의가 있어 그런 것은 아니지 않습니까? 다 저희 무당을 위해 결정하신 일이 아닙니까?”

“허허허, 누가 그걸 몰라서 그런가? 난 그냥 내 의견을 말한 것뿐이네. 그리고 내 말에 대한 책임을 진 것뿐니 더 이상 거론하지 말게나.”

“……”

단호한 노인의 목소리에 중년인은 그저 말없이 한숨만 내쉬었다. 이미 노인의 결심은 완전히 굳어져 있었다.

"이 연헌자(延憲子), 그렇게 주책없이 나이 먹은 사람이 아니네. 내가 떠나는 것만이 최선이기에 행하는 일일세. 양우(揚優)와 인성(仁成), 자네들이 나와준 것은 고마우나 바람이 차네. 더욱이 어린것들도 있으니 어서 들어가게나."

"하나, 사숙님……."

양우는 입을 열려다 다시 꾹 다물었다. 뭐라고 말해도 연헌자의 결심은 흔들리지 않을 것이 분명했고, 게다가 연헌자의 머리는 이미 좌우로 작게 흔들리고 있었다. 더 이상 말 꺼내지 말라는 뜻이었다.

그는 문득 고개를 살짝 아래로 내려 작은 미소를 지어 보였는데 그곳에는 세 아이가 있었다. 이제 일곱 살이나 됨직한 작고 귀여운 아이들이었다.

"흠, 이 아이들이 요즘 본 파에서 신경 쓰는 아이들인가? 허허허, 총기가 남달라 보이는구나. 역시 자네들이 힘쓴 티가 역력하이."

"송구스럽습니다. 세검원의 아이들 중에서도 제일 출중한 아이들로 일부러 데려왔습니다. 무당파 최초의 음유내력을 수련하신 분을 알려주고 싶었습니다."

"그것이 무슨 자랑이라도 된다는 것인가? 실패한 무공이거늘."

조금은 쓸쓸한 미소를 지으며 연헌자는 입을 열었지만 이내 표정을 밝게 만들고는 아이들을 다시 바라보았다. 그러자 여태껏 조용히 있던 인성의 목소리가 들려왔다.

"각기 환안(奐安)과 곤사문(坤士文), 그리고 은옥당(溫玉儻)이라 합니다. 향후 무당의 기둥이 될 아이들이지요. 뭣들 하느냐! 어서 인사드리거라."

세검원은 무당에 입산하게 될 아이들을 미리 교육시키는 곳이었고, 양우와 인성은 바로 그곳의 책임자였다. 각기 문과 무를 책임지고 교육시키고 있었던 것이다.

특히 무를 책임진 인성의 성격은 대쪽 같으면서도 엄했던지라 세 아이들은 당장 허리를 깊숙이 숙였다. 어리지만 전혀 치기 어린 모습도 없는 것이 인성의 교육 성향을 한눈에 알 수 있게 했다.

"허허허, 그래그래. 녀석들, 정말 또랑하게 생겼구나. 훌륭한 무당의 기둥이 되겠어. 응?"

한참 덕담을 늘어놓던 연헌자는 눈을 살짝 크게 떴다. 그중 한 아이가 불쑥 앞으로 나왔던 것인데 아이는 자신의 작은 목검을 내밀고 있었다.

"이게 무엇이냐?"

조금 황당한 듯한 기분에 연헌자가 되묻자 은옥당이라 불렸던 아이는 또랑한 음성으로 대답했다.

"저는 지금까지 무당에서 누군가 떠난 것을 보지 못했습니다."

"……"

"반드시 돌아와 주십시오. 이건 그 징표입니다. 돌아오셔서 절 주세요. 기꺼운 마음으로 받겠습니다."

"허어……."

연헌자는 정말 놀랐다. 이 어린아이의 마음 씀씀이가 보통이 아니었다. 자신이라도 이렇게 말하기는 힘들었을 터였다.

얼마나 손으로 쓰다듬으며 수련했는지 표면이 맨질맨질하게 보일 정도였는데 그러한 검을 준다는 것은 무인에게 있어 필생의 약속이나 마찬가지였다.

너무나 아이답지 않아 소름 끼치기도 했지만 연헌자는 그 마음 씀씀이가 고마웠고 그 아이의 무당에 대한 믿음을 깨기도 싫었다. 그는 선선히 아이의 검을 받아 들였다.

"허허허, 자네들이 아주 작정을 하고 나왔구만."

"아닙니다, 사숙님. 저희들이 어찌… 모두 요 영악한 녀석의 머리에서 나온 것입니다."

빙그레 웃으며 양우는 은옥당의 머리를 쓰다듬었고, 그제야 아이는 자신의 자리로 돌아갔다. 연헌자의 입이 열렸다.

"알겠네. 이 아이의 말을 생각해서라도 반드시 돌아오겠네. 그러니 이제 그만 돌아가시게나. 자네들이 먼저 가는 것을 봐야만 하겠네."

"후, 알겠습니다, 사숙님. 배웅조차 허락치 않으시는군요."

양우는 연헌자의 목소리에 작은 한숨을 쉬었다. 아무래도 장문인과의 일이 계속 마음에 남아 있는 것 같았고, 그 앙금은 꽤나 오래갈 것만 같았다.

"그럼 부디 건강하시고 반드시 돌아오시길 천존께 빌겠습니다. 무량수불."

"다시 뵙길 기원합니다."

양우와 인성은 허리를 한 번 깊숙이 숙이고는 아이들을 데리고 산허리로 움직이기 시작했다. 연헌자는 그저 멀어져 가는 사람들의 모습을 바라볼 뿐이었다.

그런 그들의 모습이 어둠 속에 묻혀 완전히 사라졌을 때였다. 문득 연헌자의 입이 다시 열렸다.

"이제 그만 나오셔도 됩니다, 장로님."

"허허, 알고 있었는가?"

허공에 대고 말한 연헌자의 목소리에 어디선가 대답이 들려왔다. 그러더니 한순간 연헌자의 눈앞에 누군가 나타났다.

육 척이 조금 안 되는 키에 호리호리한 외모, 도사복을 정갈하게 입은 나이 많은 도인이었다. 하얀 수염이 너무나 인상적인 그는 연헌자의 사숙이자 무당의 장로를 맡고 있는 양의선인(兩意仙人) 연도(延道)였다.

"조용히 떠남을 용서하여 주십시오. 이 연헌, 무당에 폐가 되기는 싫습니다."

"네 기운을 보아하니 역시 무공 때문이구나. 하긴 우애가 돈독한 너희 네 명이 싸운다는 것 자체가 말이 안 되겠지. 특히 장문 사질과 자네가 가장 친분이 두터우니 더욱더 이해가 안 되었었지."

연도는 고개를 끄덕이며 입을 열었고, 연헌자는 그저 조용히 웃을 뿐이었다. 연도는 다시금 입을 열었다.

"심각하느냐?"

"……."

연도의 말에 연헌자는 웃음으로 대신했다. 그렇게 잠시 말없이 생각하다 다시 입을 열어 대답했다.

"이 연헌… 살날이 얼마 남지 않았습니다. 쓸데없는 일로 사형제들의 심기를 어지럽히기 싫었습니다. 헤아려 주십시오."

"하아, 미안하구나. 내 너에게 못할 짓을 했어. 무량수불."

연도는 자신을 자책하기 시작했다. 그럴 수밖에 없는 것이 연헌자의 음유내력은 자신이 강요한 것이나 마찬가지였다. 사조님의 독특한 무공으로 단 하나밖에 없는 음유의 무공을 보여준 것이 자신이니 말이다.

"아닙니다. 장로님께서는 자책하지 마십시오. 모든 것은 저의 선택, 이렇게 떠나는 것 역시 저의 선택입니다. 오히려 이리 나와주시니 후련합니다. 감사합니다, 장로님."

"……."

연헌자는 평화로운 웃음을 지었다. 정말 그의 표정에서는 후회라고는 손톱만큼도 찾아볼 수가 없었고 그저 담담한 얼굴이었다.

그는 갑자기 하늘로 고개를 들어 달의 위치를 살폈고, 그리고는 고개를 끄덕였다. 조금 있으면 이 어둠이 걷힐 것만 같았던 것이다.

"시간이 꽤 되었군요. 이러다 무당의 사람들이 다 나오기 전에 길을 떠나려 합니다. 부디 강건하시길 바랍니다."

"그래, 알겠다. 자네도 부디 잘 해결되기를 바라겠네."

결국 연도가 해줄 것은 그것뿐이었다. 조용히 길을 비켜주는 것 외에는 할 일이 없었던 것이다.

연도가 비켜나자 연헌자는 조용히 걸음을 옮기다 그의 앞을 스쳐 지나가면서 다시 신형을 멈추곤 입을 열었다.

"요즘 대사형의 생각이 어지럽게 느껴지는 것은 사실입니다. 비록 본 파가 그 역사가 짧아 세간에 업신여김을 당한다 하나 그것은 우리가 노력해 해결할 과제입니다. 전 다른 문파의 도움을 받지 않았으면 합니다."

"……."

"부디 장로님께선 대사형의 행로를 잘 보아주시길 다시금 부탁드리겠습니다."

"알겠네."

연도는 고개를 끄덕이며 대답했다. 하긴 요즘 장문 사질이 좀 이상해 보이기는 했다. 뭔가 다른 문파와 일을 획책하고 있는 듯했는데 그 외에 아무도 무슨 일인지 알지 못했던 것이다.

표면상 연헌자는 그 이유로 무당을 떠나고 있었다. 자신의 무공에 대해 실낱같은 희망을 찾기 위해 떠나는 것도 있지만 자꾸만 장문인인 대사형과 어긋나는 자신의 모습을 보고 떠나기로 결심한 것이다.

"그럼……."

연헌자는 이제 할 말은 다 했다는 듯 다시금 길을 따라 내려가기 시작했다. 연도는 방금 전 연헌자가 사람들을 보낸 것처럼 그 자리에서 사라

져 가는 연헌자를 바라보았다. 회한과 안타까움이 진하게 묻어나는 눈이
었다.

　연헌자의 신형이 어둠 속 깊이 사라지자 연도는 허공으로 시선을 돌렸
다. 그곳에는 연헌자가 바라보았던 둥근달이 떠 있었다. 밝은 주황으로
빛나는 휘영청한 달이…….

　"십삼월무(十三月舞)는… 진정 불가능한 것이란 말인가."

　역시나 안타까움이 짙게 묻어나는 음성을 낸 채 연도는 그렇게 오래도
록 서 있었다.

第一章

망일곡의 인연

자연의 신비는 오묘하다. 모자라면 모자란 대로 곧 채워지게 되고, 과하면 과한 대로 사라진다. 다만 시간이 좀 걸릴 뿐이었다.

그러나 그런 자연 속에서도 불공평한 현상은 존재했다. 거대한 자연 자체로 본다면 정반대의 현상이 일어나는 곳도 있기에 넓게 생각한다면 중심이 맞는 일이지만 그곳에 사는 인간이라면 불공평하다고 생각될 수밖에 없었다.

특히 이곳 망일곡(亡日谷)의 경우에는 그 불공평이 한눈에 확연히 드러나고 있었다. 낮이면 보이는 짙은 운무 때문에 해를 구경하기가 거의 불가능했던 것이다. 밤이면 이상하게 운무가 걷혀 달은 볼 수 있었지만 말이다.

"여기부터가 채굴장입니다. 어두우니 조심하세요, 연 형님."

"허허, 걱정 말고 앞장서시게. 이래 뵈도 무림인인데 이 정도의 어둠도 못 보겠는가? 어서 가게나."

그 망일곡의 중앙에서 나이 지긋한 노인 둘이 서로 말을 건네며 웃고 있었다. 그들은 한 암굴 앞에서 이야기하고 있었는데 이미 주위에는 짙은 운무에 휩싸여 오 장여 앞도 제대로 보이지 않을 정도였다.

"하긴 연 형님이 안 보인다면 말이 안 되겠지요. 그럼 가겠습니다."

"허허허, 그리하시게. 요즘 송 아우가 날 부쩍 애 취급하는 것 같아?"

"핫, 그럴 리가요. 이쪽으로."

송 아우라 불린 노인은 연 형님이란 사람보다는 약간 젊은 사람이었는고 연 형님은 바로 연헌자였다. 무당을 떠난 그가 이곳 망일곡에 와 있는 것이다.

그의 앞에 있는 사람은 송여남이란 사람으로 연헌자가 예전에 강호에 나와 사귄 의제였다. 직업은 대장장이로 무공을 익힌 적은 없었다.

"그나저나 형님도 대단하십니다. 황 곡주를 감쪽같이 속이시다니 다시 봤어요. 그저 같이 일하던 대장장이라고 하면 된다길래 그렇게 말했을 뿐인데 좀 전에 보니 저와 비슷한 실력이시더군요."

"쯧, 사람도 정말 싱겁기는… 그저 내력으로 쇠를 납작하게 만든 것밖에 없네. 자네도 잘 알면서 왜 이러나?"

"하하하, 알지만 정말 신기해서 말입니다. 어쨌든 이곳은 양민이 올 수 없는 곳이니까요."

너털웃음을 지으며 이야기하는 송여남의 말처럼 이곳 망일곡은 아무나 올 수 있는 곳이 아니었다. 모두 다 수인들로 이루어진 노역장이었던 것이다.

이곳은 일단 기주로에서도 한참 밑에 있는 곳으로 송의 국경보다도 더 앞으로 나와 있었다. 솔직히 언제 전쟁이 나 모두 죽는다 해도 이상할 것이 없었는데 다만 이곳의 광산에는 정말 구리가 풍부하게 나왔고 그 질도 상당했던 것이다.

게다가 가끔 양질의 철광맥도 발견되었는데 그 깊이를 얇게 파도 나올 정도로 생산성이 좋았다. 하나 국경을 벗어난 지리적 문제 때문에 광부들은 절대 이곳을 오려 하지 않았다.

항상 이족이 습격할 위험이 있는 데다가 결정적으로 이곳에는 해가 들지 않았다. 그러니 이런 곳에 일하러 올 사람 자체가 없는 것은 너무나 당연한 일이었다.

그러나 송조의 입장에서 본다면 이 광산을 포기할 수가 없었다. 아직까지 국가의 기틀이 완전히 잡히질 않은 데다 재정마저 열악했으니 그냥 두고 볼 수만은 없었던 것이다. 그래서 그 대책으로 논의된 것이 극악한 수인들을 광부로 쓰는 것이었다.

현재 이곳의 수인은 모두 오백여 명으로 아마 그중에서 수인이 아닌 사람은 여기 연헌자와 송여남 정도일 터였다. 물론 이 수인을 지키는 군졸은 근 이천이 넘지만 말이다. 거의 일개 군단이 와 있는 정도였다.

"으음, 과연 일견하기에도 상당한 음기가 느껴지는구나. 한데 그 속에 다른 기운들도 상당하군."

"예? 그게 무슨 말씀입니까, 연 형님?"

뜬금없이 들려오는 연헌자의 목소리에 송여남은 걸음을 늦추며 입을 열었다. 그러자 연헌자는 고개를 살짝 끄덕이며 말을 이었다.

"여기저기 상당한 살기들이 느껴지네. 게다가 무공의 기운까지도… 이곳의 수인들은 모두 일반인이 아니었나?"

조금은 의아한 듯이 연헌자가 물어오자 그제야 송여남은 고개를 끄덕였다. 연헌자의 말을 이해한 것이다.

"예, 형님. 이곳은 관에서 지정한 수인들의 노역장이지만 꼭 중앙에서만 내려 보내는 것은 아닙니다. 지방 관청에서 바로 보내는 경우도 있는데 그럴 땐 대부분 무공을 좀 하는 사람들로, 극악한 자들이 많으니까요."

"음, 그렇구만."

송여남의 대답을 듣고서야 연헌자는 고개를 끄덕였다. 그렇다면 이렇게 잡스러운 내력의 기운과 살기가 가득 찬 이유가 충분했다. 수인들이 내보내는 기운이었던 것입니다.

"여담이지만 이곳은 죽음의 땅으로 일컬어지는 곳입니다. 형님께서 그 음정(蔭井)만 찾으시지 않는다면 이렇게 연통을 넣어 모시는 일도 하지 않았습니다. 벌써 제가 온 게 삼 년째인데 아직도 뒷골이 서늘하니까요."

고개를 좌우로 흔들며 송여남은 입을 열었는데 확실히 이곳에서 아직까지 형기를 다 채우고 나간 사람은 아무도 없었다. 모두 그전에 죽었던 것이다.

"어쨌든 전 연 형님이 이곳에서……."

"아악!"

송여남이 다시 입을 열 때였다. 갑자기 저 앞에서 비명 소리 하나가 들려왔는데 소리가 상당히 뾰족한 것이 아이의 비명 소리인 듯했다.

"아니, 이게 무슨 소리지?"

"글쎄요. 저도 잘 모르겠습니다. 비명 소리 같은데……."

두 사람은 말을 주고받은 후 그대로 동굴 안으로 달려들어 가기 시작했다. 그리고는 눈앞에 펼쳐진 광경에 눈을 휘둥그렇게 떴다.

아이. 한 아이의 시신이 갱도에 있었고, 시신은 머리가 으깨진 듯 피와 뇌수를 같이 흘리고 있었다. 이제 여덟 살 정도나 되었을까? 상당히 어려 보이는 아이였다.

그런 아이의 옆에는 한 사내가 서 있었다. 스물대여섯은 되어 보이는 나이에 꽤나 굵직한 팔을 지닌 것을 보니 나름대로 무공을 익힌 듯한 청년이었다.

문득 청년의 손이 내려진다. 죽은 아이의 목 어림에 걸려 있는 목패를 움켜쥐더니 그대로 잡아채고 있었다.

투툭.

목패를 잡아챈 청년은 주머니로 집어넣고는 등을 돌렸다. 그리고는 아무 일도 없었다는 듯 다시 자신의 곡괭이를 들어 벽면을 찍으려 하고 있었다. 그 가증스러운 모습에 연헌자의 눈썹이 하늘로 솟구쳤다. 자신도 모르게 내력을 일으키며 연헌자는 소리쳤다.

"아니, 이리도 잔인할 수가……."

"형님! 이쪽입니다. 그냥 저리로 가시죠."

"노제?"

"그냥, 그냥 제 말을 따라주십시오. 이따 말씀드리겠습니다."

왠지 굳은 얼굴로 자신의 입을 막는 송여남을 연헌자는 이상하다는 듯이 바라보았지만 의제가 이렇게까지 이야기하는데 더 이상 고집할 수는 없었다. 처참한 아이의 시신을 뒤로한 채 그는 앞서 움직이는 송여남의 뒤를 따랐다.

"여기만 벗어나면 막장의 끝입니다. 그곳이 제가 보여 드리려는 곳이지요."

"……."

송여남의 말에도 연헌자의 대답은 들리지 않았다. 이미 광산 곳곳을 다 구경한 그들이었고, 이제 목적한 곳으로 왔건만 연헌자는 심기가 불편한 듯했다.

아마 좀 전에 봤던 광경, 한 아이를 수인이 무참히 죽인 광경 때문인 듯했는데 그의 마음을 짐작했는지 송여남의 목소리가 들려왔다.

"형님, 이곳에 있는 사람들은 모두 수인입니다. 다 처형당해도 아무런 상관 없는 사람들이 모인 곳이죠. 이들에게 강호의 도의 따위를 기대한다는 것은 무리입니다."

"하나 그렇다고 해서 힘없는 아이가 죽어가는 섯을 보고 있는 것이 과연 사람으로서 할 일인가! 못내 후회되네. 그냥 있었다니."

역시 그 일 때문이었다. 송여남은 쓴웃음을 지으며 다시 입을 열었다.

"형님, 그들 역시 살기 위해 한 일입니다. 아까 그자가 아이의 목에서 뺏은 것은 그냥 목패가 아닙니다. 그것이 있으면 식사를 두 배로 먹을 수 있습니다. 그래서 그렇게 된 것이지요."

"뭣이라?"

연헌자는 눈을 좁혔다. 그렇다면 이곳의 치안 자체가 다 무너진다는 뜻이나 마찬가지인 것이다. 힘있는 자들 몇몇이 점거하면 그뿐이니 말이다.

"무슨 생각을 하시는지 잘 알지만 형님 생각처럼 무법천지는 아닙니다. 언제부터 생긴 것인지는 모르나 이곳은 자연스럽게 생긴 세 개의 세력이 있고, 각 세력마다 할당량이 정해져 있습니다. 그래서 어느 정도 숫자를 맞추어야만 하기에 함부로 사람을 상하게 할 순 없지요. 물론 오늘처럼 새로 들어온 아이들은 다르지만 말입니다."

송여남의 말처럼 이곳에는 세 부류의 세력이 있었다. 각기 적구(赤狗), 혼구(混狗), 흑구(黑狗)라는 세 패로, 우두머리는 딱히 정할 수가 없었다. 힘이 조금이라도 강한 자가 머리가 되는 셈이었다.

이곳의 곡주인 황오란 자는 이 세력을 이용해 채굴을 시켰는데 각 패거리마다 할당량을 정해 이를 달성하지 못하면 그만큼 보급품을 줄였다. 강제로 억압하기보다는 일정한 규율을 스스로 지니기를 원한 것이다.

황오의 이러한 생각은 잘 맞아떨어져서 이젠 수인들 자체적으로 광석을 찾아 제련장으로 보내었고, 황오의 입장에서는 자신의 군사들을 이곳에서 감시하게 할 필요가 없게 되었다. 그래서 수인들 간의 목숨을 건 싸움이 생겨도 지키는 간수 하나 보이지 않는 것이다.

이런 자들이니 이들에게 일을 제대로 할 수 없는 아이는 필요가 없었다. 그래서 그 목에 걸린 수인 번호가 쓰여진 나무판만 남겨둔 채 살려두지 않는 것이었다.

"아무리 그렇다고는 하나 가히 보기 좋지는 않구만. 제아무리 악인이라도 이렇게 아이에게까지 손대는 사람은 별로 보질 못했었네."

"……."

강호의 무인으로 협행을 꿈꾸며 살아왔던 사람이니 어쩌면 당연할지도 몰랐지만 송여남은 그저 쓴웃음만 지었다. 이곳은 강호가 아닌 것이다.

그래도 당장 그게 아니라고 반박할 수는 없었다. 어차피 이곳에서 살기로 결심했으니 차차 변하도록 그가 신경 써야 할 것이었다.

"어쨌든 형님, 다 왔습니다. 바로 이곳이 제가 연락드린 이유지요. 음정이 맞지 않나요?"

"음? 여기인가?"

송여남의 말에 연헌자는 눈을 돌리며 주위를 살펴보기 시작했다. 그곳은 사방 십여 장의 넓은 공간이었고 다른 곳으로 향하는 굴은 더 이상 보이지 않았다. 아마도 이곳을 마지막으로 뚫어놓은 듯했다.

"이 갱도는 이젠 아무도 들어오지 않습니다. 왠지 여기서부터 벽이 보통 단단한 것이 아니라서 아예 다른 쪽으로 새로 뚫었지요. 게다가 저 알 수 없는 물도 솟아오르고 말이지요. 멋도 모르고 마셨다가 여럿 죽었습니다."

"당연한 일일세. 보통 사람은 저 음정을 마시면 큰일이 나지. 확실히 음정이 맞는 것 같구만."

연헌자는 고개를 끄덕이며 앞으로 나가 벽 곳곳을 살펴보기 시작했는데 단단한 동굴 벽을 손가락으로 슬쩍 긁다가 입을 열었다.

"음, 자네는 이 벽이 무슨 광석인 줄 알겠나? 자네라면 알 것 같은데?"

"예? 그 벽이 광석이었나요? 그냥 단단한 곳이 나왔다길래 화강암층이라도 나왔나 했더니……."

광석이라는 말에 대장장이인 송여남이 그냥 있을 턱이 없었다. 그는 손을 들어 벽을 쓰다듬다 눈을 휘둥그렇게 떴다.

"아니! 이건 자철광이 아닙니까!"

"허허허, 그래. 이건 자철광일세. 자철광의 옆에 솟아나는 물이니 이 물은 음정이 맞구만. 극상의 음유지력을 담고 있네. 자네의 눈이 맞았구만."

"그렇습니까? 정말 다행이군요. 게다가 자철광까지 보게 되다니. 헛헛, 형님이나 나나 모두 운이 좋은 날입니다."

두 사람은 허허롭게 웃으며 입을 열었는데 그때였다. 입구 쪽에서 누군가의 인기척이 들려오자 두 사람은 고개를 돌렸다.

나타난 것은 한 명의 어른과 작은 아이, 둘이었는데 두 사람 다 뭔가를 들고 오고 있었다. 연헌자와 송여남은 아무 말 없이 눈을 좁히며 그들을 바라보았다.

터벅. 턱.

그들은 뭔가를 등에 지고 와서는 중앙의 우물가 옆에 던지듯 내려놓았고 그 모습을 본 두 사람의 눈이 굳어졌다. 조금 작은 듯한 그 물체는 모두 아이들의 시신이었던 것이다.

오늘 새로 들어왔다던 다섯 명의 아이. 그중 한 명만이 지금 살아 있고 나머지는 모두 죽은 것이다.

너무 놀라 연헌자는 나설 생각도 하고 있질 못했는데, 그때였다. 그들을 더욱 놀라게 하는 일이 벌어졌다.

빠아악!

"하악!"

소년의 입에서 비명성이 흘러나왔고, 이어 그 작은 신형이 바닥에 널브러졌다. 뒤에 서 있던 청년이 주먹을 들어 인정사정없이 후려친 것이다.

작은 아이의 뒤통수에 단단한 정권을 가격하니 그 결과는 안 봐도 뻔한 셈이었다. 벌써 뇌진탕으로 죽었을 것이 뻔했다.

사내는 조금 멀기는 하나 자신을 바라보는 연헌자와 송여남을 전혀 의식하고 있지 않았는데 너무도 자연스럽게 소년을 향해 손을 뻗었다. 목에 있는 목패를 뺏기 위함이었다.

"이놈이 감히!"

더 이상 참지 못하고 연헌자는 신형을 날렸다. 그리고는 단번에 사내를 쳐내려고 하다가 몸을 멈추었다. 죽은 듯이 넘어져 있던 소년이 손을 움직였던 것이다.

빠아악!

"크아아악!"

비명을 지르며 사내는 한쪽 발을 붙잡고 경중경중 뛰어다녔는데 그의 오른 발등은 이미 피에 물들어 있었다. 연헌자는 바닥에 널브러진 소년에게 눈을 돌렸다.

"쿨럭."

잔기침을 뱉어내며 소년은 신형을 일으키고 있었는데 머리가 어지러운지 신형을 제대로 잡지 못하고 있었다. 연헌자는 소년의 손을 바라보았다.

"……."

돌. 주먹만한 돌을 부여잡고 있는 것으로 보니 돌로 내려친 것 같았다.

생각 외로 강단이 있는 아이였던 것이다.

"이 개사식이 감히!"

이제야 사태를 파악했는지 사내는 두 눈에 살기를 가득 담으며 아이에게 덤벼들었다. 연헌자는 재빨리 손을 내밀어 사내를 제지하려 했으나 너무 멀었다. 사내의 주먹이 그대로 아이의 얼굴에 꽂혀 버렸다.

빠각!

"크아아악!"

섬뜩한 소리와 함께 비명이 굴 내를 휘감았는데 비명은 아이가 아니라 사내의 입에서 토해진 소리였다. 소년이 손을 들어 날아오는 사내의 주먹에 정확히 돌을 들어 막은 것이었다.

언뜻 봐도 이제 일곱 아니면 여덟 살 정도 되어 보이는 소년의 움직임이라고는 믿을 수 없을 정도로 빠른 움직임이었다. 하나 그렇다고 해서 소년이 무사한 것도 아니었다.

첨벙!

커다란 물보라를 그려내며 소년은 음정 안으로 들어갔고, 연헌자는 아차 하는 심정으로 물속만을 바라보고 있었다. 순간의 실수로 아이가 눈앞에서 죽은 것이다.

연헌자는 그저 신기한 것을 보려고 음정을 찾은 것이 아니었다. 음유지력을 수련하는 자신에게 있어 음정은 그의 생명을 연장시켜 줄 수 있는 유일한 것이었다.

점점 음과 양의 조화가 깨져 가는 자신의 몸을 지켜줄 수 있는 것, 그것이 바로 음정이었다. 그 음정의 기운으로 인해 또 다른 가능성을 엿보려 했던 것이다.

음유내력을 수련하던 연헌자가 찾을 정도니 그 응축력을 이루 말할 수가 없을 정도였다. 손을 집어넣어도 우그러질 듯한 압력이니 그 물을 마시거나 한다면 바로 내장이 으스러져 죽을 것이었다.

그러하기에 음정 속에 빠진 소년이 살아날 확률은 거의 없었다. 완전히 으스러져 죽었을 것이었다.

"카아악, 퉤! 이런 쳐 죽일 새끼. 에이, 이게 무슨 꼴이야!"

소년을 빠뜨린 사내의 입에서 걸진 목소리가 흘러나오더니 이어 허리를 굽혔다. 소년의 목에 걸렸던 목패가 땅에 떨어져 있었는데 아마 그것을 주워가려고 하는 모양이었다.

"놔두어라."

사내는 들려오는 낮은 목소리에 주우려다 말고 눈을 살짝 들었다. 그리고는 인상을 벅벅 쓰며 소리쳤다.

"어이, 노인네! 송 영감과 같이 있는 사람이라 봐준다! 쓸데없는 일에 상관하지 말고 저리 비켜! 가뜩이나 기분도 안 좋은데……!"

그는 연헌자의 말을 무시하며 입을 열었고 여전히 손을 뻗어 목패를 잡으려 했다. 한데 그때였다.

쩌어엉!

"비키라고 했다!"

"……!"

사내의 두 눈이 한껏 떠지더니 뒤로 나동그라졌는데 그의 눈은 목패가 있는 곳 부근을 바라보고 있었다.

목패의 바로 아래에는 기묘한 자국이 나 있었다. 다섯 손가락이 선명하게 보이는 그 자국은 분명히 내력의 흔적이었다. 자그마치 단단한 바닥을 반 치나 파고들어 간 것이다.

"형님, 진정하시죠. 부탁드립니다."

"……."

어느새 옆에 다가와 말을 거는 송여남을 보고 연헌자는 그저 입을 꽉

다물 뿐이었다. 생각 같아서는 그냥 죽이고만 싶지만 앞으로 송여남에게
뭔가 해꼬지가 갈 것을 생각한다면 여기서 멈추어야만 했다.

"뭐 하나! 형님께서 당장 사라지라고 하지 않나! 진정 이 자리에서 죽
고 싶은 게야!"

"제길!"

송여남의 고함에 사내는 정신을 차리고는 신형을 돌렸다. 연헌자의 무
공은 죽어도 자신이 이길 상대가 아니라는 것을 깨달았는지 소년의 목패
를 버려두고는 돌아가기 시작했다. 피가 흐르는 발을 절뚝이면서 말이
다.

"하아, 정말 이럴 수가."

"진정하세요, 형님. 인정하기 싫더라도 이곳의 본 모습은 바로 이겁니
다. 앞으로 형님께서 살아가셔야 할 곳이기도 하구요."

송여남의 목소리에 연헌자는 남모르는 한숨을 쉬었다. 비록 자신의 목
숨에 관계된 일이기에 오기는 했으나 앞으로의 일이 암담했다. 이런 상
황을 그저 바라만 봐야 되는 것이니.

"알겠네, 노제. 그만 가세나. 이 음정을 사용하는 일은 내일부터 해
야… 응?"

기분이 상했는지 바로 굴 밖으로 나가려던 연헌자의 신형이 멈춰 섰
다. 그는 귀를 쫑긋거리며 주위를 둘러보고 있었는데 송여남은 이를 이
상하게 보며 말했다.

"아니, 형님, 무슨 일이……!"

철벅.

분명 물장구를 치는 듯한, 누군가 물속에서 허우적대는 소리였다. 작
게 들리지만 틀림없이 들려온 소리에 두 사람은 서로를 바라보다 고개를
돌렸다. 그리고는 동시에 눈을 크게 떴다.

손. 하얀 손 하나가 물 밖에 나와 있었고, 이어 힘겹게 버둥거리고 있었는데 연헌자는 바로 뛰어가 그 손을 붙잡았다. 그리고는 조심스럽게 끌어 올렸다.

촤아아.

그러자 소년의 모습이 드러났는데 두 눈을 꽉 감은 채 연헌자의 손에 잡혀 기진맥진한 모습이었다. 연헌자는 재빨리 소년을 물가에 눕히고는 상태를 살폈다.

“형님, 이 물속에 들어가거나, 아니, 마시기만 해도 큰일나는 것 아니었습니까? 한데 이 아이는 어떻게?”

“나도 그게 이상하네. 분명 이 물은 음정이 맞네. 들이마셨을 테니 오장육부가 다 으스러져야 할 텐데 어찌… 아니!”

아이를 보던 연헌자의 눈이 살짝 커졌다. 아이의 몸이 뭔가 이상한 것을 느낀 것이다. 그때였다. 죽었어야 할 아이가 오히려 눈을 살짝 뜨고 있었다.

“아이야, 내 말이 들리느냐?”

“……”

부드러운 연헌자의 목소리에 아이는 고개를 살짝 끄덕였는데 연헌자는 맥을 짚으며 다시 입을 열었다.

“으음, 어디선가 음유의 내력을 공부한 적이 있었구나. 아이야, 네 이름이 무엇이냐?”

연헌자는 눈을 빛내며 아이에게 온 신경을 쓰기 시작했는데 놀랍게도 아이는 자신과 같은 음유의 내력을 수련하고 있었다. 이제 열 살도 채 안 된 아이가 음유의 내력을 수련했다니 놀랄 일이었다.

음유의 내력은 보통의 양강지력과는 완전히 다른 체계였다. 솔직히 어릴 때부터 이렇게 수련하는 일은 거의 없었고, 성인이 다 되거나 아니면 성인이 된 후에나 수련을 했다. 그 이전에 한다면 음양의 조화가 심각하게 어그러질 수가 있는 것이다.

한데 이 아이에게는 그러한 징후가 보이질 않았다. 오히려 자신보다도 튼실한 음유의 내력을 가지고 있으니 그 정체가 궁금해진 것이다.

"여… 연우……."

"응?"

들릴 듯 말 듯한 목소리가 들려오자 연헌자는 고개를 숙이며 귀를 귀울였는데 아이의 목소리는 한 번 더 들렸다.

"서… 연… 우… 하아……."

작고 또박또박한 목소리로 이름을 이야기한 후 소년은 그대로 의식을 놓았다. 아무리 음유의 내력을 수련했다고는 하지만 아직은 어린 소년이었던 것이다.

"혀, 형님!"

"걱정 말게. 의식을 잃은 것뿐이니. 일단 어서 움직이세! 빨리 이곳에서 벗어나야겠어!"

다급한 목소리로 연헌자가 입을 열자 송여남은 고개를 크게 끄덕이며 바로 신형을 날렸다. 횃불을 모아 앞을 밝히려 한 것이다.

타타탓. 화르르르륵.

송여남이 켠 밝은 불빛의 떨림도 모두 사라지고 주위에는 정적만이 휘돌기 시작했다. 오직 아이가 떨어뜨린 목패만이 덩그렇게 남아 있을 뿐이었다.

2

카랑. 카칵.

어둠침침한 불빛 속에 보이는 것이라고는 거무스름한 형체뿐이었다. 사람들은 무언가를 잡고 내려치는 똑같은 동작을 반복할 뿐이었다.

칵. 파팟.

순간적인 번쩍거림에 사람들의 모습이 보였다. 이십여 명의 사람들이 모두 일 자로 늘어서 곡괭이를 내려치고 있었는데 가끔 돌과 곡괭이가 부딪쳐 밝은 섬광을 내보내야 전경이 보였다.

그렇게 줄지어 늘어선 사람들 사이에 약간 키가 작은 사람이 한 명 있었다. 새하얀 피부에 굵은 땀방울을 주렁주렁 매달고 있는 그는 이젠 열다섯쯤 되어 보이는 소년이었다.

삐익! 삑!

갑자기 여린 뿔피리 소리가 들려오자 사람들의 동작이 모두 멈추었다. 그들은 한쪽에 자신의 도구를 내던지고는 그 자리에 주저앉는 모양새가 아마도 휴식 시간인 듯했다.

소년도 그들처럼 자리에 앉았다. 옆구리에 걸린 작은 호로병을 열어 입에 가져가 물 한 모금을 마시고는 다시 허리춤에 돌렸다. 여기 있는 사람 누구도 말없이 소년과 같은 동작을 하고 있었다.

"독한 새끼. 용케 오늘까지 살아왔구만. 조금만 기다려라. 바로 저승 구경을 시켜줄 테니."

"킬킬, 그래. 네놈 목에 걸린 목걸이나 잘 닦아놔. 곧 우리 것이 될 테니 말이다."

갑작스레 들린 음충맞은 목소리에 소년의 고개가 살짝 돌려진다. 그의 눈 속에 두 사람의 얼굴이 들어오자 소년은 눈을 살짝 빛내었다. 이곳 패거리인 흑구 패거리였다.

이곳에 있는 세 부류의 패거리는 특이하게도 사용하는 무공이 조금 달랐는데 이 흑구는 단검이나 비도류를 잘 사용했다.

물론 모든 사람들이 그런 것은 아니지만 대부분 이전에 사용하던 무공을 버리고 새로 익힐 정도로 괜찮은 무공이었다. 이전부터 그런 무공들이 흑구 패거리 내에 돌고 있었는데 세월이 흐르면서 점점 이를 발전시켜 와 지금은 상당한 몸놀림을 보여주고 있었던 것이다.

게다가 암습을 주로 하기에 그 무서움은 배가되었다. 그러니 이들의 공격은 상당히 주의를 요하는 것인데도 불구하고 소년의 표정은 담담했다. 날카로운 눈매와는 달리 할 테면 해보라는 식이었던 것이다.

"이 썩을 놈이, 눈깔 봐라? 우리가 개발 혼구나 싸대기 적구인 줄 아나. 확 당장 죽여줘!"

소년의 표정이 마음에 들지 않았는지 누군가 또다시 입을 열었는데 그의 말은 다른 패거리를 빗댄 것이었다. 혼구패는 주로 각법을 사용하고 있었고, 적구패는 수법을 위주로 한 무공을 익히고 있었던 것이다.

"이 새끼가 정말! 오냐! 똑바로 봐, 이 새끼야. 내 손에 어떻게 죽게 될……."

파아아앗!

그자는 다시금 입을 열어 소년에게 소리쳤다. 그때였다. 앉아 있던 소년의 고개가 살짝 옆으로 기울여졌고 그러자 그의 귓가를 스치며 뭔가 번쩍였다.

단검, 아주 조잡하게 만든 검이었고, 솔직히 검이라고 할 수도 없었다. 모든 무기들이 금지되어 있으니 만들 수 있는 것이라고는 이렇게 다섯 치도 안 되는 조잡한 단검뿐인 것이다.

그러나 그 정도의 무기면 이 안에서는 충분했다. 일 장이 조금 안 되는 폭을 지닌 이 갱도에서 피할 곳이라곤 없기 때문이었다.

터틱. 우두둑.

"크악!"

그러나 뒤에서 소년에게 단검을 찔러 넣었던 자는 비명을 지르며 나동
그라졌다. 소년은 왼손을 뻗어 그자의 팔목을 잡은 채 자신의 어깨를 지
렛대 삼아 그대로 밑으로 잡아당겼던 것이다.

당연히 팔은 기괴한 모양으로 꺾였고 소년은 그대로 일어서면서 신형
을 돌렸다. 그리고는 허리를 앞으로 숙이며 벽을 향해 그자를 메다꽂았
다.

퍼억!

"컥!"

답답한 신음성이 흘러나오고, 그자는 머리를 벽에 찧으며 바닥으로 미
끄러져 내렸다. 소년은 지체없이 오른손을 들어 그자의 뒷목을 힘껏 밀
었다.

우두둑!

섬뜩한 소리와 함께 그는 목이 꺾여 얼굴로 단단한 석벽을 긁으며 신
형을 무너뜨리는 것을 확인한 소년은 조용히 주위를 둘러보았다.

"……."

질식할 것 같은 침묵이 흘렀고 아무도 소년에게 뭐라 말하는 사람은
없었다. 그저 독기 서린 눈으로 노려보고만 있었던 것이다.

일단 말로 주의를 끌고 뒤에서 친다. 이곳에서 사용되는 아주 전형적
인 수법이지만 제일 잘 먹히는 방법이었다. 소년은 이를 눈치채고 방비
를 한 것이다.

"또 있나? 있으면 지금 하지. 일하다 당하면 기분 드러우니."

"어린 새끼가 입만 살아서!"

나이답지 않은 소년의 목소리에 사람들은 독기 서린 눈으로 바라보았

지만 아무도 덤비는 사람은 없었다. 소년의 실력은 이미 자신들이 상대하기 힘들 정도라는 것을 알고 있는 것이다.

아니, 저 막장 끝 죽음의 물이 나오는 곳에서 살고 있는 연헌자의 무공을 배우고 있기에 사실 건드리기 힘들었다. 처음에야 건드려 거의 죽일 수도 있었지만 시일이 지나고 나이가 들어감에 따라 소년의 실력이 점점 늘어 어떻게 해볼 수 없는 지경에 이른 것이다.

삐익! 삑! 삐이이익!

또다시 뿔피리 소리가 들려오자 소년은 천천히 그들에게서 눈을 거두었다. 그리고는 자신의 곡괭이를 들고 움직이기 시작했는데 사람들 역시 독기 서린 눈만 뜰 뿐 이내 자신들의 도구를 잡고 일하기 시작했다.

콰각콱!

서로가 아무런 말 없이 곡괭이질만 하는 가운데 소년은 온 신경을 집중하고 있었다. 곡괭이질이 아니라 주위에 집중하고 있는 것이다.

다시금 굵은 땀방울을 흘리며 곡괭이를 들어 올리는 소년의 양팔은 가늘게 떨리고 있었다. 아직은 열다섯의 소년, 연헌자에 의해 새로이 호월(好月)이란 이름을 가진 소년에게 모두가 적처럼 느껴지는 이곳에서 긴장하지 않는다면 그게 더 이상한 일이었다.

순간순간 떠오르는 눈동자의 두려운 빛을 떨쳐 내기라도 하듯이 그는 힘껏 곡괭이를 밀어 올렸다. 그리고는 단단한 석벽을 향해 있는 힘껏 내려쳤다.

*　　　*　　　*

콰가가각!

깊숙이 박혔던 곡괭이가 허공으로 쳐들리자 그와 함께 단단한 흙덩이가 허공으로 비산했다. 그 흙덩이가 채 내려오기도 전에 다시금 곡괭이는 땅속에 파묻혔는데 그 속도가 보통 사람보다도 훨씬 빨랐다.

석벽에 박힌 곡괭이는 손잡이까지 온통 철로 되어 있었는데 그 끝에는 굵은 핏줄이 도드라진 두꺼운 팔뚝이 보였다.

그 팔뚝 위로 강건한 이두박근이 보였고, 다시 그 위에 넓은 어깨가 꿈틀거린다. 근육의 움직임 하나하나가 징그러울 정도로 확연히 보이는 청년은 곡괭이질을 반복하고 있었다.

자루까지 철로 되어 있어 꽤나 무거울 텐데도 곡괭이는 마치 장난감처럼 들렸다 내려졌다를 반복하고 있었다. 그때였다. 뿔피리 소리가 길게 들려오며 사람들의 일손이 하나둘씩 멈추기 시작했다.

"카악, 퉤! 니기미, 끝났구만 그래. 어서 가자고."

"그래. 제길, 가서 밥이나 먹고 자야겠어."

잔뜩 투덜대는 목소리들이 옆에서 들려왔고 그와 함께 청년도 일손을 놓았다. 그리고는 바로 뒤로 돌아 어디론가 사라지려 할 때였다.

쉬잇.

"……."

귓가에 들려오는 작은 파공음에 청년의 신형이 멈추어졌다. 그리고는 벼락같이 신형을 돌리며 오른손을 쭈욱 뻗었다.

터턱. 콰아악!

"끄악!"

청년에게 목을 잡힌 자는 가래 끓는 소리를 내며 버둥거렸는데 그의 손에는 번뜩이는 비수 하나가 달려 있었다. 조잡하게 만든 것이 아니라 제대로 만든 훌륭한 무기였다.

청년은 오른손을 뒤로 살짝 젖혔다. 그리고는 그대로 뒤의 석벽을 향해 있는 힘껏 밀어내었다. 순간적으로 목을 잡힌 사내의 두 발이 공중에 떴다.

퍼어어억!

어찌나 강한 힘이던지 단단한 석벽에 그의 머리가 깊숙이 박히자 청년은 뒤로 살짝 물러섰다. 이후 오른발을 들어 올려 그자의 앞가슴을 힘껏 내리찍었다.

우두둑!

가슴뼈와 목에서 기이한 소리가 들려오더니 사내의 신형이 축 처졌다. 그대로 죽은 것이다.

툭.

청년은 사내의 목에 걸린 목패를 잡아 뜯었다. 그리고는 고개를 돌리자 거기에는 일단의 인물들이 있었다. 청년이 사람을 죽이는데도 아무런 표정 변화 없이 보고만 있었던 자들이다.

"과연, 이젠 건들지도 못하겠군. 무서워서 말도 제대로 못 붙이겠어. 자네라면 안 그러겠나, 호월?"

"……."

들려오는 목소리에 사내는 아무 말 없이 바라보고만 있었다. 청년의 이름은 호월, 이젠 스물여덟의 건장한 청년이 된 것이다.

"할 말이 있나?"

낮은 목소리가 호월의 입에서 흘러나오자 말을 붙인 사내의 뒤편에서 작은 움직임이 보였다. 하나 제일 앞에서 말을 붙이던 사내가 손을 들자 이내 잠잠해졌다. 아마도 그가 우두머리인 듯했다.

"다른 것은 아니고, 이따 견우와 뇌강과 함께 연 노야를 찾아뵙겠다고 전해주게. 물론 나 염천도 갈 것이야. 그럼 부탁하네."

자신의 할 말은 다 끝났다는 듯 얼굴 가득 문신을 한 염천이란 인물은 바로 신형을 돌렸다. 그리고는 일행을 이끌고 어둠 저편으로 사라지고 있었다.

염천은 보통 사람이 아니었다. 팔 년 전에 이곳에 들어와 아직도 혹구패를 이끄는 우두머리로 무공도 상당했다. 혼구패의 견우와 적구패의 뇌강과 함께 이곳을 지배하는 세 명 중 한 명이었던 것이다.

그런 자가 연헌자를 본다라… 호월은 내심 살짝 긴장되는 것을 느꼈지만 걱정할 것은 없었다. 비록 연헌자가 병색이 완연한 사람이라 해도 자신과 연헌자, 둘이라면 저들 셋의 공격은 능히 막아낼 수 있었다.

호월은 그렇게 결론지으며 신형을 돌렸다. 한데 그때였다.

"헤헤, 이봐, 호월. 그 목패… 호월은 안 가질 거지?"

"그래. 호월, 넌 이때까지 다 이겨도 목패는 안 가져갔잖아? 이번에도 그럴 거지?"

탐욕이 가득 찬 눈으로 호월의 주위에 몇 사람이 모여들자 호월은 움직이다 말고 그들을 바라보았다. 하나같이 호월이 아니라 그의 손에 들린 목패를 주시하며 누런 이를 드러내고 있었다.

"……"

잠시 그들을 바라보던 호월은 저 뒤편으로 목패를 던졌다. 그러자 순식간에 싸움터가 생겨났다.

"이 개자식들이 안 놔!"

"미친놈, 지랄하네. 놓기는 뭘 놔!"

"이것들이 아래위도 없나… 억!"

여기저기서 모인 사람들이 목패 하나에 목숨을 걸고 있었다. 이러다가는 주인 없는 목패가 더 나올 상황이었지만 호월은 말리지 않았다. 오히려 조용히 돌아서고 있었다.

그가 살고 있는 이 망일곡은… 이런 곳이었다.

　　　　　*　　　　　　*　　　　　　*

　이지러져 보이는 눈앞에는 칠흑 같은 어둠만이 존재하고 있었다. 가끔 보이는 작은 생물들의 움직임이 신기해 보일 정도지만 열두 살 때 이후로 그런 감정조차 모두 없어졌다.

　아니, 오히려 눈앞에 보이는 것보다 보이지 않는 자신의 내면 깊숙한 곳을 돌아보는 것이 즐거운 일이었다. 하루하루 조금씩, 아주 조금씩이지만 자신은 달라지고 있었다. 틀림없었다.

　그 변화를 즐기며 호월은 살고 있었다. 솔직히 그것도 아니라면 살고 싶은 의욕조차 없었으리라. 이 망일곡 내에서 생활은 단순 그 자체였다.

　그저 일과 잠, 그것 외에는 아무것도 없었다. 물론 호월에게는 무공 수련이라는 것이 하나 더 있기는 하지만 말이다.

　이 단순한 생활을 견디지 못해 스스로 목숨을 끊는 사람도 많이 나왔다. 더구나 이곳의 사람들은 한 달에 한 번만 굴 밖으로 나갈 수 있었기에 항상 음습한 이 갱도에서 살아야 했다. 죽어도 굴속에 버려지니 나갈 확률 자체가 없는 것이다.

　게다가 언제나 음습한 이 갱도는 자살을 더욱 부추기는 역할을 하는 것이나 마찬가지, 이에 오백여 명의 정원이었던 곡 내의 수인들은 이젠 삼백여 명이 조금 넘어서고 있었다. 물론 새로운 사람들이 충원되었지만 그들 역시 죽거나 혹은 죽은 사람들의 숫자를 막지 못하는 것이다.

　아마도 그건 점점 깊은 갱도를 파고들어 가기에 그런 것이 아닌가 생각되고 있었다. 이곳은 음정이 나올 정도로 음유의 기운이 넘쳐나는 곳이었다. 보통 사람들이 버티지 못하는 것이 당연한 것이다.

　“…….”

묵묵히 생각에 잠겨 있던 호월은 신형을 일으켰다. 눈앞에 불빛의 일렁임이 투영되어 보이자 반사적으로 허리를 펴면서 몸을 일으킨 것이다.

촤아아.

호월은 음정의 물살을 가르며 고개를 내밀자마자 큰 호흡을 들이마셨다. 그의 눈앞에 두 사람의 모습이 보였는데 이곳 망일곡에서 그에게는 어버이와도 같은 존재, 연헌자와 송여남이었다.

"오셨습니까?"

"허허, 그래. 오늘도 심도(心到) 수련을 하고 있구나. 허, 진전이 상당하구나. 이젠 나도 따라가기 힘들겠어."

"……."

연헌자의 말에 호월은 조용히 고개를 숙였고, 송여남은 흐뭇한 미소를 지었다. 이젠 누가 봐도 호월은 헌헌장부였다. 눈보다도 하얀 살결이 조금 문제이긴 하지만 말이다.

"녀석, 그렇게 멍하니 서 있지 말고 나와서 옷이라도 걸쳐라. 몸 좋은 거 지금 자랑하냐?"

"헛헛, 자네, 지금 옛생각나서 그런 겐가?"

"형님도… 아, 소싯적엔 제가 호월이보다 더하면 더했지 덜하지 않았습니다. 나원참, 어디 증명할 사람도 없고. 에잉."

기분 좋은 농을 주고받으며 두 사람은 웃었고 호월은 조용히 물가로 나와 옷을 걸쳤다. 옷이라고 해봐야 겉옷 하나뿐이지만 매무새를 단정히 한 후 호월은 두 사람의 앞에 섰다.

"일단 앉자꾸나, 오늘은 할 말이 꽤 많은 것 같으니……."

"예, 형님. 그게 좋겠군요. 호월이 너도 앉거라."

"……."

호월은 묵묵히 두 사람의 앞에 앉았는데 이곳은 거의 연헌자와 호월의 방이나 마찬가지였다. 연무장도 되면서 한쪽에는 조잡하나마 침상도 있고, 다탁도 하나 있었던 것이다.

"우선 네게 축하를 해야 할 일이 생겼구나. 드디어 자철광의 제련이 끝났다. 이젠 형태를 만들어내는 것만 남았다. 기대하거라."

"호오, 힘들다고 그리 투덜대더니 성공했구만 그래? 역시 자네답네."

"형님도 참 누가 투덜댔다고 합니까? 그냥 궁시렁댄 거죠 뭐."

이젠 오십이 넘어 육십을 바라보는 나이련만 두 사람은 여전히 아이처럼 즐거운 생활을 하고 있었다. 비록 제한적이고 열악한 환경이긴 하나 그 환경 속에서도 나름대로 즐거움을 찾고 있는 것이다.

"하여튼 그래서 네가 부탁한 쌍검은 몇 달 있으면 될 것 같은데… 뭐 하나만 물어보자. 그 쌍검은 네 가전무공을 익히기 위해서냐? 서현 대장군의 무공?"

"……."

송여남의 물음에 호월이 묵묵히 고개를 끄덕이자 연헌자가 빙긋이 웃으며 입을 열었다.

"네 조부이신 서현 대장군의 쌍검술이 대단하셨다는 것은 익히 들어 알고 있다. 한데 그것이 음유의 내력이 바탕이었을 줄은 나도 몰랐구나. 하긴 지금 생각해 보면 음유내력과 쌍검이 가장 조화로운 것임이 당연한 것을……."

연헌자는 입을 열며 묵묵히 생각에 잠겼다. 천무대장군 서현, 어느 날 갑자기 미쳐서 일가를 모두 살해하고 손자 한 명만 살려두었다는 사람이었다. 혹자는 역모에 가담했다가 그게 들통나서 그런 것이라고 하지만 실제 원인은 아무도 모르는 일이었다.

솔직히 호월은 자신이 무슨 죄를 지었는지도 몰랐다. 그저 철이 들 무렵 본 게 광석이었고, 피와 죽음뿐이었다. 게다가 너무 어릴 때 기억이라 떠오르는 것도 없다고 했었다.

아니, 딱 하나 있다면 그건 검무(劍舞)였다. 밝은 달 아래 휘날리던 어느 여름밤의 빛무리… 그것 외에는 더 이상 기억나는 것이 없지만 분명 보기만 하지는 않았을 터였다.

아마도 서현이 무언가를 익히게 했었을 터였다. 혹은 어릴 때 그가 내력으로 혈을 다스려 놓은 것일지도 몰랐다. 그렇지 않으면 이렇게 음유지력을 가진 아이가 있을 수가 없으니 말이다.

"한데 형님, 예전에 형님이 양강지력이 아니라 음유지력을 어린애가 익히면 이상하게 변한다고 하지 않았었나요? 하지만 호월은 아닌 것 같은데?"

불현듯 들려오는 송여남의 목소리에 연헌자는 상념을 접었다. 그리고는 조용히 입을 열었다.

"허허허, 그것이 내가 이 아이의 사부가 될 수 없는 이유일세. 나와 호월이의 내력은 그 위력은 같지만 운용이나 익혀온 방법이 달랐네. 어쩌면 호월이 익힌 방법이 옳은 것 같으이. 내가 잘못 익혔으니 이렇게 죽음을 앞두고 있는 게지."

"형님, 또 그게 무슨 말씀입니까?"

죽음 이야기가 나오자 송여남은 눈썹을 찌푸리며 입을 열었는데 연헌자는 작은 웃음을 지으며 입을 열었다.

"사람이 자연을 이기고자 했으니 어찌 죽음에서 벗어날 수 있겠는가? 내가 자연보다 더 높은 그 무언가가 되려 했다면 호월은 자연 그 자체를 익힌 것이네. 나처럼 몸 안에 음유의 내력을 담는 것이 아니라 주위의 힘을 이용한 것이 호월의 무공이니 훨씬 올바른 길이지. 암, 그렇고말고……."

확신에 가득 찬 음성이 흘러나왔고, 호월과 송여남은 묵묵히 어두운 얼굴을 만들었다. 이미 들어본 이야기지만 들을 때마다 가슴 아픈 이야기였다.

연헌자는 무당의 음유지력을 익혔다. 강호의 대부분 무인들이 강한 힘을 얻기 위해 양강의 내력에 토대를 두고 음유지력은 거의 밑바탕에 약간 깔리는 방법을 택하는 반면 연헌자는 반대의 방법을 썼던 것이다.

음유지력은 특이한 내력이기에 다른 사람과 승부를 겨룰 때 장점도 있겠지만 그에 반하는 좋지 않은 것들이 많았다. 우선 음력을 수련하기 위해 낮과 밤을 바꾼 수련을 해야만 했다.

이 세상 누구든지 해를 보지 않고 살 수는 없었다. 그러니 생활이 엉망이 되는 것은 필수였고, 강호 생활 자체가 불가능했다. 이러한 조건을 포기하면서까지 익히려는 사람은 없었던 것이다.

더구나 연헌자는 어릴 때부터 익힌 것이 아니라 거의 성인이 되어 자신이 익혔던 모든 내력을 버리고 선택했기에, 그 결과 양강지력에 길들여져 있던 연헌자의 몸은 갈수록 망가져 갔다. 처음에는 빠른 성취 속도를 볼 수 있었지만 그건 일순간이었고, 시간이 지나면서 성취보다는 그 부작용이 많이 드러나기 시작했던 것이다.

온몸에 흐르는 기운이 음유의 내력으로 바뀌면서 양강에 길들여졌던 몸 구석구석에 잘못된 징후가 나타났다. 이곳저곳에 마비가 오기 시작하면서 기혈이 역류했던 것이다.

그러나 호월은 달랐다. 그는 다른 무공을 익힌 적도 없었고, 어릴 때부터 익혀왔다. 또한 자신이 내력을 몸 안에 담아둔 채 양강의 내력처럼 키워내는 바람에 이런 일이 생겼다면 호월은 음유의 기운을 몸 바깥에서 받아들여 이를 발출하는 효과를 보였다. 그와는 방법 자체가 달랐던 것이다.

더구나 호월의 내력은 자신의 차가운 음유내력과는 달랐다. 이유는 모르지만 그의 음유지력에는 양강의 기운이 섞여 있었다. 그것이 어떤 역할을 하는지 모르지만 분명 호월에게 커다란 장점인 것 같았다.

그리고 그러한 점 때문에 연헌자는 스스로 호월의 사부라 칭하지 않았다. 대신 친혈육 같은 정으로 숙부라 부르라 한 것인데 망일곡 내에서는 그들 셋을 이미 조손으로 생각하고 있었다. 호월 자신도 그런 대우를 선선히 받아들였고 말이다.

"명심하거라, 호월아. 앞으로 네가 어떤 길을 가게 될지 모르나 절대 한쪽으로 치우친 힘은 키워선 안 된다. 비록 난 짐작에 불과하지만 완벽한 음유지력이라고 해서 양강지력이 방해가 되는 것은 아니란 생각이 든다. 나를 거울 삼아, 그리고 네 안의 것을 본받으며 정진하거라."

"명심하겠습니다, 연 숙부님."

호월의 나직한 목소리를 들으며 연헌자는 고개를 살짝 끄덕였다. 분명 어떤 연관이 있었다. 완벽한 음유지력, 음유의 힘만으로 온몸의 내부를 꽉 채우기 위해 그는 이곳에 왔다.

완벽하게 양강의 흔적을 제거하고 자신의 몸을 음유의 내력으로 변환시키기 위해 온 것인데 결과적으로 실패였다. 이전에 어린 호월의 몸을 본 순간 이미 그는 실패를 직감하고 있었다.

그래서 그는 방향을 바꾸었다. 자신의 몸을 돌보기보다 호월에게 바른 길을 찾아주는 것으로 말이다. 호월을 위해 좀 더 많은 생각을 하고 음유지력에 대해 연구해 보고 싶었지만 현실적으로 불가능했다. 시간이 없었던 것이다.

이제 남은 시간이라고는 고작 육 개월. 호월에게 더 이상 가르쳐 줄 것도 없지만 아쉬운 것은 사실이었다. 비단 무공의 성장이 아니더라도 그의 중원행을 꼭 보고 싶었는데 말이다.

그와 송여남에게 있어 호월은… 정말 친손자나 마찬가지였던 것이다.

"한데, 요즘 이곳의 분위기가 심상치 않다는데 그건 무슨 말인가?"

화제를 돌리기 위함인가? 연헌자가 송여남에게 묻자 송여남도 일굴을 바꾸었다. 칙칙한 이야기는 빨리 그만두는 것이 나은 것이다.

"맞습니다, 형님. 왠지 군사들의 움직임이 분주합니다. 오래된 수인에게 물어봐도 이런 적은 처음이라더군요. 마치 전쟁이라도 준비하는 듯합니다."

"……."

송여남의 말에 호월은 눈을 살짝 좁혔다. 그래서였나? 저들 견우와 뇌강, 염천이 온다고 한 이유가 그것인지도 몰랐다.

"그렇지 않아도 저들 삼구 패거리의 우두머리가 온다고 합니다. 그 일 때문인지는 알 수 없습니다."

"음, 그거야 직접 물어보면 되겠지. 어서들 오시게나."

호월의 말이 끝나자마자 입구 쪽에서 세 사람의 모습이 보였다. 오기로 약속한 견우와 뇌강, 그리고 염천이었다.

"칵, 퉤! 오랜만이우, 연 노야. 적구의 뇌강이오."

"쯧, 그 자식, 말뽄새하고는… 혼구의 견우요."

"흑구의 염천입니다."

세 사람 다 조금 쑥스러운 듯 앞으로 다가오며 입을 열었는데 왠지 염천은 상당히 조심하는 빛을 띠고 있었다. 세상 무서운 줄 모르고 날뛸 줄 알았건만 전혀 다른 반응이었던 것이다.

"자네들이 여긴 웬일인가? 지금쯤 서로 한바탕해야 할 것 아니었나?"

"쯧, 너무 그러지 마쇼, 송 영감. 우리라고 맨날 사람 패라는 법 있소?"

확실히 뇌강의 말은 맞는 말이지만 왠지 그 말에 믿음은 절대로 가지 않았다. 문득 견우의 목소리가 들려왔다.

“단도직입적으로 이야기하겠소.”

그는 얼굴을 굳힌 채 앞으로 살짝 나섰는데 눈으로는 호월을 보고 있었다. 이윽고 그의 입이 열렸다.

“앞으로 호월을 건드리지 않으리다. 그러니 호월, 너도 우리를 건들지 말아라. 오늘 우리가 할 이야기는 이거다.”

“…….”

견우의 목소리에 호월은 눈을 살짝 들어 올렸다. 정면으로 바라보는 그의 눈에는 작은 살기가 피어오르고 있었다.

◆ 第二章 ◆

드리워진 암운

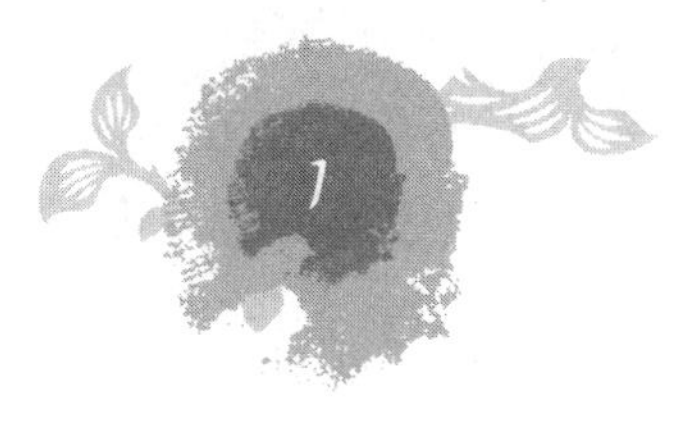

"웃기는구만. 누가 자네들과 한판 하자고 했던가? 다 자네들이 먼저 시작해 일어난 일들 아닌가? 뭘 어떻게 한다고? 자네들이 호월이를 건드리지 않는다면 호월이 왜 먼저 손을 쓰겠나?"

조금 황당하다는 듯 송여남이 입을 열자 이번에는 뇌강의 목소리가 들려왔다.

"장난 아니외다. 우린 지금 다른 일에 신경 쓰기도 벅차오. 그래서 온 것이외다."

왠지 조금 말도 안 되는 것 같지만 이들의 얼굴은 진지했다. 뭔가 있기는 있는 모양이었다.

"허어, 그렇다면 그 이유라도 들어야겠네. 밑도 끝도 없이 갑자기 그러니 뭐라 말하기가 곤란하구만. 말해 보게나. 대관절 무슨 일인가?"

"……."

연헌자의 목소리에 세 사람은 그저 머쓱한 표정을 짓다가 염천이 신형을 주저앉히며 입을 열었다.

"짐작하신 대로 다른 이유 때문입니다. 새로운 적이 나타났지요. 게다가 관군들의 움직임도 이상하구요."

"염천 자네, 설마 그 방산인가 뭔가 하는 자 때문인가? 새로 와서 세를 규합하고 있다는?"

"방산? 그건 또 누군가?"

송여남의 대답에 연헌자는 궁금한 듯 입을 열었는데 염천의 고개가 묵묵히 저어졌다. 역시 새로운 세력이 나타나자 기존 세력이 연합이라도 할 모양이다.

워낙 미친놈들이 많은 이곳이지만 이곳에서도 새로 들어온 이 방산(房山)이란 자는 짝을 찾아볼 수 없을 정도로 미친놈이었다. 적어도 사람들이 알아온 정보를 조합해 보면 대번에 이를 알 수 있었다.

방산이 유명해진 것은 근 오 년 전에 있었던 사건 때문이었다. 그것은 중원에서 기주로를 통해 서장으로 가는 행상들이 반드시 지나야 하는 괴산 부근에서 근 이백 명에 이르는 대상을 습격한 이후였다.

그때 상인들 중 살아남은 사람은 단 한 명, 그자도 얼마 후에 심적인 충격을 견디지 못하고 죽었다. 나머지 사람들은 모두 시신이 으깨진 채 사망한 끔찍한 사건이 일어난 것이다.

그때 관군들이 조사에 나서 단 한 사람의 짓으로 판명이 났다. 모두 동일한 무기에 동일한 수법으로 죽었는데 그 수괴가 바로 방산이었다. 잔인한 데다 사람을 사람처럼 생각하지 않는 놈이었던 것이다.

거대한 몸집에 힘이 장사였고, 거기다 어디서 익혔는지 상당한 무공을 익힌 듯했는데 실제로 보니 소문 이상이었다. 좁은 갱도의 뒤편이 보이지도 않을 정도로 큰 거구였던 것이다.

“설마 자네들이 어찌할 수 없을 정도로 강한 자라는 것인가? 그것참,
이해할 수가 없군. 나름대로 자네들도 이어져 온 무공이 있지 않는가?”

“……..”

송여남의 목소리에 세 사람은 인상을 벅벅 쓰며 고개를 돌렸다. 있기
는 있으나 제대로 익힌 사람이 몇 없었던 것이다.

혼구의 견우는 퇴법을 가지고 있는 사람으로 혼구패의 대부분이 이 퇴
법을 익혔다. 진파랑십삼퇴(嗔波浪十三腿)라는 이름의 무공인데 누가 알
게 된 것인지는 모르나 혼구패에 전해져 내려오는 무공이었다.

거친 풍랑의 연속된 휩쓸림으로 쳐내는 공격인데 보기보다 상당히 매
서운 퇴법으로 대성하면 강한 회오리바람이 신형을 휘감는 듯한 착각마
저 들게 하는 정통무공이었다. 진정 그 연원이 궁금할 정도인 것이다.

적구의 뇌강 역시 이에 못지않는 무공을 하나 연성하고 있었는데 퇴법
을 위주로 하는 견우와는 달리 그들에게는 하나의 수법이 전해지고 있었
다. 이번에는 그 연원이 확실한 무공으로 세심마수(細沁魔手)라는 마교
의 무공이었다. 어떻게 전해졌는지는 정말 의문이었다.

그러나 위의 두 무공은 모두 그 제 모습을 잃은 지 오래였다. 이곳에
서 다듬어지고 필요없는 부분들은 다 쳐내게 되면서 가장 실전적이고 쉬
운 무공만이 남게 되었다. 그런데 그들에 비해 흑구의 염천은 조금 다른
사람이었다.

그는 확실히 무림인이었다. 그것도 어느 정도 무공을 가지고 있는 것
같았는데 그들 사이에 전해져 내려오는 삼환검법(三環劍法)을 익힌 것도
그렇지만 그에게는 특이한 보법이 하나 있었다. 정체는 모르지만 언젠가
그 실체를 본 연헌자가 놀랄 정도로 정교한 보법이었다.

한데 그런 그들이 방산이란 사람 하나를 당하지 못한다니… 왠지 의
심이 가는 일이었다.

"그놈 하나면 이따위로 신경 안 써요! 문제는 이끌던 괴령채의 놈들까지 한꺼번에 이곳으로 온 게 문제지."

"제길, 하나같이 인간 말종들이라 애들이 겁먹으니 원."

견우와 뇌강의 투덜거림에 그제야 송여남은 알 것 같았다. 이미 세력이 있는 자들인 것이다.

상당히 이례적인 일로 사회에서 같은 죄목에 같이 움직인 공범자들이 이곳에 오는 일은 드물었다. 그가 알기로 이런 광산은 곳곳에 있었고, 송의 관료들이 바보가 아닌 이상 이렇게 한곳에 가두지는 않았다.

뭔가 있었다. 이야기를 듣고 보니 확실히 무슨 일인가 진행되고 있는 것이 분명했고, 그래서 그런지 세 사람의 안색이 좋지 않았던 것이다.

"그렇다고 이렇게 부탁까지 하러 오다니… 허허, 정말 생각도 못했던 일이네."

"부탁은 무슨… 우리가 무슨 부탁하는 거 봤소, 송 노인? 거래요, 거래."

"웅? 거래?"

송여남은 다시 눈을 동그랗게 떴다. 견우와 뇌강, 그리고 염천이 품속에서 작은 천 조각들을 꺼냈던 것이다.

"우리가 줄 것이라고 해봤자 별것없소. 그나마 호월이 신경 쓸 만한 것이라고는 이것뿐이지. 어떻소? 이젠 우리의 말대로 하겠소?"

"……."

세 명이 내놓은 것을 보고 솔직히 호월은 조금 놀랐다. 그건 진파랑십삼퇴, 세심마수, 그리고 삼환검법을 적은 것이었다. 무공을 내놓은 것이다.

"자네들 진심인가? 이건 자네들의 전부나 마찬가지 아닌가?"

"그러니 거래하자는 거요. 그럼 거래가 이루어진 걸로 알고… 웃차."

호월과 연헌자, 송여남이 채 말도 하기 전에 견우와 뇌강은 바닥에서 일어서 신형을 돌렸다. 남은 자는 염천뿐이었다.

"젠장, 이 음동(陰洞)에서 대체 어찌 사는지…….."

"그러게. 추워 죽겠구만. 으휴!"

어느새 두 사람이 어깨를 으쓱하며 굴 입구로 사라져 버리자 송여남은 놀란 눈으로 남아 있는 염천에게 물었다.

"자네들 정말 진심인가? 이렇게 되면 자네들에게 득이 되질 않지 않나?"

"훗, 그렇기는 하지만 이 내용은 내일이면 수하들에게 모두 똑같이 복사될 내용입니다. 그간 다른 놈들이 치고 올라오지 못하도록 숨기고 있었는데 적이 생긴 이상 바보같이 굴 수는 없지요. 한 사람이라도 고수가 필요하니…….."

"쯧, 그럼 그렇지. 여우 같은 놈들!"

아마도 견우와 뇌강은 약속했다고 우길 생각인 것 같았다. 이런 사실을 숨기고 말이다. 하나 솔직히 더 이상 호월을 건드리지 않는다는데 송여남이 반대할 이유가 없었다.

"자네는 더 할 말이 있는 것 같구만."

"그렇습니다. 그리고 전 다른 것을 하나 더 드리려 합니다."

염천은 품속을 뒤져 이번에는 제대로 된 소책자 하나를 내놓았는데 그걸 바라보는 연헌자의 눈이 반짝였다.

"자네, 하오문의 사람이었나?"

"역시 알아보시는군요. 그렇습니다. 전 하오문의 사람입니다."

염천이 내민 서책의 겉면에는 무류종환보(霧流從幻步)라 써 있었는데 연헌자는 그 이름을 보자마자 염천의 정체를 짐작했다. 연헌자의 목소리가 다시 들려왔다.

"그렇다면 자네의 이름은 염천이 아니라 양화운(揚火澐)이겠구만."

"설마 그 이름을 아직도 알고 있는 사람이 있을 줄 몰랐군요."

아릿한 눈빛을 하며 염천은 눈을 들어 허공을 바라보았다. 양화운, 잊을 수 없는 이름이었다.

염천은 하오문의 당주였다. 비록 무공이 약하고 천시받는 직업을 가진 사람들이 방도라 해도 그는 단 한 번도 하오문을 부끄럽게 생각한 적이 없었다.

그러나 그 자부심은 그가 스스로 이곳까지 숨어들게 만들었다. 하오문이라는 이유로 무조건 자신을 업신여기는 한 사람을 죽였다. 개봉부에 적을 두고 있던 양지(壤址)표국의 장자였다.

그저 표국의 장자를 죽인 것이라면 염천은 당당하게 죽을 수 있었다. 한데 그 뒤에는 대다수의 표국이 그렇듯 무림 세력을 업고 있었다. 제갈세가(諸葛世家)가 뒤에 있었던 것이다.

더구나 제갈세가는 거대 문파들과 교류가 잦은 세가 중 하나였다. 무공도 무공이지만 유교적 의식이 유난히 강한 그들은 이유를 불문하고 하오문에 원한의 화살을 꽂았다. 그들이 보기에는 사라져야 할 세력이었던 것이다.

그냥 그들의 앞에서 죽을까도 생각해 봤지만 오히려 하오문의 사람들이 말렸다. 특히 문주가 나서서 말렸는데 이 일은 염천이 표적이 아니었다. 하오문 전체가 표적이 되는 것이다.

그래서 그는 도망쳤다. 그렇게 잘났다면 자신을 잡아보라고 세상을 조롱하며 떠났다. 모든 관심을 자신에게 집중시킨 것이다. 그 과정에서 하오문의 가장 중요한 보물인 무류종환보까지 들고 말이다.

"이 무공은… 부족한 제가 들고 있기에는 너무나 아까운 것입니다. 그래서 이곳에 남기려 합니다. 연헌자 어른이 아니면 호월이 익히도록 해 주십시오."

염천은 진지했다. 그의 모습에는 일말의 사심도 없어 보였는데 그때였다. 호월의 음성이 중인들의 귓가에 울려 퍼졌다.

"염천."

"……."

"사실대로 말해. 무슨 일이지?"

"……."

호월의 목소리에 염천은 새삼 그를 달리 바라보고 있었다. 그저 지난날의 어린 호월이 아니었다. 언제 죽을지 몰라 눈을 사방으로 휘돌리던 그가 아닌 것이다.

비록 나이로 따진다면 호월이 한참 아래지만 염천은 그런 것은 신경 쓰지 않았다. 기분 나쁘기는커녕 내심을 알아준 것에 고마움까지 느끼고 있었다.

"후, 실은 난 견우와 뇌강과는 다른 견해를 가지고 있다."

"……."

"문제는 저 방산이 아니야. 관군들, 그들의 움직임이 묘하다. 어쩌면 적은 그들이 될지 몰라. 이 광산은 더 이상 쓸모가 없거든."

"뭐, 뭐라고!"

송여남의 입에서 비명과도 같은 소리가 흘러나왔다. 확실히 요즘 생산량이 줄고 있기는 하지만 설마 폐광시킬 만큼 사정이 안 좋아진 줄 몰랐던 것이다.

"사실이오, 송 노인. 요즘 생산량이 전과는 비교할 수도 없을 만큼 줄었소이다. 구리 제련을 맡고 계시니 잘 아실 것 아니오."

"그래도 이해할 수가 없네. 아무리 줄었다 한들 이곳의 생산량은 아직도 송나라 전체에서도 손꼽히는 지경일세. 폐광이라니……."

송여남은 좀체 수긍을 못했고, 솔직히 그건 호월과 연헌자도 동의하는 바였다. 비록 조금 채광률이 떨어진다고 하나 폐광시킬 정도는 아니었던 것이다.

"하긴 저도 지금 뭐가 뭔지 잘 모르겠습니다. 나름대로 상황 판단이 빠르다고 하는데 지금 상황은 좀처럼 이해가 되질 않는군요."

결국 염천은 고개를 좌우로 저으며 어깨를 으쓱거렸고, 이어 그가 생각하는 상황을 이야기하기 시작했다. 확실히 복잡한 상황이었다.

우선 가장 중요한 것은 얼마 후 이곳에 오기로 예정된 참지정사(參知政事) 왕안석(王安石) 그의 존재였다. 아마도 이곳의 생산량을 본 후 폐할 건지 아닌지를 결정하려 하는 것 같았다. 확실히 광산과 같은 중요한 세원에 대한 결정은 참지정사의 몫이긴 했다.

그러자 그에 따라 다른 세력들의 움직임이 포착되었는데 코앞에 있는 교지군들이었다. 요즘 들어 세가 점점 강대해지는 그들이 묘한 움직임을 보이고 있는 것이다.

더욱이 송나라는 무보다는 문을 숭앙하는 정책을 펴고 있기에 현재 외세의 힘에 대해 상당히 유화적인 정책을 펴고 있었다. 오죽했으면 지금은 안정이 우선이라는 이유를 든 문인들에게 밀려 호월의 조부이자 개국공신인 천무대장군 서현 장군의 석연치 않은 죽음도 시비를 가리지 않고 그냥 덮어두기 바쁘지 않은가?

여기에 공교롭게도 이 망일곡 내 새로운 세력 하나가 통째로 들어섰으니 긴장하지 않으면 그게 더 이상할 것이었다. 즉, 뭐가 뭔지 모르지만 이 망일곡을 상대로 상황이 급박하게 돌아가고 있는 것이다.

“뭔지 모르지만 어쨌든 뭔가 변하고 있습니다. 전 그만 가보겠습니다. 하루라도 빨리 녀석들을 조련해야 하니.”

이윽고 염천도 할 말을 다 했는지 조용히 일어섰다. 그리고는 천천히 신형을 돌려 굴 밖으로 나서기 시작했다.

“참 복잡하게 돌아가는군요. 세상에서 가장 조용한 곳이 아닐까 하고 생각했는데 그게 다 틀렸네요, 형님.”

“강호라는 곳이 조용할 리가 없지. 이 안에 있는 사람들이 무림인이 섞인 이상, 이곳 역시 강호일 테니.”

나직이 중얼거리며 연헌자는 고개를 돌렸다. 말없이 염천이 남기고 간 무류종환보를 바라보고 있는 호월을 향해서였다.

물끄러미 그 비급을 바라보고 있는 그를 향해 연헌자는 싱긋 웃었다. 아무래도 뭔가 생각하는 것 같았다.

“저들과 벌써 십 년도 넘게 상대해 왔으니 그들의 무공은 안 봐도 훤히 알 정도겠지. 안 그러냐, 호월아?”

“…….”

연헌자의 말에 호월은 그를 바라보았다. 아직 그의 생각이 어떤지 알 수가 없었던 것이다.

“익히거라. 그 보법을.”

“…….”

“그것은 강호에서도 유명한 보법이란다. 네가 저들의 각법과 수법, 그리고 검법을 변형시켜 익혔듯이 그것도 그렇게 익히거라. 내가 알기로 그 보법은 별다른 내력이 필요없는 몇 안 되는 좋은 보법 중의 하나이니라.”

연헌자의 말에 놀란 것은 송여남이었다. 그는 호월의 무공이 연헌자가 모두 가르쳐 준 것인 줄 알았건만 지금 말을 들어보니 그게 아니었다.

“아니, 형님! 그게 무슨 말씀이십니까? 그럼 무당의 무공을 가르쳐 준 것이 아닙니까?”

“헛헛헛.”

연헌자는 조용히 웃었다. 송여남의 생각을 모르는 것은 아니지만 유감스럽게도 그는 호월에게 무당의 무공을 거의 가르친 것이 없었다.

아니, 딱 두 가지만 가르쳤었다. 그의 내력인 현풍결과 이를 가능하게 만드는 심상인만을 가르친 것이다.

그것도 그냥 가르친 것이 아니라 호월의 몸에 맞도록 가르쳤는데 그렇게 가르치는 와중에 연헌자는 그간 자신의 깨달음이 잘못된 것을 알았다. 그러니 스승이라 불리기도 뭐한 것이다.

“언젠가 내가 이야기한 대로 현풍결과 심상인을 제대로 수련하고 있다면 다른 것은 어떤 것을 수련해도 상관없다. 둘 다 음유의 기운을 활성화시키는 무공이니 너에게 도움이 되겠지. 또 이곳의 특성상 그간 보법을 수련할 기회가 없었고 하니 너에게는 좋은 기회가 될 것이다.”

부드럽게 웃으며 그는 이야기했고, 호월은 작게 고개를 끄덕이고는 책자를 집어 들었다. 그와 함께 자리에서 일어나 평소 자신이 연무를 하던 평평한 공간에 자리를 잡고 섰다.

“허어, 형님, 그럼 그간 호월에게 가르친 것은 대관절 뭡니까? 그저 대련만 계속 하시던 건가요?”

도저히 이해가 안 간다는 듯 송여남은 입을 열었고, 연헌자는 그저 웃기만 했다. 그러다 시선을 호월에게 고정시키며 입을 열었다.

“저들 삼패의 무공은 솔직히 말하면 그다지 대단하지는 않지만 무시할 정도도 아니야. 만일 그 원류를 제대로 이해했다면 아주 훌륭한 무공이지.”

호월의 신형이 움직이기 시작했다. 일단 그가 익혀왔던 무공들을 하나 하나 펼치기 시작했는데 본격적인 보법을 수련하기 전에 몸부터 풀어보려는 듯했다.

"원류는 아니지만 이미 호월은 그 정수를 이해하고 있네. 무가의 후예라 그런지 모르지만 무공에 대한 감각이 탁월하네. 어느새 저들의 무공을 하나로 만들어 통째로 몸에 익히고 있지. 솔직히 나도 이젠 대련이 힘들 정도야."

스파파파팡.

허공 가득 수영을 만들어내며 호월은 양손을 빠르게 놀렸다. 그와 함께 이번엔 발이 움직이기 시작했는데 연결되는 동작 자체가 상당히 빠르고 군더더기가 없었다. 사방팔방으로 휘둘리는 것 같지만 정확히 자신의 눈앞에 임의의 사각형을 그려놓고 이를 돌려 때리고 있었다.

"현풍결과 심상인, 내가 가르친 것은 단 두 가지일세. 현풍결은 자신이 가진 음유의 힘을 끌어올리는 역할을 하는 것으로 내 무공의 전부이지. 물론 호월의 몸에 맞게 구결을 수정했지. 호월은 분명 음유지력만 키우는 것이 아니거든."

우우우웅. 쩌저저저정!

호월의 손놀림에 따라 공중에서 강한 울림이 터져 나왔다. 아주 여린 푸른색의 기운이 호월의 손에 따라 치달아 오르고 있었는데 보고 있던 송여남의 눈이 휘둥그레질 정도였다. 설마 저 정도일 줄은 몰랐던 것이다.

"나는 한계가 있지만 저 녀석은 한계 따윈 없을 것이야. 변형된 현풍결이 그것을 가능하게 하겠지. 헛헛, 비록 저 녀석은 지금 그 깨달음을 삼분지 일도 못하고 있지만 말이야. 그리고 심상인은……."

말을 마치며 연헌자는 손에 작은 돌멩이 하나를 쥐었다. 그리고는 한참 몸을 움직이는 호월의 뒤통수를 향해 힘껏 던졌다.

"엇! 혀, 형님!"

송여남은 연헌자의 손놀림에 커다란 소리를 질렀다. 아무리 작은 돌이라고 하나 연헌자는 엄연한 무림인, 그것도 무당 소속의 상당한 무공을 지닌 사람이었다. 예전에 비해 병색이 완연하다 하더라도 저 정도의 힘이라면 호월이 위험했다.

하나 그런 송여남의 눈이 커다랗게 떠졌다. 호월의 오른손이 기이한 각도로 꺾여 올라왔던 것이다.

파삭.

그뿐만 아니라 돌 조각은 가루가 되어 허공에 흩어졌는데 호월의 손에 닿지도 않았었다. 그저 아무렇게나 끌어 올린 팔뚝의 이 촌 정도 앞에서 공중에 흩어진 것이다.

"……."

송여남은 너무 놀라 그저 눈만 크게 뜨고 있는데 호월은 아무렇지도 않게 연무에만 신경 쓰고 있었고, 연헌자는 그저 빙긋이 웃고만 있었다.

"검이 아니라 수갑부터 만들어줘야겠구만요, 형님."

한참을 바라보다 나온 송여남의 말이었다.

2

시이잉…….

끝을 알 수 없는 갱도의 저편으로부터 찬바람이 불어오고 있었다. 그 갱도의 끝을 향해 눈을 돌린 호월은 어느덧 겨울이 왔음을 느낄 수가 있었다.

삼패의 우두머리가 휴전(?)을 제의한 지 석 달. 정말 그들의 말대로 더 이상 호월에게 덤벼드는 수인들은 없었다. 아니, 그럴 여유가 없다는 말이 옳았다.

대신 방산의 수하들과 대적하는 일이 많아지고 곳곳에 시체가 널브러지기 시작했다. 지금처럼 말이다.

"……."

또 다른 막장을 향해 움직이던 호월은 잠시 발걸음을 멈추었다. 그는 발밑에 쓰러져 있는 시체를 향해 눈을 돌렸다.

처참한 몰골이었다. 머리는 완전히 으깨어져 있었고, 온몸은 빨래를 짜듯이 뒤틀린 이 형상은 이제 인간이라고 말할 수도 없었다.

남아 있는 형상으로 보니 이자는 적구 패거리 중의 하나였던 것으로 기억되었다. 뇌강의 수하 같은데 비록 수인이지만 꽤나 쾌활했던 것으로 기억하고 있었다.

특별한 동정심이 느껴지는 것은 아니지만 호월은 그의 목에 걸린 목패를 보고 잠시 생각에 잠겼다. 예전처럼 걸어가야 할 목패가 그대로 있는 것이다.

이전에 싸워왔던 것들이 서로 간의 세력 다툼이나 생활을 위한 것이라면 지금의 싸움은 목적조차 없었다. 그저 서로가 싸우고 죽이는 것뿐…….

미쳐서 돌아간다고 해야 하나? 도저히 그렇게 생각할 수밖에 없었다. 오죽하면 송 숙부가 이젠 이 갱도에 들어오기도 싫다고 했을 정도니 말이다.

그러나 이 모든 것은 그저 호월에게는 남의 일일 뿐이었다. 지금 호월의 머리 속엔 이들보다 하루하루 쇠약해져 가는 연헌자의 일이 더 걸렸다.

연헌자는 급격하게 쇠약해지고 있었다. 점점 음유지력의 영향으로 말라가고 있었는데 보고 있는 자신의 가슴이 울컥할 정도였다. 정말 무당의 정종무공을 익힌 것이 맞는지조차 의문스러울 정도였다.

이대로 가다가는 한 달을 넘기지 못할 것 같은 생각에 요즘 호월은 밤잠을 잘 이루지 못하고 있었다. 어쨌든 그는 이 지옥 같은 곳에서 유일하게 성심을 다해 보살펴야 할 두 명 중의 하나였으니 말이다.

한참을 그렇게 시신을 바라보던 호월은 신형을 일으켰다. 그리고는 시체를 건너 다음 막장으로 이동하려 할 때였다.

"사, 살려줘! 이 목패를 가져가라구! 제발 부탁이야!"

"큭큭, 우리가 그따위 목패 하나 얻자고 이 짓 하는 줄 아나? 닥치고 얌전히 목이나 빼시지."

어두운 동굴 중간 즈음에서 소리가 들려왔는데 또 다른 막장으로 향하는 길이었다. 이렇게 중앙 통로를 만들고 중간중간 또 다른 길을 내어놓았던 것이다.

목소리로 들어보건대 살려달라는 쪽은 기존의 수인들 같았고, 으름장을 놓는 자들은 누군지 알 수가 없었다. 호월은 조금 빠른 걸음으로 앞으로 나가 고개를 돌렸다.

"……."

대여섯 명의 사내가 한 사람을 둘러싸고 있었는데 낯이 익은 사내였다. 과거에 자신을 노렸던 사내 중의 한 명이었다. 흑구패였던 것이다.

그 사내를 둘러싸고 있는 사내들을 보며 호월은 눈에 이채를 띠었다. 그들은 각기 다양한 무기들을 가지고 있었다. 한데 그들의 무기는 그저 이곳에서 조잡하게 만든 것이 아니었다.

모두 다 제 모양을 가진 것으로 보아 외부에서 반입된 것이 분명했는데 이해할 수 없었다. 외부에서 이런 무기가 유입된다는 것 자체가 말이 안 되는 일이었다.

이곳에 있는 사람들 대부분이 미래는 없다고 여기는 사람들이기에 바로 반란이 일어날 소지가 있음은 불문가지였다. 따라서 저 정도 무기가 이곳에 들어온다는 것은 있을 수 없는 일이었던 것이다.

"조무래기 하나 잡는데 뭐 이리 시간 걸려, 이 새끼들아! 당장에 쳐 죽이지 못해!"

문득 호월의 귀에 걸걸한 목소리가 들려오자 호월은 고개를 돌렸다. 저기 정면에서 폭이 일 장도 안 되는 통로를 꽉 막으며 누군가 다가오고 있었다.

"큭, 뭐냐, 이건. 오호, 꽤 쓸 만해 보이는데? 그 세 닭대가리보다도 훨씬 나아 보이는군. 근데 왜 처음 봤을까?"

뒤에서 십여 명 이상의 사람들이 따라왔고 모두가 횃불을 들고 있기에 호월은 그의 모습을 볼 수 있었다. 일견하기에도 보통 사람보다 머리 하나는 더 큰 자였고 몸뚱어리는 근 세 배에 육박하는 거인이었다.

하나 흔히 보는 살만 뒤룩뒤룩 찐 자와는 달랐는데 걷는 걸음걸이가 그다지 힘들어 보이지도 않았고 목 또한 근육이 잡힌 것이 두껍고 잘 발달되어 있었다. 분명 뭔가 익힌 자였다.

"호, 호월! 나야, 나, 평초! 나 좀 살려주게! 내, 내가 잘못했어! 부탁이야, 호월!"

오른쪽 갱도에서 위험에 처한 사내가 소리치자 눈앞의 뚱뚱한 사내가 입을 열었다.

"오호라, 네놈이 호월이란 놈이구만. 그 비실한 연 뭐시기라는 노인네에게 무공을 배운다는… 큭큭, 왜? 한번 막아볼라고? 이 방산님을?"

비릿한 웃음을 지으며 퉁퉁한 턱살을 출렁거리는 그가 바로 방산이었다. 생각보다 한가락하게 생긴 인물이었던 것이다.

“이, 이봐, 호월! 제발 부탁……."

“이런 썅! 그 새끼 입 좀 닥치게 해! 말을 못하겠잖아!'

빠가각!

“크아악!'

계속해서 들리는 평초의 목소리에 방산이 버럭 화를 내자 평초에게 매질이 시작되었다. 손발의 관절 부위에 교묘한 매타작이 들어가자 바로 기괴하게 뒤틀려졌다.

“큭큭, 어이, 날 막고 싶나?'

“……."

방산의 목소리에 호월은 대꾸도 없었다. 그저 조용히 바라볼 뿐이었는데 너무나 담담한 눈빛이었다. 무슨 일이 일어나도 꿈쩍하지 않을 듯이 말이다.

“얼씨구."

순간적으로 방산의 눈썹이 꿈틀거렸다. 전혀 미동없는 호월의 모습이 왠지 마음에 들지 않는 것 같았다.

“이놈 봐라? 내 말이 말 같지 않은가 보지?'

서서히 다가들며 방산은 호월을 노려보기 시작했다. 둘 사이의 거리가 약 이 척으로 좁혀진 순간 서로의 눈과 눈이 얽혔다.

“재미있군. 한번 말해 봐라. 저놈을 살려주라고 말이야. 그럼 저놈은 살려준다."

뭐가 그리 재미있는지 방산은 징그러운 괴소를 지으며 말했다. 하나 호월은 여전히 요지부동이었다.

“말해 보라고. 말하면 살려준다니까? 내 말이 안 믿겨?'

문득 방산이 뒤쪽으로 손을 벌리자 누군가 끙끙대며 뭔가를 가져오더니 방산의 손에 쥐어주었다. 어린아이 머리통만한 철퇴였다.

“내 말이 사실이라는 것을 증명해 주지. 넌 나에게 말을 안 했다. 살려 달라고 말이야. 그래서 저놈은 말이야······.”

방산은 말하면서 오른손을 옆으로 쭉 뻗었다. 그리고는 살기 어린 목소리를 내뱉었다.

“죽어야지!”

파아앗. 콰각!

이 장여의 거리를 격하고 날아간 방산의 철추가 그대로 바닥에 널브러져 있는 평초의 머리를 박살 내며 땅에 박혔고 방산은 씨익 웃으며 다시 호월에게 입을 열었다.

“너, 이 새끼 눈이 마음에 안 들어. 범죄자면 범죄자답게 눈깔이나 희번덕거릴 것이지.”

평초의 목숨을 앗아간 그는 이번엔 호월에게 그 초점을 돌린 듯, 시비를 걸어오기 시작했다. 왠지 호월에게 알 수 없는 분노를 느낀 것 같았다.

온몸의 기운을 끌어올리며 방산의 입이 다시 열렸다.

“네가 무슨 정인군자야!”

부우웅!

순간적으로 방산의 오른손이 호월의 머리를 향해 올라왔다. 단숨에 저 쇠망치 같은 주먹으로 때려눕히려는 심산인 게 너무도 뻔했다. 한데 그 속도나 위력으로 보아 과연 한 수가 있는 자였다.

특히 속도가 거의 불가능하다고 생각될 정도로 빨랐다. 손이 움직인다고 생각하는 순간 이미 턱 어림을 향해 올라왔다. 그때였다.

터턱.

“······!”

방산의 손이 막혔다. 자신의 주먹보다도 더 빨리 호월의 오른손이 올라와 막은 것이다. 그것도 팔꿈치로…….

스슥.

호월의 팔꿈치가 쭈욱 펴지자 방산은 눈을 크게 떴다. 도저히 그 속도가 자신의 눈에 보이지 않았던 것이다. 그리고는…….

"끄아아아아!"

돼지 멱따는 비명을 지르며 방산은 신형을 무너뜨렸다. 호월이 손을 활짝 벌려 엄지는 턱 밑을 누르면서 중지와 약지로는 자신의 왼눈 바로 아래를 움켜잡은 것이다.

살아 있는 사람이건만 마치 해골의 뻥 뚫려 있는 눈과 턱을 잡은 듯한 그 자세에 방산은 눈알이 뽑혀지는 듯한 고통과 턱이 부서지는 고통을 함께 느끼고 있었다.

"세상 보기가 싫은가?"

"끄아아!"

아무런 감정도 느낄 수 없는 호월의 음성이 들려오자 방산은 비명만 질러대었다. 정말 조금만 손목을 앞으로 꺾기라도 한다면 왼눈이 뽑혀질 것만 같았던 것이다.

"채주님!"

"이런 개자식이, 당장 안 놔!"

방산의 수하들이 뒤에서 당장이라도 호월에게 달려들 듯하자 호월은 오른 손목을 앞으로 꺾었다. 방산의 비명이 더욱더 커졌다.

"으아아아악!"

터턱.

온몸에 힘이 빠지는 고통과 함께 턱은 위로 들리고 눈이 내리눌리는 힘에 그는 고개를 젖히며 차디찬 땅바닥에 두 무릎을 꿇었다. 도무지 손쓸 방법이 없었다.

“이, 이런!”

“채주님!”

방산의 비명에 달려들던 자들이 흠칫하며 물러섰다. 호월은 잠시 주위를 둘러보다 입을 열었다.

“네놈이 여기서 뭘 하든 누굴 건드리든 간에 내 알 바는 아니지.”

“컥!”

“그러나 날 건드린다면…….”

“우아악!”

호월이 손을 한껏 위로 들자 방산은 얼굴이 부서지는 고통에 벌떡 일어서며 까치발을 만들었다. 호월은 이어 허리를 틀며 그대로 오른손을 뻗었다.

“네놈이 먼저 죽는다!”

퍼어억.

땅바닥에 널브러진 평초의 신형 위에 방산의 육중한 몸이 포개졌다. 호월이 일부러 방산을 그곳으로 집어 던진 것이다.

“크악! 이 죽일 놈이!”

흥건한 피 속에서 버둥거리다 정신을 차렸는지 방산은 일어서면서 자신의 철퇴를 집어 들었다. 피와 뇌수가 온몸에 묻어 끔찍한 모습을 하고 있지만 더 끔찍한 것은 그 눈이었다. 왼쪽 눈의 실핏줄이 완전히 파열되어 새빨간 눈으로 변했던 것이다.

마치 용수철이 퉁겨지듯 그는 바로 호월에게 달려들었는데 호월은 순간 눈에 새파란 살기를 띠었다. 조용히 산다면 모를까 덤비는 것을 마다할 호월이 아니었다. 한데…….

콰각.

방산이 멈추었다. 호월을 죽일 듯 독기만 풀풀 피워 올리던 그가 간신히 신형을 멈춘 것으로 그는 움찔거리면서도 크게 움직이진 않았다.

그저 이를 부득부득 갈며 한쪽만 남은 눈으로 살기 어린 눈빛을 보내고 있었다. 문득 호월의 귀에 방산의 목소리가 들려왔다.

"죽일 새끼. 반드시 죽여 버리겠다! 두고 봐!"

그는 바로 신형을 돌리고는 터벅터벅 걷기 시작했다. 조금 의외의 반응이긴 했으나 화를 진정시키기 어려운 듯 움직이며 주위의 석벽에 있는 대로 철퇴를 내치고 있었다.

쾅! 쾅!

"으아아아! 죽여 버린다!"

괴성을 지르며 그는 어둠 속으로 사라져 갔고 그와 함께 수하들도 사라져 가자 호월은 신형을 돌렸다.

"……"

호월의 눈에 또 다른 사람들이 보였다. 삼패의 우두머리들과 그 뒤에 수하들이 같이 온 것이 보였다. 저 어두운 갱도 끝까지 모두 꽉꽉 차 있었던 것이다.

방산이 사라진 것은 이들 때문이었다. 그러고 보면 방산의 성격이 그저 멧돼지처럼 난리치는 성격은 아닌 듯했다. 생각보다 앞뒤를 볼 줄 아는 인물인 것이다.

어쨌든 간에 묵묵히 그들을 바라보던 호월은 등을 돌리고는 다시 막장을 향해 이동하려 할 때였다.

"살려줄 수도 있지 않았나?"

차가운 음성이 호월의 발목을 잡았다. 흑구의 염천이었다.

"내가 왜 그래야 하지?"

그 염천의 말만큼이나 차가운 호월의 음성이 들려오자 사람들의 눈이 대번에 변했다. 모두가 호월을 향해 독기 서린 눈을 뜬 채 잡아먹을 듯이 노려보고 있었다.

"카악, 퉤애앳! 이 죽일 새끼! 내 네놈이 그럴 줄 알았다! 휴전은 무슨! 당장에 죽여 버린다!"

성질 급한 뇌강이 눈에 불을 켜며 호월에게 달려들었지만 이내 멈추어야만 했다. 염천이 앞을 막아섰던 것이다.

"뭐야, 이 새끼야! 당장 비켯! 이 피도 눈물도 없는 놈에게 뭘 바래!"

뇌강이 소리쳤다. 그는 정말 호월을 죽이고만 싶었다. 그래도 그가 저 방산보다는 자신들의 편에 설 줄 알았다. 그만큼 세월이 있었고, 비록 목숨을 걸고 싸웠지만 그만큼 정도 쌓였으니 말이다.

한데 지금 그가 하는 말은 저 방산이란 놈과 다름이 없었다. 아니, 어느 면에서 본다면 더한 놈이었다. 최소한 그는 굴러온 돌은 아니니 말이다.

"피도 눈물도 없다고……."

문득 호월의 낮은 목소리에 사람들의 눈동자가 모였다. 호월은 모로 선 채 날카로운 시선으로 그들을 바라보고 있었다.

"일곱 살 아이의 머리에 곡괭이를 내려친 게 누구지? 그것도 모자라 그 아이가 성인이 될 때까지 등 뒤에서 칼을 댄 게 누구지? 그것도 한 명이 아니라 서너 명이 한꺼번에 덤벼든 게 대체 누구지? 너희들 아닌가?"

"……."

낮은 호월의 목소리에 사람들의 입이 꽉 다물려졌다. 물론 그건 호월에 국한된 것이 아니라 여기 있는 사람이면 누구라도 다 그런 경우를 당했지만 호월은 달랐다. 소속이 없다는 이유로 더욱더 무수한 노림을 당했던 것이다.

아무리 적게 잡아도 근 이천 번은 이미 훌쩍 넘겼을 터였다. 그 어릴 때부터 이십여 년이 넘게 싸워왔으니 말이다.

“내가 저 방산이란 놈과 다를 게 없다고 생각되나? 그럼 네놈들은…
너희들은 내 눈에 방산과 달라 보일 것 같나?”

“……!”

호월의 목소리에 사람들의 숨결이 거칠어졌다. 당장이라도 조잡하게
만든 무기를 들고 달려들려는 듯했으나 그 누구도 호월에게 덤벼들지는
못했다. 호월의 몸에서 나오는 기운에 조금씩 압도되기 시작한 것이다.

찬찬히 그들을 바라보던 호월이 서서히 신형을 돌려 다시 짙은 갱도의
어둠 속으로 사라지려 할 때였다.

“언제까지 혼자 살 수 있을 것 같나? 지금 이 불안한 판국에 설마 힘없
는 두 노인을 데리고 너 혼자 뭘 할 수 있을 것 같아? 착각하지 마라, 호
월! 이대로 가면 너나 우리 모두 죽어!”

“…….”

뒤에서 외치는 염천의 목소리에 호월의 걸음이 멈추었다. 그는 고개를
살짝 돌린 채 염천에게 말했다.

“그래서?”

“…….”

“그게 뭐 어떻다는 거지? 어차피 살아도 사는 게 아니지 않나?”

“……!”

호월의 목소리에 염천을 비롯한 사람들의 눈이 휘둥그레졌다. 단 한
번도 이렇게 말을 오래 나누어본 적이 없기에 그저 편집적으로 자신의
생활만을 지켜가는 사람인 줄 알았다.

한데 아니었다. 뜻밖에 호월은 사람에 관해, 인생에 관해 생각하고 있
었다. 저 비관적인 목소리엔 누가 들어도 알 수 있는 비애 같은 것이 묻
어나고 있었다.

“가슴 아플 일도, 눈물 흘릴 일도 없다. 이곳에 들어온 이상 수인 번호

이외에 나는 없다. 내가 죽으면 그저 번호 하나 사라지는 것뿐일 테지.”

“…….”

호월은 자조적인 목소리를 내면서 신형을 옮겼고, 사람들은 그저 서로를 바라보고만 있었다. 틀린 말은 아니었던 것이다.

“이곳에서 내가 나서야 할 일은 단 한 가지. 두 분 숙부님의 안위뿐이다. 그 외에 뭘 하든 난 신경 쓰지 않는다.”

차가운 목소리로 갱도를 울리며 호월은 서서히 멀어지고 있었다. 그 모습을 보면서 뇌강이 중얼거렸다.

“제길, 미친놈 하나 또 생겼구만. 그나저나 인정할 건 인정해야겠어. 내가 본 것 중 제일 멋진 비사진교(飛蛇嗒咬)의 초식이야. 언제 저 정도로 익혔지?”

“네 것만 아니라 여기 있는 우리 모두의 무공을 다 익혔을 거다. 그동안 그렇게 당했는데 알지 못하면 그게 바보겠지. 어쨌든 가자! 일단 광장에서 한번 부딪쳐 보자고! 니미, 죽기밖에 더해!”

뇌강과 견우는 바로 사람들을 추스르며 앞으로 나가기 시작했고, 수많은 사람들이 그 뒤를 따랐다. 한데 염천은 움직이지 않았다. 그는 뭔가를 생각하는 듯 조용히 입을 다물고 있었다.

그가 생각하고 있는 것은 단 하나 그가 보여주었던 보법이었다. 마치 눈앞에서 늘어난 듯한 신형, 찰나의 일이라 모두 불빛에 눈이 흔들렸겠거니 하고 넘어갔지만 그는 알 수 있었다. 그것이 자신이 준 무류종환보의 흔적임을…….

“형님, 안 가십니까?”

“그래, 가자.”

누군가의 목소리에 신형을 옮기며 염천은 고개를 돌렸다. 저 멀리 사라져 가는 호월의 뒷 등을 무척이나 오래 바라보고 있었다.

"으아악! 이 개자식이, 살살 못해!"

"채, 채주님, 사, 살짝 건드린 겁니다."

"이 새끼가 말이 많아!"

빠각!

방산의 눈에 안대를 감던 사내가 바닥에 널브러졌다. 방산은 일어나 그 육중한 다리를 들어 사내를 콱콱 내리밟았고, 그 모습에 주위의 사람들은 흠칫했다. 사내는 이미 가슴뼈가 함몰되어 있었다.

"제길, 야, 술 가져와! 빨리 가져와, 이 새끼들아!"

"예, 예, 채주님!"

사내들 몇이 놀라 달려가더니 이윽고 작은 동이 하나를 가져왔다. 놀랍게도 그건 중원의 주루에서나 볼 수 있는 화주였다. 이곳에서는 꿈도 못 꿀 음식인 것이다.

콱. 괄괄괄.

동이째로 얼굴에 들이부으며 그는 연거푸 들이켰고, 사람들은 그저 찔끔한 표정으로 눈치만 보고 있었다. 그때였다.

와장창!

"호월, 이 개자식! 반드시 죽여 버린다! 으으윽!"

소리치다가도 눈이 아픈지 왼손으로 눈을 부여잡으며 인상을 쓰던 방산은 이번엔 하나밖에 남지 않은 눈을 희번덕거렸다. 그러다 한 수하를 보고 소리를 질렀다.

"야! 소뇌(小腦)! 당장 쥐어짜내! 그 죽일 놈을 어떻게 하면 쉽게 죽일 수 있는지! 어서!"

"채, 채, 채주님, 솔직히 그놈은 안 건드려도 우리가 맡은 일엔 아무런 지장이……."

“이 개자식이 죽고 싶어!”

꽈아앙!

소뇌라 불린 사내는 자신의 발 앞에 철퇴 하나가 떨어지자 질겁을 하며 뒤로 물러섰다. 이미 방산의 눈알에는 살기가 희번덕거리고 있으니 조금만 잘못 말하면 패대기쳐진 개구리 신세가 될 판이었다.

“난 반드시 건드려야겠어! 아니, 약점이라도 잡고 흔들어 그놈이 괴로워하는 꼴을 꼭 보고야 말겠다! 이 눈의 값으로는 그것도 싸! 으아아아!”

꽝! 꽈광!

미쳐 날뛰며 철퇴를 휘두르는 방산을 피해 수하들은 이리저리 도망 다녔는데 다행이라면 한쪽 눈이라 초점이 잘 안 맞는다는 것뿐이었다. 하나 그것도 좀 있으면 적응되리라.

더 큰일이 나기 전에 소뇌는 냉큼 입을 열었다. 이대로 놔두다가는 일이고 뭐고 자신들이 먼저 죽을 판이었다.

“떠, 떨어뜨리면 됩니다! 송 노인을 노린다고 알렸다가 그놈이 그쪽으로 가면 이번엔 연 노인을 죽이면 됩니다! 그놈은 꽁지에 불붙은 것마냥 왔다 갔다 하다 미칠 겁니다!”

“……!”

소뇌의 목소리에 방산은 신형을 멈추었다. 그리고는 잠시 생각하는 듯했는데 아마도 소뇌의 말을 직접 상상해 보는 듯했다.

“크, 크큭, 크큭큭큭.”

갑자기 그는 투실한 턱살을 푸들푸들 떨며 웃었는데 상상만 해도 즐거운 표정이었다. 확실히 송 노인은 갱도 밖의 대장간에 있고, 연 노인은 갱도의 제일 깊은 음동에 있으니 말이다.

“그래. 좋아, 좋아! 아주 좋아! 이 자식! 너 정말 마음에 든다. 크하하하하!”

“켁켁, 채, 채주님, 모, 목, 목이요!”

자신의 몸의 반도 안 되어 보이는 소뇌를 붙잡아 흔들며 방산은 괴소를 지었다. 희번덕거리는 그의 하나뿐인 눈동자는 이미 광기로 물들어 있었다.

◆ 第三章 ◆

인연의 끝

진파랑십삼퇴에 세심마수, 여기에 삼환검법. 이것이 호월의 무공이었다. 물론 그 안에는 심상인과 현풍결이 녹아 있지만 이 둘은 무공이라기보다는 내력에 관한 문제이기에 초식이라 할 것까지도 없었다.

여기에 얼마 전 염천이 전해준 무류종환보까지 합친다면 호월이 지닌 무공은 전부 짜깁기나 마찬가지였다. 그러나 호월은 이 모든 것들을 하나로 꿰어가고 있었다.

퇴법, 수법, 검법 모두 원래대로 하자면 각 무공에 따른 내력이 필요하다. 또한 그 내력에 따른 운용 방법이 있어야 하고 그 속에서 바른 초식이 만들어져야 비로소 올바른 위력이 나오는 것이 일반적이었다.

한데 지금 어이없게도 호월은 그 모든 것을 하나로 연결하고 있었다. 현풍결로 인해 모인 음유의 내력이 이들을 사용하는 힘의 원천이 되고 있었던 것이다.

어떻게 이런 일이 가능한지는 그도 모르지만 확실한 것은 실전에서 사

용해도 무방할 정도였다. 지난 세월 삼패의 수많은 공격에서 살아남을
수 있었던 원동력이 바로 이것이니 효과는 의심할 여지가 없었다.

"후우."

음정을 옆에 두고 호월은 작은 연무장에 섰다. 양손에는 조그만 목검
두 개가 들려 있었는데 그 중간 부위에 꽤나 큰 철덩이가 끈에 매달려 있
었다.

그러나 호월은 그런 무게를 전혀 못 느끼는 듯 아무렇지도 않게 휘둘
렀다. 직선적인 움직임은 거의 없었고, 대부분 어깨나 팔꿈치, 혹은 손목
을 중심으로 빙글빙글 돌리는 식의 움직임이었다.

보법, 수법, 각법은 어느 정도 성취가 가능했는데 솔직히 삼환검법은
무용지물이었다. 일 대 일이 아니면 거의 쓸모가 없기에 지금 호월은 그
저 어린 시절의 기억을 더듬으며 검을 휘두르고 있었다. 검법이라기보다
는 차라리 곤법에 더 가까웠다.

그렇게 반 시진 이상을 움직였을까? 뒤쪽에서 나직한 목소리가 흘러
나왔다.

"음, 역시 공격 초식들은 보이지 않는구나. 수비 초식들만의 연결이
라… 가문의 쌍검술을 염두에 둔 것이냐?"

"특별히 그런 것은 아닙니다. 이미 기억에도 없는 것… 생각지 않고
있습니다."

이젠 앙상한 몸이 돼버린 연헌자를 향해 호월은 공손하게 고개를 숙였
다. 연헌자는 이제 팔구십대의 노인처럼 보였다. 이 몇 달 동안 몰라보게
쇠약해진 것이다.

"헛헛, 그래. 굳이 초식이 있어야 공격이 가능한 것도 아니니 크게 신
경 쓰지 말거라. 좀 전에도 시전했듯이 수비가 곧 공격이 될 수도 있고,
공격이 수비가 될 수도 있느니라."

“명심하겠습니다, 연 숙부님.”

무슨 말인지 아는 호월은 조용히 고개를 숙였다. 검을 쥔 자가 수비 초식만 사용할 수는 없었다. 그때그때 상황에 맞는 검로를 찾으면 될 일이었다.

수많은 싸움을 거치며 호월이 몸으로 체득한 것이 바로 그 점이었다. 요는 속도와 정확성, 그리고 움직임의 예측과 상황 판단이 더 유용했다. 이런 초식들은 그저 몸에 배어들게 하는 역할밖에는 안 되는 것이다.

열아홉 살 때던가? 초식이란 것의 개념을 확고히 하고 저들에게 싸우면서 익힌 세심마수의 초식에 맞추어 상대하다가 하마터면 세상을 하직할 뻔했었다. 그때 가슴과 배, 다리에 일검을 맞고서 확연하게 깨달았던 것이다.

그 이후부터 호월은 자신의 몸으로 체득한 무공들을 모두 연결하기 시작했다. 그게 지금껏 이어져 온 것이다.

“허허허, 그렇다고 해서 초식을 등한시해서도 안 된다. 너도 잘 알겠지만 네가 익힌 세 가지 무공은 솔직히 강호의 하류무사 급이 익힐 수 있는 것이 아니다. 셋 다 상당한 무공을 지닌 사람들이 사용했던 무공이란다. 아마도 그들이 이곳에 수감되면서 전파된 것이겠지.”

“삼패의 무공을 아십니까?”

호월은 조금 흥미가 당기는 듯 조용히 물어왔다. 연헌자가 싱긋 웃으며 돌 의자에 앉자 호월이 손을 뻗어 다탁 위에 놓여진 물을 그의 앞에 따랐다.

“고맙구나. 음, 내 기억으로는 진파랑십삼퇴는 조자운(曹姿澐)이란 사람이, 세심마수는 사요미랑(邪妖美琅) 예금헌(藝昑憲)이란 여인이 사용하는 것이었다고 생각나는구나. 그리고 삼환검은… 음…….”

여기까지 이야기하던 연헌자는 잠시 눈을 감고 입술을 꽉 깨물었다. 아마 기혈이 조금 역류하는 듯했는데 호월은 눈을 좁히며 연헌자의 상세를 살폈다.

하나 이내 참아낸 듯 연헌자는 다시 눈을 떴고, 호월이 준 물을 조금 입속에 넣었다. 그리고는 다시 웃으며 입을 열었다.

"그건 누구 한 사람의 무공이 아니라 한 가문의 무공이라고 기억한다. 특히 그 가문 중에서도 이 삼환검에 뛰어난 사람은 한 사람밖에 없었단다. 저 양주의 삼절가(三切家)라고 불리는 여가장의 여호(璵好)라는 사람이었단다. 별호는 어떤 것인지 생각이 나질 않는구나."

"……"

연헌자의 목소리가 끝나자 호월은 잠시 생각에 잠겼다. 조자운과 예금헌, 그리고 여호라… 강호에는 참 많은 사람들이 사는 것 같았다. 하늘에 떠 있는 해조차 제대로 본 적이 없는 호월에게는 꿈같은 이야기였다.

무슨 죄명인지도 모르나 일곱 살 때 이곳으로 들어왔다. 근 이십일 년간을 이곳에서 살아왔기에 세상에 대한 기억은 거의 없었다. 오로지 암동의 어두운 석벽만이 기억 속에 박혀 있는 것이다.

그는 자신의 운명을 안다. 이곳에 이렇게 살다 죽을 것이며, 아무도 그를 기억하지 못할 것이었다. 그렇기에 세상에 미련 따위는 없다. 그 누구에게 의미도 두지 않았으며 원하는 것도 없었다.

하나 여기 있는 연헌자와 대장간의 송여남만은 달랐다. 다른 것에 무관심한 것만큼 자신의 것에 대한 집착은 대단했다. 이 두 사람에 대한 것만큼은 지금까지 호월이 살아왔던 태도와 가치관이 완전히 다른 사람처럼 변하는 것이다.

세상에 대한 열망 따위는… 일찌감치 집어치워 버린 지 오래였다.

"그건 그렇고, 요즘 광산 전체가 조금 이상하다고 하더구나. 수인들이

일을 하든 안 하든 곡주는 신경도 안 쓰고 있다 하고 그만큼 보급도 엉망
이라 하더구나. 사실이냐?"

"…그렇습니다."

호월은 상념에서 깨어나며 입을 열었다. 요 몇 달간 수인들이 일은 거
의 하지 않은 채 패를 나누어 싸우기에 여념이 없었다. 그 이유는 호월도
그저 짐작만 하고 있었다.

생산량이 확연하게 줄어들었다. 한 보름 정도는 새로운 갱도를 찾아보
기도 하고 기존의 땅을 더 파보았지만 결과는 신통치 않았다. 이젠 이 광
산의 운도 다했는지 더 이상 나오는 것이 없었던 것이다.

그것이 석 달 전의 일이었고, 그 이후 이곳의 분위기는 하루가 다르게
나빠져 갔다. 정말 무슨 일이 일어날 것만 같은 분위기였던 것이다.

"곡 내의 생산량이 줄어든다면 이 사람들은 다른 광산으로 옮겨야 정
상일 텐데 그렇게 하지도 않는다라… 확실히 이상한 일이구나. 이상해."

연헌자는 못내 이해가 가질 않는 듯 잠시 생각에 잠기다 신형을 일으
켰다. 그리고는 저 안쪽에 있는 자신의 침상으로 가 몸을 뉘었다. 얼마
이야기하지도 않았는데 기력이 다 빠진 듯한 모습이었다.

"허어, 이젠 잠시만 깨어 있어도 이러니… 헛헛, 천존님의 곁에 갈 때
가 되었구나."

자조적인 목소리를 흘리며 그는 어두운 천장으로 눈을 돌렸다. 잠시
후 그의 작은 목소리가 호월의 귀에 들려왔다.

"호월아, 이젠 정말 내 목숨이 얼마 남지 않은 것 같구나. 내가 죽거든
이 침상을 뒤집어보려무나. 그래 줄 수 있겠느냐?"

"…알겠습니다."

파리한 안색으로 겨우 말을 하는 그를 보며 호월은 입을 열었다. 그러
자 연헌자는 묵묵히 웃으며 신형을 누였다.

호월은 잠시 연헌자를 바라보다 신형을 돌렸다. 오늘은 비어 있는 다른 막장에서 수련하는 것이 니을 것 같다는 생각에. 거의 유언이나 다름없는 연헌자의 말을 들으면서도 그의 얼굴은 변화가 없었다. 적어도 연헌자의 앞에서는 말이다.

돌아선 호월의 눈은 한눈에 보일 정도로 떨리고 있었다.

"헛헛, 바보 같은 녀석. 숨긴다고 천품이 숨겨질 성싶으냐?"

사라지는 호월의 뒷모습을 보며 연헌자는 작게 웃었다. 항상 냉막한 호월이지만 그게 스스로를 방어하려는 것이라는 것을 너무도 잘 알고 있었다.

약한 자는 죽는다. 그것이 아니라면 약삭빨라야 한다. 하나 호월은 절대 그렇게 살지 못할 녀석이었다. 그러니 지옥의 악귀처럼 보여야 이 망일곡에서 살아남을 수 있었다. 그저 몸으로 체득한 진리인 것이다.

그렇게 살아온 호월이니 자신의 앞에서도 그런 면들이 자연스럽게 나오고 있었다. 하지만 연헌자는 그런 행동들이 정말 본심에서 나오는 것이 아니라는 것을 안다.

반대였다. 실은 가슴속으로 연헌자의 죽음을 막을 수 없는 자신을 향해 욕을 하고 있을 것이다. 틀림없었다.

두 달 전이었던가? 자신이 의식을 잃고 쓰러졌을 때 송여남까지 왔다 머리를 흔들고 돌아간 날을 기억한다. 중간에 잠시 의식을 찾았을 때 자신을 바라보는 호월을 기억한다. 그리고…….

그의 눈에 맺힌 눈물을 기억한다.

*   *   *

카각! 칵!

일정한 속도로 곡괭이를 내려치는 호월의 몸은 땀으로 번들거렸다. 벌써 입구 쪽에서 불어오는 찬바람에 지열조차 한풀 꺾였지만 그는 벌써 한 시진 이상 이렇게 손을 놀리고 있었다.

이젠 그의 옆에 같이 움직이는 사람은 아무도 없었다. 모두 다 일손을 놓다시피 하고 무슨 일들을 하는가 모르지만 그건 호월에게 그다지 중요하지 않았다. 자신은 자신의 일만 하고 있으면 그뿐이었다.

또다시 보름이 지났다. 갱도에는 예전보다 비명 소리가 더욱더 잦은 빈도로 들려왔고, 연헌자는 이제 하루에 반 시진 정도만 기력을 찾고 있었다. 수심이 가득한 얼굴로 송여남이 자주 왔다 갔다를 반복하지만 그라고 해서 별다른 방법이 있는 것은 아니었다.

이 모든 시간과 사건의 흐름에서 의연한 것은 호월, 혼자뿐인 것처럼 보였다. 언제나 하던 일, 해왔던 일, 앞으로 해야 할 일만을 조용히 반복하고 있는 그였지만 내심 가슴은 타 들어가고 있었다. 다만 표현을 하지 않았을 뿐이었다.

콱! 콰직!

그렇게 계속 호월이 몸을 놀리고 있을 때였다. 저 앞쪽에서 누군가의 인기척이 들려왔다.

"이봐! 여기도 있다!"

"아니, 이놈들이 정말 죽고 싶어 이러나? 당장 그만두지 못해!"

굴 안에서는 조금만 소리쳐도 쩌렁하게 울린다. 특히 이곳처럼 깊은 곳은 그 크기도 작아서 더욱더 울렸는데 호월은 눈을 돌려 그들을 바라보았다.

누구인지는 모르나 이곳의 수인들 중 하나인가 싶었는데 점차 그들이 가까워지자 호월의 눈이 살짝 좁혀졌다. 처음 보는 옷을 입은 사람들이었다.

아니, 언젠가 봐서 기억 속에 확연하게 각인시켜 놓은 사람들이었다. 관인들이었던 것이다.

"이런 건방진 놈이! 넌 교령을 듣지도 못했느냐! 모든 수인은 지금 한 자리에 모이라고 한 지가 언제인데 아직도 이곳에서 노닥거려!"

그자는 호월에게 다짜고짜 악을 써댔는데 호월은 자신이 들고 와 벽에 박아놓은 작은 횃불로 가까이 다가온 그들의 모습을 확연하게 볼 수 있었다. 틀림없는 관인이었다.

자색 겉옷에 호박이 박힌 관모, 거기에 박도와 비슷하지만 그보다 조금 작은 도. 아직도 머리 속에 각인되어 있는 어린 시절에 본 관인과 너무도 같은 모습인 것이다.

"이보게, 이 자식 이거 미친 거 아닌가? 이미 나올 광물도 없는데 아직도 곡괭이질이네? 야, 너 이게 뭔지 보여? 응?"

호월의 앞에 작은 단편(短鞭)을 흔들며 한 관인이 입을 열었는데 그것은 작은 회초리와도 같은 가죽봉이었다.

그렇게 단편을 흔들던 사내의 얼굴에 웃음이 번졌다. 그러다 그는 호월의 얼굴을 향해 단편을 휙 날렸다.

콰직!

"……!"

두 관인의 눈이 커졌다. 단편은 별다른 큰 무기는 아니지만 워낙 얇고 빨라 잡기가 쉽지 않았다. 게다가 눈앞에서 휘두르다 친 것이니 막을 사이도 없었다.

한데 그의 단편은 호월의 손에 꽉 잡혀 있었다. 그것도 마치 바위틈에 낀 듯 잡아당겨도 요지부동이었던 것이다.

"이, 이놈이!"

스릉. 콰각!

“헉!”

옆에 있던 관인 하나가 허리춤의 칼을 뽑아내다 헛바람을 들이켰다. 도집에서 반쯤 뽑았다고 생각하는 순간 어디선가 발 하나가 날아와 자신의 도병을 내리눌렀던 것이다.

그것뿐이면 놀라기는 했어도 겁나지는 않았을 텐데 문제는 그게 아니었다. 발에 눌린 칼이 도집과 함께 허리에서 뜯겨 나가 석벽에 푹 박혀 버렸던 것이다.

“이, 이놈! 우, 우릴 죽일 셈이냐!”

놀란 눈으로 그는 뒷걸음질을 치면서 소리쳤는데 호월은 그 말에 큰 한숨을 들이쉬었다. 그리고는 손에 잡고 있던 단편도 놓았다.

이상한 일이었다. 이들을 보자마자 알 수 없는 분노가 호월의 가슴속에서 일어났다. 그 어릴 때의 기억이 다시금 되살아났는지 그건 호월조차 알 길이 없었다.

그저 맹목적인 살의. 관복을 입은 저자들을 보고 떠오른 감정에 호월은 스스로에게 당혹해했다. 한 번도 이런 적은 없었던 것이다.

“무슨 교령인가?”

“……”

관인들은 호월의 말에 눈만 껌벅거리고 있었는데 이윽고 정신을 차린 듯 그중 한 명이 입을 열었다. 호월의 눈치를 서서히 살피면서 말이다. 어쨌든 이곳에는 자신들밖에 없으니 이자가 마음만 먹는다면 죽는 것은 정해진 것일 테니.

“모든 수인은… 치심당(治心堂)으로 모이라고 아까……!”

그의 말이 채 끝나기도 전에 호월은 신형을 돌렸다. 그리고는 벽에 꽂아둔 횃불을 들고 움직이기 시작했는데 꽤나 빠른 걸음으로 옮기고 있었다. 그렇지 않으면… 둘 다 죽일 것만 같았기 때문이다.

멍한 얼굴의 관인 두 명만이 갱도에 남게 되었다. 그들은 그렇게 멀어져 가는 호월의 뒷모습을 바라만 보고 있었디.

*　　　*　　　*

"너희들을 이렇게 모이라 한 것은 다름이 아니라 향후 곡의 미래에 관해 통보하기 위해서이다!"

근 십 장의 너른 공간에 수십여 개의 횃불이 밝혀져 있었다. 매캐한 연기가 천장에 자욱하게 퍼져 가지만 모여 있는 수인들 중 아무도 이를 불편해하는 사람은 없었다.

있다면 새로이 들어온 관인과 병사들뿐. 그들은 연신 눈을 비비며 콜록거렸지만 망일곡주 황오는 꿋꿋이 입을 열고 있었다. 눈에 눈물을 가득 담은 채 말이다.

"우리 곡의 미래를 결정해 주실 분이 곧 이 갱도에 오신다! 너희들도 알다시피 그간 곡의 생산량이 상당히 미약했다! 따라서 정말 이 망일곡에 희망이 없는지는 그분이 판단하신다!"

큰 목소리로 황오는 단상에서 소리쳤는데 수인들 중 아무도 그 말을 심각하게 듣는 사람이 없었다. 다 아는 이야기를 왜 여기서 난리인지 알 수 없었던 것이다. 심지어 호월조차 아는 이야기를 말이다.

호월은 좀 전에 와서 이 연설 같지도 않은 말을 듣고 있는 중이었다. 이곳은 입구에서 그다지 멀리 떨어지지 않은 곳으로 수인들의 음식 등 보급품을 나누어 주는 곳이었다. 이곳을 모르는 수인은 없는 밖으로 나가는 단 하나의 입구였다.

어쨌든 수인들은 모두 삼삼오오 떼를 지어 황 곡주의 말을 경청(?)하고 있었는데 좌측으로는 삼패의 수하들이, 우측에는 방산의 수하들이 편을 갈라 서 있었고, 호월은 그 중앙에 있었다.

솔직히 수인들은 곡주의 말보다 양측의 분위기에 신경을 더 쓰고 있었다.

그때였다. 단상에 누군가 올라왔는데 황오 같은 문사 차림이 아닌 경장 갑주를 걸친 완전한 무인이었다.

"본좌는 참지정사 왕 대인의 호위를 책임지고 있는 전항(田沆)이라 한다. 단도직입적으로 말하겠다. 지금 이 순간부터 여기 있는 모든 수인들은 이 치심당 밖으로 나갈 수 없다. 만일 이를 어길 시 참수에 처한다. 알겠나!"

올라오자마자 그는 다짜고짜 목소리부터 높였는데 그 말에 몇몇 수인들의 눈에 살기가 조금씩 떠올랐지만 전항은 콧방귀로 대답했다.

"어차피 네놈들은 모두 수인. 언제 죽어도 이상할 게 없는 인간 말종들이다! 조금이라도 더 살고 싶으면 조용히 이 자리에서 움직이지 말도록!"

그는 여전히 강경했고 얄팍한 입을 꽉 닫으며 자신의 의지를 표출했다. 호월은 그 모습에 벽에 등을 기대며 눈을 허공으로 돌렸다.

뭐라고 하든 안 나가면 된다고 하니 그뿐이었다. 연헌자가 아직도 갱도의 끝에 있긴 하지만 그곳이야 워낙 깊은 곳이고, 송 숙부가 있기에 별다른 걱정은 되질 않았다. 자신과는 달리 송여남은 자유로우니 말이다.

그저 눈을 돌려 저 관복과 병사들의 모습을 보지 않기 위해 애쓰고 있었다. 그때였다. 누군가의 얄팍한 목소리가 들려왔다.

"히유, 독불장군도 오셨네? 한데 이걸 어쩌냐? 우리 채주가 눈 하나 값 받겠다고 좀 전에 나갔는데?"

"……."

횡설수설하는 자를 향해 호월은 눈을 돌렸다. 거기에는 처음 보는 수

인 하나가 서 있었는데 깡마른 체구에 키는 호월의 목도 안 되었고 입술
양옆으로 간사한 수염을 기른 자였다.

"에험, 난 채주님을 보필하는 사람이야. 그냥 소뇌라고 부르라고. 그
게 더 친근감이 있지 않아?"

뜻 모를 소리를 지껄이는 그를 보며 호월은 미간을 살짝 찌푸렸다. 이
렇게 말 많은 자들은 그 속내가 뻔한 경우가 많았던 것이다.

이곳에 살면서 호월의 그늘에 가려 살고자 하는 놈은 한둘이 아니었
다. 그때마다 호월은 냉막한 얼굴로 대하며 다 튕겨냈는데 별의별 놈들
이 다 있었다. 그중 이놈처럼 말 많은 놈이 제일 싫었었다. 다 듣고 나면
별말 아닌 것이다.

한데 오늘은 달랐다. 뭔가 알 수 없는 불길함이 가슴속을 깊숙이 적시
고 있었고 이어진 그의 말에 그 불길함은 현실이 되었다.

"어쩌냐? 좀 전에 채주님이 네 숙부를 죽인다고 가셨걸랑? 일단 무공
을 모르는 노인네 뼈다귀가 부수는 맛이 제일이라고 밖으로 나가셨어.
최소한 눈알 하나 정도는 배상을 받아야… 컥!"

한참 지껄이던 소뇌의 입에서 비명성이 흘러나왔고, 온 사람들의 이목
이 호월에게 집중되었다. 호월이 그의 목줄기를 움켜쥔 것이다.

"뭐라고 했나?"

"켁켁!"

"다시 말해 봐라. 목이 부러지기 전에."

호월의 살기 어린 음성에 그의 주위에 있던 수인들이 슬금슬금 피하고
있었다. 소뇌는 죽을힘을 다해 입을 열었다.

"컥, 채주님… 소, 송 노… 인… 주… 죽여……."

"……."

호월의 눈에서 새파란 살기가 숫구쳤다. 그는 소뇌의 목 줄기를 잡은

손을 뒤로 힘껏 던지며 멍한 표정을 지었다.

"커컥!"

소녀는 나동그라지며 머리를 땅에 힘껏 박았지만 호월에게는 아무런 소리도 들리지 않았다. 그저 머리 속에 송 숙부의 죽음만이 떠오르고 있었다.

이곳에서의 죽음은 삶의 또 다른 모습일 뿐이었다. 이곳 망일곡에서 사는 사람인 이상 그 누구도 죽음을 피해갈 수는 없었다.

누군가에게 죽어 처참한 모습이든, 혹은 병들어서 죽든, 또는 아주 운수 좋게 늙어 죽든 간에 죽음은 매한가지였다. 호월은 그들이 죽은 모습을 보면서 자신의 모습을 떠올렸다. 언젠가 저 모습이 자신의 모습이라고 생각했었다.

그렇게 생각하니 마음이 편했었다. 최소한 저런 모습을 지금 하고 있지는 않았고 그렇게 될 확률도 별로 없다고 생각했다. 이곳의 사람들과 싸우면서 어느 정도 질서를 잡아놓았고, 자신은 그 질서 속에서 한 걸음 물러서 있다고 생각했었다.

한데 송 숙부의 죽음이라니. 그가 보고 기억했던 죽은 자의 모습에 송 숙부의 모습을 겹쳐 보았다. 그러자 가슴 한구석에 또 다른 감정이 치달아 올랐다. 죽어가는 연헌자의 모습을 보고 언젠가는 겪어야 할 일이라 생각했지만 막상 닥치고 보니 뭐라고 이야기하기 힘든 이상한 감정이었다.

분노? 안타까움? 아니었다. 그런 것들에 대한 감정이 아니었고 좀 더 큰 것이었다. 작은 상상 하나로 이렇게 가슴이 떨릴 만큼 슬픈 감정은 정말 완전히 잊혀졌던 감정이었다. 뭐라 말하는 것도 잊었을 만큼 말이다.

그러나 그 모든 것을 생각하기에는 시간이 없었다. 호월은 단 한 가지만을 머리에 떠올렸다. 그냥… 그래서는 안 된다는 것뿐이었다.

호월은 신형을 움직였다. 천천히 움직이다 한 걸음 한 걸음 걸어가면서 점점 빠르게 정면에 보이는 굴 입구를 향해서였다.

"아니, 이놈이! 내 말을 듣지 못했느냐!"

스릉!

전항은 허리춤의 장검을 뽑아 들며 다가오는 호월을 향해 소리쳤다. 그러자 그의 뒤에 줄지어 있던 이십여 명의 병사들이 모두 병기를 쥐고 앞으로 나왔다.

그때였다.

타타탓! 파팍!

호월의 신형이 빨라졌다. 아니, 그냥 빨라진 정도가 아니라 눈에서 사라졌다고 느낀 순간 삼 장의 거리를 좁혀 어느새 일 장 앞에 나타나 있었다.

"죽고 싶은 놈이었구나! 타앗!"

파아아앗!

전항은 검을 힘차게 휘돌리며 호월의 목을 겨냥했고, 이어 뒤쪽의 병사들은 장창으로 전항의 좌우측을 찔러갔다. 양쪽으로 두 개씩 네 개의 창과 중앙의 검날로 인해 호월이 피할 곳은 없어 보였다. 한데…….

스스스스 ―

"헛!"

전항의 입에서 경악성이 터져 나왔다. 호월의 신형이 마치 안개 속에 비친 모습인 양 이지러지듯 흔들리더니 오른쪽 귓가에 섬뜩한 기운이 흘렀다. 전항은 검을 가슴으로 끌어 올리며 신형을 돌렸다.

파아앙!

"이런! 잡아라! 앞에 있는 궁수 부대에 연락해! 어서!"

천장에 바짝 붙을 정도로 커다란 도약을 해가는 호월을 보며 전항은 고래고래 소리를 질렀다. 그러자 병사들이 바로 호월의 뒤를 쫓았지만 이미 늦은 후였다.

"사… 술인가?"

전항은 너무 놀라 그저 곡구로 향하는 호월을 바라만 보고 있었다. 아직도 그의 뇌리 속에는 연기처럼 늘어나는 호월의 모습만이 휘돌고 있었다.

놀란 사람은 그만이 아니었다. 뒤에서 가만히 바라보고만 있던 염천의 눈도 놀람으로 한껏 커져 있었다.

"극, 극성이야. 환무(幻霧), 환무의 경지를!"

벅찬 가슴에 그는 입술을 떨며 조용히 외쳤다. 호월이 지금 펼친 보법은 무류종환보의 최고 경지, 환무의 경지였다. 시전되면 안개처럼 흩어지는 모습을 보인다는…….

그의 머리 속에 지난날이 떠오르고 있었다. 홀대받는 하오문의 지난날이… 변변한 보법도 없이 그저 삼류무인들에게도 박살나던 그 현판들이 말이다.

피피핑! 콰가각!

궁수들의 활 솜씨가 상당하지만 그렇다고 호월이 맞을 정도는 아니었다. 무엇보다도 누가 튀어나올 줄은 몰랐을 것이고, 또 호월이 목적한 곳은 너무나 가까웠다. 거리로 따진다면 이십여 장이 채 안 되는 거리였던 것이다.

언젠가 호월도 밖에 송여남을 따라 나와본 적이 있기에 또렷이 기억하고 있었다. 건물은 단 두 개. 오른편의 높은 건물이 곡주와 병사들이 묵는 곳이고, 왼쪽에 연기가 솟는 작은 건물이 대장간이었다. 호월이 목적한 곳은 물론 왼쪽이었다.

티팅. 콱. 콰가가가각!

오른손을 들어 팔목의 수갑으로 날아오는 화살 하나를 등겨내며 허공으로 도약하자 그의 발밑으로 수많은 화살들이 틀어박혔다. 이미 심상인은 구태여 발동하지 않으려 해도 자연스럽게 발동되고 있었다.

타탓! 파아앙!

이 장여가 남았을 때 호월은 단숨에 허공으로 도약하며 대장간의 댓돌 위로 올라섰다. 그리고는 발로 문을 박차며 들어갔다.

꽈아앙!

"히이익! 호, 호월?"

한창 일하던 사람 하나가 망치를 놓치며 깜짝 놀라다 호월임을 알아보고 의아한 얼굴을 하고 있었다. 언젠가 호월도 봤던 사람으로 송여남의 밑에서 일하는 사람이었는데 호월은 주위를 둘러보며 입을 열었다.

"송 숙부, 송 숙부님은 어디 계시오!"

"응? 송 장두(匠頭)님? 못 만났나, 자네? 아, 자네 준다고 만들던 검이 완성되어서 벌써 반 시진 전에 갱도로 가셨는데?"

"……."

검을 만드는 것은 불법이기에 사내는 가까이 다가와 작은 목소리로 속삭였고, 호월은 멍한 기분이 들었다. 온몸에 흐르는 땀이 한꺼번에 식는 느낌이 들 만큼 한기가 느껴지자 그는 다시금 입을 열었다.

"방산, 그놈이 여기 오지 않았었소?"

"방산? 그게 누군데? 오늘 여기 온 사람은 자네가 처음이야. 아, 오전에 왔던 그 참지정사란 사람 빼고는 아무도 없는데?"

"……!"

호월의 눈이 새파랗게 빛났다. 그제야 그는 모든 것을 알 것 같았다.

세 치 혀에 놀아난 것이다.

"잡아라!"

"뭣들 하느냐! 어서 대장간을 포위하지 않고!"

밖에서 시끄러운 소란성이 들렸지만 호월은 그저 멍하니 서 있었다. 그러다 갑자기 신형을 돌리며 악다문 이 사이로 소리를 내었다.

"연… 숙부님!"

다시 문을 향해 걸어가는 호월의 눈에서는 새파란 살기가 솟구치고 있었다.

2

"시간은 반 시진뿐이다. 잘 알고 있겠지?"

"제길 집어치워! 귀에 못이 박히도록 들은 이야기니 딴말 말고 시간이나 재시지."

"그 눈으로 가능한가? 반 시진 안에?"

"으득!"

방산은 이를 부득 갈았다. 그는 지금 또 다른 갱도 안에 수하들과 진을 치고 있었는데 그의 앞에는 낯선 사람이 두 명 있었다. 둘 다 흑의를 입고 복면까지 쓴 채 눈만 뚫어놓은 자들이었다.

"한쪽 눈은 잘 보이니 신경 끄지? 괜히 나중에 약속이나 흐트러뜨릴 생각이나 먹지 마. 그랬다가는 골통을 깨버릴 테니!"

으르렁거리는 목소리로 방산이 복면인들에게 소리치자 앞쪽에 서 있던 복면인이 앞으로 걸어나왔다. 드러난 그의 눈에는 노한 기색이 역력했다.

그러나 복면인은 더 이상 나가지 못했는데 그의 뒤에서 누군가 어깨를 잡았기 때문이다. 또 다른 복면인의 손이었다.

"크큭, 역시 눈치있는 양반은 어디에나 있군 그래. 그렇게 이곳에선 입 다물고 있는 게……."

"채, 채주!"

두 사람의 행동에 방산은 득의의 웃음을 지으며 입을 열다 들려오는 목소리에 그 두터운 목을 돌렸다. 그의 눈에 몇몇 사람들의 모습이 보였는데 모두 그의 수하들이었다.

한데 그 숫자가 조금 이상했다. 열댓 명 정도 간 것 같은데 지금 오는 것은 단 두 명. 방산은 눈을 치켜뜨며 소리쳤다.

"뭐야! 다른 놈들은 어디 있어! 그리고 그 노인네의 목은?"

"그, 그게……."

낭패한 기색을 한 수하는 온몸에 피칠을 하고 있었다. 하나 그건 자신의 피는 아니었고, 한창 싸우다 도망쳐 온 듯하자 방산은 이제 몸까지 돌린 채 고래고래 소리를 질렀다.

"야, 대갈통! 똑바로 말 못해! 엉!"

부우웅!

한 손에 든 철퇴를 공중에 휘두르며 소리치는 방산의 서슬에 대갈통이라 불린 자는 찔끔한 표정이 되었다. 그는 주저하다 겨우 입을 열었다.

"그, 그 노인네, 고수입니다! 송 노인도 함께 있지만 그 노인네야 별것 아닙니다. 하나 연 노인이란 놈은 정말……. 그 노인네가 우리 애들을……."

"뭐, 뭐야! 이 병신 같은 새끼들! 골골대는 노인 하나 어쩌지 못하고 그냥 와!"

"사, 사람들을 더 데리러 온 겁니다! 가서 반드시 죽이려구요! 열 명만 더 있으면 어떻게 될 것도……!"

부우웅!

더 이상 들을 것도 없다는 듯 살의가 뻗친 방산은 철추를 바로 날렸다. 그의 뇌리 속에 이자는 전혀 필요없다는 생각이 든 듯했다.

이들이 간 곳은 연헌자가 묵고 있는 곳이었다. 방산은 수하들을 분산시켜 한쪽으로는 저들 참지정사를 쫓고, 또 한쪽으로는 잃어버린 한쪽 눈의 보상을 받으려 했다. 호월의 스승이라 불리는 연헌자를 죽여 버리려 했던 것이다.

그런데 이렇게 멀쩡히 살아오면서 실패하다니. 방산의 관념 속에서 절대 있을 수 없는 일이었다. 그때였다.

턱!

"호오, 좋은 검을 가지고 있구나."

"……!"

자신의 철추가 막힌 것에 방산은 두 눈을 크게 떴다. 그뿐만이 아니라 다시 들어 올리려 해도 그럴 수가 없었기에 더 더욱 놀라고 있었다. 어느새 저 뒤쪽에 있던 복면인이 그의 앞으로 나와 한 손으로 철추를 받아낸 것이다.

게다가 다른 손으로는 대갈통의 손에 들린 검을 검집째 잡아 빼앗는 모습이 누가 보면 그냥 주는 것처럼 보일 정도였다. 보통 강한 자가 아닌 것이다.

스슥. 쿵!

"헛!"

복면인은 슬쩍 손을 내쳤을 뿐인데 방산의 철추는 옆으로 팅겨지듯이 움직였다. 그리고는 석벽에 콱 박혀 버려 힘을 주어도 빠지지가 않았다.

대단한 내가고수인 것이다.

그는 더 이상 방산에게 관심이 없는 듯 오로지 검만 바라보고 있었다. 문득 그의 양손이 움직이며 검을 잡아 뽑았다.

스르르릉. 찌이이잉.

"오, 검명도 좋고 색깔도 대단한 데다가 강도도 비할 바가 아니군. 이거 내가 오늘 복을 받았나 보군. 핫핫핫하!"

마치 그 검이 자신의 것이라도 되는 듯 행동하는 복면인이지만 아무도 그의 행동을 제지하지 못했다. 그럴 실력도 없는 것이다.

"음, 자헌검(紫憲劍)이라. 좋은 이름이야. 딱 어울리는 이름이로다!"

검신에 새겨진 이름을 보며 복면인은 진정 감탄하여 소리쳤고 과연 병기를 모르는 사람이 봐도 보도임에 틀림없었다. 자색의 검신에서 끝없는 예광이 흘러나오고 있었다.

갑자기 복면인은 검날을 돌렸다. 그리고는 철추가 박혀 있는 석벽을 향해 길게 검을 가로지르자 사람들의 눈이 휘둥그레졌다.

파아아앗! 떨그렁!

자색의 검기가 검날에서 폭사되며 석벽을 그었고, 그 서슬에 단단히 박혀 있던 철추가 땅에 떨어졌다. 그냥 보기만 해도 가슴 떨리는 순간이었다. 그러면서도 철추는 아무런 흔적도 없었던 것이다. 그 뒤의 석벽은 두부처럼 갈라놓고도 말이다.

"헛헛, 아주 기분이 좋군. 한데 자네 이렇게 있어도 되나? 저 향이 다 타면 반 시진이 지나네. 그럼 모든 것이 끝이지. 이미 삼분지 일 정도 탄 것 같은데?"

"삼분지 일은 무슨! 어쨌든 가겠소! 에이, 멍청한 것들! 애들한테 일러! 중앙의 광장으로 몰라고. 알겠나!"

"예, 예, 채주님! 한데 노인네 쪽으로 간 친구들은……."

"이 멍청한 자식이 뭘 들었어! 일단 신경 끄고 그 왕안석인가 뭔가 하는 새끼부터 죽이라고!"

"예, 예!"

방산은 소리친 후 바로 자신의 철추를 집어 들었는데 잠시 고개를 돌려 복면인이 가진 검을 바라보았다. 보검에 욕심이 나는 듯했지만 곧 한 눈을 질끈 감으며 소리쳤다.

"야, 가자! 걸리적거리는 것은 모두 죽여! 알겠냐!"

"예, 채주님!"

그의 구령에 맞추어 사람들은 움직이기 시작했고, 이내 그들의 신형은 협소한 동굴의 어둠에 파묻혔다. 그러자 뒤쪽의 복면인이 입을 열었다.

"회주님, 일이 더 복잡해진 것 아닙니까? 어째서 저런 쓰레기들을 쓰시려 하는지……."

그는 아직도 검에 눈이 팔려 있는 복면인에게 입을 열었는데 회주라는 사람은 천천히 입을 열었다.

"쓰레기니까. 쓰레기는 쓰레기들이 처리해야 하지 않겠느냐? 헛헛!"

그는 말을 마치며 천천히 신형을 돌려 움직이기 시작했다. 방산이 간 곳의 반대 방향이었다.

"회주님, 지금 나가십니까?"

"그럼 여기서 뭘 할까? 어차피 실패로 끝날 일에 시간 낭비하지 말자꾸나."

복면인은 회주의 말에 눈을 가늘게 떴다. 대관절 지금 이게 무슨 말인지 짐작도 할 수가 없었는데 그의 궁금증을 짐작하는 듯 회주라는 자의 목소리가 들려왔다.

"그 친구도 세상 만만치 않다는 것을 맛보아야지. 그래야 부탁과 명령의 차이가 뭔지도 알게 되고. 우리의 관계가 거래였다는 것을 다시금 일

깨워 줄 때가 되었어.”

“아! 알겠습니다, 회주님.”

복면인은 그제야 짐작하겠다는 듯 입을 열며 그의 뒤를 쫓았다. 회주
란 사내는 고개를 끄덕이며 천천히 앞으로 걷기 시작했다.

“헛헛, 이래서 내가 비팔수(秘八手) 널 좋아하는 것이야. 정말 데리고
다니기 편하구나.”

“아닙니다, 회주님. 어찌 제가…….”

두 사람은 기분 좋은 대화를 나누며 또 다른 동굴을 향해 사라지고 있
었다. 타 들어가는 굵은 향초의 작은 불씨만이 덩그렇게 세상을 비출 뿐
이었다.

*   *   *

“후웃, 훗.”

호월은 숨을 들이켰다. 큰 숨을 들이마시다 다시 뱉기를 반복하면서
가슴을 진정시켰다. 또다시 펼쳐진 관군들의 포위를 뚫고 갱도로 들어오
기는 상당히 벅찼다.

이번엔 미리 준비를 해서인지 병사들의 조준이 정확했다. 덕분에 곳곳
에 스친 상처를 입었고, 옆구리에는 화살 한 대가 깊숙하게 박혀 있었다.
호월은 왼손을 들어 자신의 옆구리에 가져가 박힌 화살대를 움켜잡았다.

뚜둑!

“큭!”

급한 대로 화살대를 부러뜨렸으나 그 고통이 만만치 않았다. 하나 더
이상 지체할 수 없다는 생각에 그는 다시금 걸음을 옮기기 시작했다. 아
직 연헌자가 있는 막장으로 가려면 지금껏 온 길만큼 더 가야만 했다.

“······.”

한참을 움직이던 호월의 신형이 멈추었다. 이제 저쪽 모퉁이만 돌면 목적지인데 느낌이 좋질 않았다. 특히 바닥에 널브러져 있는 관군과 병사들의 시신은 호월로 하여금 저절로 어금니를 악물게 했다.

이 정도라면 거의 반란 수준인데 왜 하필이면 이곳에서 죽었는지 그게 이상했다. 나갈 길이라고는 아무 데도 없는데 도망치려면 입구 쪽으로 가야 했다. 한데 더 깊은 곳으로 온다라······.

“퉤, 죽일 영감탱이들 같으니라구. 이젠 움직일 힘도 없는 모양이지? 응!”

“······!”

굴 안을 울리는 살기 어린 목소리에 호월은 눈을 들었다. 분명 이 소리는 연헌자가 있는 굴에서 나는 소리였다. 호월은 빠르게 달려가 모퉁이를 돌았다. 그리고는 그 자리에서 멈추었다.

언제나 음정 때문에 음습한 기운이 넘쳤던 음동은 진한 피비린내가 진동하고 있었다. 바닥에 널린 상당한 수의 시신 때문이었는데 모두가 수인들이고 못 보던 자들인 것을 보니 방산의 수하들 같았다.

그중 두 사람은 살아서 검을 꼬나 들고 있었다. 그리고 그 앞에는 가부좌를 튼 채 몸을 떠는 연헌자와 온몸에서 피를 흘리면서 횃불을 들고 버티는 송여남이 있었다.

타탓!

더 볼 것도 없이 호월은 신형을 날렸다. 한 마리의 야조가 되어 허공을 날아오르는 그의 눈에는 새파란 살기가 휘감기고 있었다.

“하아! 하아!”

송여남은 그저 가쁜 숨을 몰아쉴 수밖에는 없었다. 솔직히 그는 무공은커녕 싸움도 제대로 못하는 사람이었다. 이들이 죽이자고 덤빈다면 손 한번 써보지 못하고 죽어야 하는 것이 당연한 결과였다.

수인들을 한자리에 모은다는 소리를 듣고 연헌자가 걱정되어 달려온 길이었다. 이참에 호월에게 줄 검을 모두 들고 왔었다.

호월에게 줄 것은 모두 세 개의 검이었다. 그가 원한 쌍검 한 쌍과 장검 하나, 모두 이곳에 있는 자철광으로 만든 것으로 송여남이 온 힘을 기울여 만든 역작이었다.

그런데 그중 장검을 저들에게 빼앗겼다. 미래에 호월의 짝이 될 사람에게 줄 것을 뺏긴 것이다. 그는 단 한 번도 호월이 이곳에서 생을 마감하리라고는 생각지 않았다.

그는 지금 원망의 광망을 눈앞의 두 사람에게 쏟아내고 있었다. 등 뒤에서 연헌자가 이를 악물고 한 수를 발휘하여 한꺼번에 날려 버렸지만 더 이상은 무리였다.

그냥 자신의 목숨을 달라고 하면 줄 텐데. 이젠 이 검마저도 노리기에 그는 노구를 일으키고 대항하려는 것이다. 이미 등과 배에 깊은 자상을 입은 채로 말이다.

"이 지독한 영감탱이! 죽어버렷!"

파아앗!

한 사내의 입에서 거친 음성이 들리더니 허공에 빛이 번쩍였다. 눈 어림을 향해 날아오는 그 빛은 검의 반사광, 횃불로 막을 수 있는 것이 아니었다.

죽는 것이야 두렵지 않건만 호월을 보지 못하고 죽는 것이 내내 마음에 걸렸다. 이 쌍검을 자신의 손으로 넘기고 그것을 기쁘게 받는 호월의 모습을 한 번만이라도 보았으면……

그렇게 송여남은 눈을 감았다. 노안에 맺혀진 눈물이 주름진 볼을 따라 흘러내릴 때였다.

까아앙!

"……!"

귀청을 울리는 소리에 송여남은 눈을 떴다. 그리고는 더 이상 크게 뜰 수 없을 때까지 부릅떴다. 검날은 누군가의 팔에 의해 막혀 있었다. 자신이 만들어준 자색의 수갑에 의해 막힌 것인데 그게 뭔지는 너무나 잘 알고 있었다.

"이 녀석아! 왜 지금 오느냐! 어째서… 쿨럭, 컥!"

원망 어린 목소리를 내며 송여남의 신형이 무너졌다. 그렇게 그가 신형을 무너뜨리는 순간 호월은 신형을 휘돌리기 시작했다.

파아앙!

"커억!"

허리를 틀며 휘두른 호월의 손등에 검을 날리던 사내의 턱이 돌아갔다. 뒤로 튕겨가는 그의 신형을 향해 호월은 거리를 좁히며 바싹 붙었다.

호월의 왼손이 허공으로 올라왔다. 주먹으로 그의 턱을 살짝 고정시키더니 바로 왼손을 뒤로 뺐었다. 그러자 그 반동으로 오른 주먹이 다시금 그자의 턱에 꽂혔다.

콰앙! 우득!

살짝 뼈가 어긋나는 소리가 들려오며 그자의 턱이 과도하다 싶은 정도로 틀어지자 호월은 허리를 돌렸다. 그리고는 양 발을 공중에 띄운 채 힘차게 휘돌렸다.

휘힝! 빠각!

"……."

비명 한 번 지르지 못하고 그의 신형이 무너졌다. 도저히 돌릴 수 없는 각도인 오른쪽 뒷등 쪽으로 목이 꺾어진 그는 더 이상 살아 있는 사람이 아니었다. 호월은 땅에 내려서자마자 양 무릎을 살짝 굽혔다.

타탓! 파아앙!

내려서자마자 굽힌 무릎을 펴며 비상한 호월은 한 마리의 은어와도 같이 허공에서 몸을 틀며 남은 한 사람을 향해 신형을 날렸고 그자는 이미 사색이 된 얼굴을 하고 있었다. 호월은 오른손을 들어 그자의 머리칼을 움켜잡았다. 그리고는 배에 힘을 준 채 오른 무릎을 힘차게 끌어 올렸다.

콰각! 빠가각!

"크읍!"

허공에 피가 뿌려지면서 그자의 이빨들이 날아갔다. 그렇게 그자의 목어림에 무릎을 댄 채 호월은 그대로 땅에 내려섰다.

꽈앙! 우두두둑!

왼 무릎으로 가슴뼈를, 오른 무릎으로는 그자의 목뼈를 부순 후 호월은 일어섰다. 아직도 그의 눈에서는 새파란 살기가 줄기줄기 뻗어 나오고 있었다.

"후우, 후."

잠시 가슴을 크게 울렁이며 속을 진정시킨 후 호월은 신형을 돌렸다. 어느새 연헌자의 눈은 뜨여져 있었고, 품 안에 자신의 의제인 송여남을 안고 있었다.

"호월이로구나."

"연 숙부님!"

죽은 줄 알았다. 이미 연헌자는 이 세상 사람이 아니라고 생각했는데 그는 살아 있었다. 하나 느껴지는 기운은 너무나 미미했다.

"올 거라고 생각했다. 이제야 편히 눈을 감을 수 있겠구나."

"숙부님, 일단 누……."

"아니다. 이젠 시간이 없으니 듣기만 해라."

"……."

연헌자는 웃으며 고개를 저었다. 이젠 떠나야 할 시간임을 느낀 것이다. 그는 계속 입을 열었다.

"십삼월무(十三月舞)라고 한단다. 무당의 음유지력을 익히면 얻을 수 있는 것이라 했고, 난 그걸 원했단다."

비록 눈을 뜨고 있었지만 연헌자의 눈은 거의 보이지 않는 듯 초점을 잃은 채 정면만 바라보고 있었다. 그는 마지막 기력을 짜내 이야기하고 있었다.

"조사님께서는 다양한 무공을 가지고 계셨다. 어느 하나 무섭지 않은 것이 없었다고 한단다. 그중 십삼월무는 조사님께서 우화등선하시기 직전에 말씀하신 무공이지."

보이지 않는 두 눈이지만 원망스럽게도 다른 기능은 아직 충분한 듯했다. 지난날이 생각나는 듯 연헌자의 눈가에 뿌연 습막이 차 오르기 시작하고 있었다.

십삼월무는 그 누구도 연성한 적이 없었다. 하긴 마지막에 이론적으로나마 일컬어진 무공이니 그 누가 연성할 수 있었겠는가? 게다가 무당은 익힐 다른 무공도 너무 많았다.

그렇다고 개파한 지 오래되어 많은 시일을 들여 연구한 것도 아니니 그 무공은 잊혀져만 갔으나 적어도 한 사람은 그 일을 하고 있었다. 바로 연헌자였다.

솔직히 연헌자도 그 이름도 이상한 무공이 대단한 위력인지 아닌지도 모르나 확실한 것은 아직 삼성도 채 수련하지 못했는데 무당에서 그의 상대는 장문인 외엔 없었다. 실로 놀라운 성취인 것이다.

"나는 흥분했었다. 그 정도로 강한 무공이 세상에 존재한다는 것에 놀랐고, 그 주인공이 나라는 것에 흥분했었다. 그러나 오성을 넘긴 어느 날, 난 내 수련이 모두 잘못된 것임을 알았단다."

"……."

호월은 연헌자의 말소리 하나하나를 가슴속에 담기 시작했다. 가쁜 숨을 내쉬면서도 연헌자의 목소리는 계속되었다.

"주화입마? 굳이 그런 말을 사용한다면 맞다고 할 수도 있었다. 몸 안의 음유내력이 오히려 그 주인을 해치는 결과를 가져오기 시작했다. 그동안 양강의 기운에 단련된 내력의 통로들이 한도를 넘어서는 음유의 힘에 모두 부서지기 시작한 것이다. 막을 수가 없었다. 방법은 오직 하나. 양강의 기운을 받아들여 더욱 통로를 굳건히 하거나 통로 자체를 음유의 힘으로 다시 단련하는 수밖에 없었다. 그러자면 강한 음기를 지닌 이 음정이 필요했다. 그래서 이곳에 오게 된 것이다."

물론 그가 살자면 한 가지 방법이 있었고 정히 안 되면 그렇게라도 해서 무당에 돌아가고 싶었다. 단전을 파괴하여 모든 노력을 무로 돌려 버리면 되는 일인 것이다.

한데 그때 호월을 만났다. 인연인지 아닌지 모르나 어릴 때부터 음유의 내력에 길들여진 소년을 만났고, 그때 연헌자는 새로운 결심을 했다. 자신의 대가 아니라 호월의 대에 이르러 진실한 십삼월무를 이루고자 한 것이다.

단전을 파괴시킬 수가 없었다. 그의 모든 것을 호월에게 전해야 했기에……

"호월아… 잘 보거라, 이것이 내가 얻어낸 힘이니라……."
우우우웅―

말릴 사이도 없었다. 자신의 원정까지 모두 쥐어짜며 그는 양손을 길게 뻗었다. 은은한 백광이 연헌자의 전신에서 피어오르기 시작했다.

"내가 얻었던 단 하나의 음유지력…… 그것이 바로 이것이니라. 후인장(後引掌)이라 한다……."

"……."

호월은 그저 두 눈을 부릅뜰 수밖에 없었다. 연헌자는 한순간 눈을 파랗게 빛내며 소리쳤다.

"차아아앗!"

쩌저저정!

"……!"

호월의 입이 벌어졌다. 칠팔 장 정도 떨어진 석벽이 바수어져 나가며 그 파편들이 모두 연헌자를 향해 날아오고 있었다. 마치 뭔가에 확 잡아당긴 듯한 강한 내력이 실린 그의 장력에 호월은 정말 놀라고 있었다.

"넌… 나를 뛰어넘어야 한다……."

힘없이 양손을 떨구며 연헌자는 허리를 꺾었고 호월은 손을 뻗어 그를 받쳤다. 연헌자는 최후의 기력까지 모두 사용한 듯 온몸을 바르르 떨고 있었다.

"하아, 호월아, 반드시 이곳을… 벗어나 중원으로… 큭!"

"연 숙부님!"

점차 눈꺼풀이 무거워지는지 연헌자는 눈꺼풀을 떨기 시작했고, 호월은 그의 어깨를 잡았다. 연헌자는 고개를 흔들며 입을 열었다.

"무당으로… 가… 여, 연도 사백을… 뵙거라……."

"……."

호월은 입을 꽉 다물었다. 양 볼가에 주름이 질 정도로 꽉 다물린 그의 입술이 잘게 떨리고 있었다.

"저… 하늘의… 달 아… 래… 시… 십삼월무… 를… 추어… 다…
오…….

"……!"

연헌자의 고개가 숙여졌다. 한 번 숙여진 그의 고개는 다시 들려질 줄
을 몰랐고 그의 몸에서는 점차 생기가 빠져나가고 있었다. 연헌자는…
죽은 것이다.

"형님이, 하아, 먼저 가셨구나."

"송 숙부님!"

연헌자의 품에 안겨 있던 송여남이 힘겹게 입을 열었다. 이미 너무 많
은 피를 흘려 얼굴색이 새하얗게 변해 있었다. 그 역시 초점 없는 눈으로
호월을 바라보았다.

"형님과… 내가 세상에 남… 긴… 너뿐이… 다…….

"…….

"네가… 짝으… 을 찾아 행… 복…….

"……!"

송여남의 고개도 젖혀졌다. 한쪽 손에 호월에게 주려던 검을 움켜쥔
채 송여남도 그렇게 죽었다.

두 사람의 죽음 앞에서 호월은 그저 멍한 표정을 지었다. 도무지 아무
런 생각이 들지를 않고 있었다.

뭔가 해야 할 것 같은데 아무런 행동도 할 수 없었고, 심지어 아무 소
리도 들리지 않았다. 그저 오로지 눈앞의 두 사람만 생각되고 있었다.

이제야 알 것 같았다. 이 슬픔, 이 아픔, 아주 예전에 잊혀졌던 감각이
라 말로 표현할 수 없었던 이 느낌, 이젠 알 것 같았다.

감정이 아니었다. 이들을 보고 느껴지는 것은 감정 따위가 아니다. 그
저 보면 알 수 있는 것. 내 아버지와 같고, 어머니와 같았다. 강하고 자상

했던 할아버지 같았고, 언제나 인자하시던 할머니와 같았다.

호월이 잃은 것은… 가족(家族)이었던 것이다.

으득!

악다물려진 이빨 사이로 작은 마찰음이 흘러나왔다. 눈앞의 모든 것이 흐려지는 것을 느끼며 호월은 두 사람을 가슴에 안았다. 무척이나 작고 야윈 두 사람이었다.

두둑.

싸늘하게 식어가는 그들의 등 위에 호월의 굵은 눈물이 떨어지기 시작했다. 한두 방울씩 떨어지던 그의 눈물은 어느새 연달아 떨어지기 시작했다.

호월은 고개를 숙였다. 그리고는 그렇게 한참 동안 어깨를 떨었다. 침묵 속에 흐르는 호월의 눈물만이 그의 심정을 대변하고 있었다.

그는… 또다시… 가족을 잃었다.

3

얼마나 시간이 흘렀을까? 호월은 돌 침상 위에 두 사람을 뉘여놓은 채 침상 아래 두 무릎을 꿇고 멍하니 있었다.

언젠가 자신이 죽으면 이 침상 속을 보라는 연헌자의 말대로 호월은 침상을 들었고, 거기서 보퉁이 하나를 찾았다.

보퉁이 안에는 연헌자가 입던 무당의 도복과 작은 목검, 그리고 한 통의 서신이 놓여 있었다. 겉봉에는 '현양 대사형 친전(泫壤 大師兄 親傳)'

이라 쓰여진 것이, 아마도 사형에게 보내는 편지 같았다. 호월은 그저 묵묵히 그 보퉁이를 비리볼 뿐이었다.

그러던 호월이 자리에서 일어섰다. 보퉁이를 들고 일어서며 나직한 목소리로 말했다.

"몰랐습니다. 당신들을 만날 때 아무런 생각조차 없었습니다. 그저 살아야 한다는 생각뿐이었습니다."

호월은 보퉁이를 들어 침상 가에 올려놓았다. 두 사람은 평온한 표정으로 호월을 맞아주고 있었다.

"세월이 흐르고 저에 대한 당신들의 노력을 알면 알수록 두려웠습니다. 또다시 내 마음에 자리잡은 사람들을 잃게 되는 것이… 두려웠나 봅니다."

보퉁이를 놓아둔 채 그는 이번엔 쌍검을 들었다. 송여남이 만들어준 쌍검이었다.

"그런데, 그런데 또 당신들을 잃었습니다. 어떤 고통이고, 어떤 아픔인지 잘 알면서도 바보처럼 또 잃었군요."

길이는 석 자가 조금 넘고 폭이 다섯 치나 되는 검이었다. 두께는 한 치가 넘는 넓적한 검인데 호월은 오른 어깨로 비스듬히 매었다. 이 검은 오른쪽 어깨 위와 왼쪽 옆구리 아래로 뽑게 되어 있는 쌍검이었다.

"웃기고, 멍청한 일을 했습니다. 당신들의 죽음을 항상 생각했었습니다. 그 죽음 앞에서 나의 모습을 생각하며 스스로 어쩔 수 없다는 생각을 했었습니다. 그냥 그렇게 혼자서 당신들의 죽음을 받아들이기 위해 노력했습니다. 후회라면 그렇게 말할 수도 있겠군요."

지익!

검집에 매달린 끈을 꽉 조이며 호월은 검을 찼다. 가슴이 답답해질 정도로 꽉 매어놓은 것이다.

"약속드립니다. 다신 이렇게 바보처럼 굴지 않겠습니다. 그냥 어쩔 수 없었다라는 헛생각은 두 번 다시 품지 않으렵니다. 후회하더라도, 설사 제가 죽게 된다 하더라도 그냥 있지 않겠습니다."

문득 호월의 허리가 살짝 숙여졌다. 악다문 입술 사이를 비집고 그의 목소리가 다시 들렸다.

"또한 두 분의 말씀도 반드시 이행하겠습니다. 하나 그전에……."

호월은 허리를 펴고는 신형을 돌렸다. 이어 오른손을 들어 왼쪽 어깨로 향했다.

"그전에 조금만 기다려 주십시오."

우두두둑.

양손을 말아 쥐는 호월의 주먹에서 근육이 긴장하는 소리가 들려왔다. 호월은 잠시 그렇게 있다 신형을 돌렸다.

"잠시면… 아주 잠깐이면 됩니다!"

우우웅.

호월의 전신에서 질식할 듯한 살기가 피어오르기 시작했다. 두 눈 가득 핏빛 혈광을 담은 채 그는 그렇게 움직이기 시작했다.

*　　　　*　　　　*

"도대체 이유가 무엇인가! 어째서 나의 목숨을 자네가 나서서 노린단 말인가!"

이미 헝클어질 대로 헝클어진 머리에 입고 있는 하얀 비단옷은 더러워질 대로 더러워진 상태였지만 노인의 눈빛만은 형형했다. 수많은 사람들을 호령해 온 그였기에 자연스럽게 위엄이 묻어 나오고 있었다.

"이유? 그걸 가르쳐 주면 뭐가 달라지나? 왕 대인, 일을 어렵게 만들지 마시오. 그대만 죽어주면 모든 것이 끝나게 되오이다.”

망일곡주 황오의 목소리는 전혀 망설임이 없었다. 이미 오래전부터 세획되어 있었던 모양인 듯 목소리 하나, 손동작 하나에도 확신이 차 있었다.

갱도에서 가장 넓은 곳인 치심당은 지금 완전한 전장으로 변해 있었다. 두 패로 갈려진 사람들이 서로 싸우다 잠시 소강상태를 보이고 있었는데 한쪽은 황오를 필두로 한 방산과 몇몇 관인들이 있었다. 또 한쪽에는 예의 낭패한 모습의 노인과 전항, 그리고 이곳 갱도의 삼패가 모여 있었지만 그 숫자가 참으로 적었다. 삼십여 명도 채 안 되었던 것이다.

바닥에 쓰러져 있는 사람들만 근 백오십여 명. 이미 어느 한 군데 피가 흐르지 않은 바닥이 없으니 이 정도면 지옥도 이런 지옥이 없었다.

“이 왕안석(王安石)을 죽이기 위해 이 정도로 노력했다면 정말 가상하다고 해줄까? 허어, 정말 어이가 없구나!”

스스로를 왕안석이라 부른 자는 노화를 터뜨렸다. 참지정사 왕안석, 그의 모습은 그저 여느 촌로와 별다른 점이 없었다.

왕안석이 이곳 치심당에 온 지 일 다경쯤 되었을까? 벼르고 벼르다 이곳에 온 그는 다른 일정이 빡빡하여 바로 실사에 들어갔었다. 이곳 저곳 돌아보면서 광산을 폐쇄할 것인지 아닌지를 판단하려 했던 것이다.

한데 들어온 지 일각도 안 되어 그가 한 일은 판단을 위한 시찰이 아니라 도주였다. 곳곳에서 들이닥친 수인들로 인해 쫓겼던 것이다.

죽을 뻔한 고비를 몇 번 넘기고 겨우 그가 도착한 곳이 이곳 치심당, 여기서 한참 다른 수인들과 싸우는 전항을 만나고 나서야 한시름 놓을 수 있었다. 하지만 그건 그냥 기분만 그렇다는 뜻이었다. 상대편의 수는 이쪽보다 아무리 적게 잡아도 다섯 배 이상 많았다.

"아니, 가상한 것은 당신이 아니라 줄을 잘못 서 당신을 위해 죽어가는 그 수인들이지. 대체 무슨 배짱으로 내 말을 안 듣는지 모르나 곧 후회하게 될 것이다. 물론 죽어 저승에서 후회하겠지."

살짝 웃으며 황오가 입을 열자 왕 대인의 편에서 두 사람이 앞으로 나섰다. 뇌강과 염천이었다.

"후회는 무슨 후회! 네놈 편에 서면 살 수 있다고? 웃기는 소리를 하는구나. 이 일이 끝나면 제일 먼저 죽일 것이 우리일 게 뻔한데 우리가 왜 네놈의 말을 들어!"

"카카, 퉤, 세 살 먹은 아이들도 알 수 있는 일을 계략이라고 짜는 네놈이 정말 한심하구만. 천하의 참지정사가 그냥 혼자 여길 왔겠나? 곧 이곳에 호위군들이 몰려오면 죽는 것은 네놈이 될 것이다! 쌍, 그건 생각해 봤어? 이 멍청아!"

염천과 뇌강은 고래고래 소리를 질렀고, 그 말에 황오는 화를 낼 법도 한데 오히려 싱긋 웃고 있었다. 그때였다.

"멍청한 놈들. 네놈들이 할 수 있는 생각을 우리라고 못했을 것이라 생각하나? 지금 그들은 저쪽 십 리 밖의 교지군 진영을 향해 움직이고 있을 거다. 우리가 그들로 하여금 지원군을 요청했거든. 아무리 못 걸려도 반 시진 이상은 걸리지."

"……"

염천은 그 말에 인상을 확 썼다. 지금 말한 사람은 그의 부관 제령동으로 사람됨이 치사하고 간사해 수인들 사이에서도 평판이 안 좋은 놈인지라 그의 말은 은근히 무시해 왔었다.

그러나 그 말이 주는 의미는 무시할 수가 없었다. 그렇다면 밖에서의 도움은 바랄 수 없다는 말이니.

"황오! 도대체 이유가 무엇이냐! 왜 이런 일에 관인인 자네가 연루된 것인가! 그것도 부관도 같이.”

“지금 몰라서 묻는 거냐! 내가 왜 이렇게 나오는지 몰라!”

황오의 입에서 고함성이 터져 나왔다. 필요 이상으로 흥분하는 그의 눈에서는 불길이 치솟고 있었다.

“내가 언제 이곳에 왔나! 자그마치 이십 년이 넘는 세월이다. 그 세월 동안 단 한 번도 이곳에 다른 사람이 올 생각도 안 하고 있었지. 참지정 사들이 한 명씩 바뀔 때마다 난 희망을 품었지만 이젠 지겹다!”

“…….”

“수고한다는 말 한마디 없는 네놈들을 위해 이 칙칙한 곳에서 평생을 썩어야 하나? 웃기지 마라! 차라리 내가 죽고 말지! 난 반드시 네놈을 죽여 이곳을 벗어나야겠다! 알겠나!”

황오는 고래고래 소리를 지르며 입을 열었고 몹시 흥분한 듯 손을 부들부들 떨고 있었다. 문득 염천의 목소리가 이어졌다.

“진짜 웃기는 놈이구만. 그저 조용히 배부르게 먹고 놀고 있는 놈이 힘들다고 난리냐? 그럼 우린 뭐지? 널 위해 죽어라 일하고 있는 우리는 안중에도 없나?”

정말 화가 난 듯 소리치는 염천의 목소리는 착 가라앉아 있었는데 황오는 그의 얼굴을 보며 입술을 살짝 비틀었다.

“큭, 죽어야 이곳을 나가는 네놈들과 내가 똑같을까? 너야말로 정말 웃긴 놈이구나. 그래, 네놈들이 그럴 줄 알았지. 날 배신할 것 같아 내가 이들을 데리고 왔다. 역시 내 판단이 옳았어.”

눈앞에 떡하니 버티고 있는 방산의 어깨에 손을 올리며 황오는 웃었다. 이미 모든 것이 자신의 의도대로 흘러가고 있었다.

“이봐, 이쯤 하고 이 말 많은 놈들을 죽여야 되지 않나? 쓸데없이 말이 긴 것 같은데?”

"큭큭, 걱정 마쇼. 그렇지 않아도 하품이 날 지경이었으니. 뭣들 하나!
다 죽여 버려!"

"예, 채주님!"

방산의 목소리에 사람들이 다시 움직이기 시작했다. 모두가 흉흉한 안
광을 빛내며 무기를 번뜩이고 있었다.

"니기미, 이젠 진짜 죽겠구만."

"뭐가 어때? 어차피 죽음이야 삶의 또 다른 모습 아닌가?"

"이 자식이 장난하냐, 지금? 확 그냥."

저들의 모습을 보고 염천이 한 말에 뇌강은 으르렁거렸다. 언젠가 호
월이 지껄인 말을 그대로 이야기하는 염천은 정말 미친 듯이 살짝 웃고
있었다.

"이미 견우도 죽었다. 우리 모두 죽음을 피할 수 없을 바엔 그냥 날뛰
자고. 그게 네 신조 아니냐?"

"키킥, 당연하지. 한번 해보자고!"

두 사람이 선두에 나선 가운데 수인들이 그 뒤를 따라 가로로 도열하
기 시작했다. 그리고 그 뒤에 왕안석과 그를 호위하는 몇몇의 관군들이
있었다.

"니미, 그래. 어디 한번 해보자! 이야아압!"

"타앗!"

타타탓!

두 사람의 신형이 앞으로 뛰어나가는 것을 신호로 다시 치심당에는 피
가 흘러내리기 시작했다. 그렇게 또 한 번의 지옥이 펼쳐지려 하고 있었다.

＊　　　＊　　　＊

콰각! 우득!

눈앞에 보이는 한 수인의 목을 꺾으며 호월은 주위를 둘러보았다. 이 젠 어두운 갱도에 보이는 것은 아무것도 없었다. 그저 통로를 따라 흩뿌 려지듯이 널린 시체를 제외하곤 말이다.

모두가 낯선 자들. 대관절 얼마나 많은 새로운 수인들이 들어왔는지 모르지만 호월은 보이는 즉시 모두 죽였다. 그렇게 달려와 이젠 치심당 을 눈앞에 두고 있었다.

병기의 부딪침과 외치는 기합 소리가 작게나마 들리는 것을 보니 확실 히 한바탕하는 중인 듯했는데 호월은 서서히 앞으로 나서다 신형을 멈추 었다.

치심당의 구조는 상당히 간단하다. 광장같이 넓은 이곳의 전면과 후면 에는 튼튼한 나무 문이 가로막고 있었다. 한쪽은 저 밖으로 나가는 문이 고, 또 한쪽은 갱도로 들어가는 입구였다.

갱도로 들어가는 입구 쪽에서 호월은 잠시 신형을 멈춘 채 다시금 주 의를 기울이기 시작했다. 심상인을 발동하면서 문 저편의 느낌을 알아보 려 한 것이다.

다른 사람들은 어떻게 하는지 모르지만 호월은 비교적 간결하게 주위 의 상황을 인지한다. 심상인은 대기 중에 흐르는 기운을 잡아내는 역할 을 하는데 양강의 기운이 아니라 반대로 음유의 기운을 느끼게 한다.

이 세상 누구나 음양의 조화를 이룬다. 특별히 양강의 기운을 북돋워 쓰는 것뿐이지 분명히 음유의 기운은 존재한다.

바로 그런 느낌을 심상인은 잡아낸다. 따라서 강한 양강의 기운 때문 에 잘못 알아채는 일도 없고, 사람뿐만이 아니라 사물이 다가오는 것도 느낄 수 있었다. 공기 중에도 분명 음양이 존재하니 말이다.

그렇게 알아본 감각에 뭔가 이상한 것이 걸렸다. 바로 문 앞에 사람들이 모여 있는 것이 느껴졌고 불규칙한 기운으로 보아 상당히 힘들어하는 것 같았다.

어떻게 된 일인지 모르나 호월은 일단 손을 앞으로 뻗었다. 바깥에서 잠가 버린 버팀목을 풀어버리려 한 것인데, 그때였다.

쿠쿵! 콰가가가각!

누군가 문에 부딪치는 소리가 들리더니 이어 문짝 여기저기에 화살촉이 비죽이 솟아 나온 것이 보였다. 화살이야 관군 외에는 없으니 아마도 이 문 뒤에는 당하는 쪽이 있는 것 같았다. 호월은 더 이상 망설임없이 버팀목을 들어 올렸다.

가뜩이나 숫자도 달려 죽겠는데 화살까지 간간이 날아오자 염천은 죽을 맛이었다. 어떻게든 저들의 숫자를 줄이며 전세를 역전시키려 애써보지만 희망이 없었다.

이제 이쪽에서 땅 위에 서 있는 사람은 왕안석을 합쳐 대여섯 명. 물론 바닥에 저쪽의 수인들도 상당수가 쓰러져 있지만 이 정도로는 모자랐다. 아직도 칠십여 명 이상의 적들이 남아 있었던 것이다.

"훅, 후우, 젠장!"

가쁜 숨을 몰아쉬며 염천은 주위를 노려보지만 도무지 별다른 수가 보이질 않았다. 피곤한데다 여기저기 입은 상처를 지혈도 못했기에 거의 실신 직전이었다. 그러나 다른 사람에 비한다면 자신은 양반이었다.

모두들 양다리를 부들부들 떨고 있었다. 겁이 나서가 아니라 체력이 바닥나서였다. 내력으로 싸우는 무림인들도 아니고 외공 같은 하급무공을 전수받아 싸우니 몸이 온전할 리가 없었다.

그에 비해 저들은 차륜전이나 마찬가지. 문득 뇌강은 고개를 돌렸다.

"제길! 이렇게 죽어야 한다면… 차라리……."

"미친 짓 하지 마라, 뇌강! 차라리 시간을 끄는 게 나아!"

한 걸음 앞으로 나서는 뇌강을 향해 염천의 목소리가 직격했지만 뇌강의 눈은 이미 뒤집혀 있었다. 하긴 그 많던 수하들을 다 잃고 멀쩡하다면 그게 더 이상한 노릇이었다.

어차피 살아도 사는 게 아닌지라 결국 뇌강은 죽음을 택한 것이다. 그는 염천을 한 번 보더니 씨익 웃었다.

"지미럴, 그간 재미있었다. 먼저 간다! 타앗!"

"뇌강! 이 미친놈아!"

염천은 소리쳤고, 뇌강은 그냥 내달렸다. 정면에 보이는 수인들을 향해 양손을 치켜들며 달려가고 있었는데 그의 양손은 이미 피투성이인 것이 솔직히 그냥 놔두어도 더 이상 버틸 여력도 없어 보였다.

그러나 눈앞의 수인들은 씨익 웃으며 오히려 신형을 뒤로 뺐다. 그러자 뇌강은 더욱 깊숙이, 빠르게 들어갔는데, 그때였다.

피피핑! 콰가각!

"컥!"

외마디 비명을 지르며 뇌강의 신형이 멈추었다. 저 뒤편에서 날린 화살이 어느새 그의 가슴에 틀어박혔고, 뇌강은 그 자리에서 입을 벌린 채 신형을 떨었다.

"큭큭, 아주 좋아. 이렇게 나온다면 나야 좋지. 크하하하하!"

방산은 한 소리 내면서 뇌강의 앞으로 나왔다. 온몸을 부들부들 떨면서도 뇌강은 양손을 들어 올리려 했지만 그건 그저 발악일 뿐이었다.

"그래, 네놈은 꽤 깡다구가 있는 놈이었지. 저 잔머리 디룩디룩 굴리는 염천과는 좀 달랐었어. 근데 그래도 죽는 건 똑같구나."

말을 마치며 방산은 오른손을 들어 올렸다. 그의 손에는 철추가 쥐어져 있었고 흔들리는 횃불의 불빛이 적나라하게 반사되고 있었다. 방산은 힘껏 들어 올렸다가 바로 내려쳤다.

퍼걱!

"뇌강!"

이를 악물고 소리치는 염천의 눈에 처참한 모습의 뇌강이 보였다. 피와 뇌수가 한꺼번에 흐르고 뇌강은 그저 휘청이고 있었다. 이미 있어야 할 그의 머리는 반 이상 사라진 상태였다. 도저히 살아 있는 사람이라 할 수 없는 것이다.

콰악! 털썩!

그 뚱뚱한 발로 뇌강의 몸을 밀어 쓰러뜨린 방산은 허리를 힘껏 젖혔다. 그리고는 있는 힘껏 집어 던졌다.

"슬슬 지겨워진다! 이제 그만 끝내자고! 타아앗!"

부우웅! 파아아앙!

놀랍게도 공기를 가르는 마찰음을 내면서 철추가 직선으로 날아오고 있었다. 이정도의 속도에 힘이면 도저히 육체의 힘만이라고는 볼 수가 없었다. 확실히 내력을 지니고 있는 놈인 것이다.

"피햇!"

자신을 향해 날아오는 철추를 힘껏 옆으로 밀면서 염천이 소리쳤다. 신형을 옆으로 틀며 철추의 옆면을 때리려 하는 것인데 그러기엔 철추가 너무나 빨랐다.

부우우우웅!

철추는 그대로 통과해 뒤로 향했고 뒤쪽에 있던 전항은 이를 악물며 온몸을 날렸다. 장검을 치켜들며 날아오른 그는 공중에서 힘겹게 검날을 휘돌렸다. 지치기는 그도 마찬가지였던 것이다.

쩌어어엉!

"억!"

전항은 외마디 비명을 질렀다. 그동안의 싸움에 이가 듬성듬성 빠졌던 검날이 결국 부러져 버리자 그의 얼굴이 하얗게 변했다. 바로 뒤쪽에 왕안석의 모습이 보였던 것이다.

왕안석은 무공은커녕 몸을 잘 움직이기도 힘든 노인. 피한다는 것은 꿈도 꿀 수 없는 일이었으니 미칠 노릇이었다. 이대로라면 왕안석은 끔찍한 형상으로 죽게 될 터였다.

"대인! 피하십시오!"

그의 말이 채 끝나기도 전에 왕안석의 머리에 철퇴가 도달하고 있었다. 호위의 막중한 임무를 맡고서도 제대로 역할을 수행하지 못한 그는 두 눈을 질끈 감았다.

머리 속이 하얗게 변하는 것이 아무런 생각도 들지 않았다. 그렇게 전항이 고개를 떨구며 허공에서 떨어져 내릴 때였다.

구구궁! 파아아앙!

"……!"

귓가에 들려오는 기이한 소리에 눈을 뜬 전항에게 놀라운 광경이 보였다. 철퇴가… 공중에 멈추어 서 있었던 것이다.

"……."

왕안석은 마치 꿈을 꾸는 듯한 느낌이었다. 뭔가 번쩍이고 사람들이 움직이는 것을 보고는 이젠 죽었구나라고 생각하고 있었건만 번쩍이며 날아오는 물체는 지금 누군가의 손에 잡혀 있었다.

하얀 손. 마치 여인의 살결처럼 새하얀 손이 철추를 움켜쥐고 있었는데 그 손은 뒤에서 나온 것이었다. 굳게 잠겨 있던 뒤쪽 문이 열린 것이다.

궁금한 마음에 왕안석은 신형을 돌려 뒤로 눈길을 주다 눈을 크게 떴다. 그곳에는 처음 보는 사람이 서 있었다. 근 육 척이 조금 넘어 보이는 키에 눈앞이 턱하니 막힐 정도의 넓은 가슴, 그리고 거대하진 않으나 보통 사람보다는 큰 근육들이 징그럽게 꿈틀거리고 있었다.

오히려 키에 비해선 적당하다고 해야 하나? 어쨌든 그 팔만큼 하얀 몸을 지닌 청년이 서 있었다.

꾸우웅!

그의 손에 쥐어진 철추가 땅에 떨어지고 그가 앞으로 나섰다. 마치 눈앞의 자신에게는 아무런 용무도 없다는 듯 시선 한번 제대로 맞추지 않았는데 문득 수인들의 목소리가 귓가에 들려왔다.

"호, 호월?"

염천의 목소리에 그제사 상대의 이름을 안 왕안석은 그 이름을 조용히 따라 불렀다. 호월이라……

호월이란 사내는 앞으로 서서히 나가고 있었다. 그의 오른손은 머리 위로 가고 있었고, 왼손은 엉덩이께로 가 있었다. 문득 그의 양손이 동시에 펴졌다.

스르릉.

어깨 위와 왼쪽 옆구리 쪽에서 검이 동시에 튀어나왔다. 쌍검을 손에 쥔 채 그는 앞으로 서서히 움직이고 있었다.

스르릉.

"방산."

호월의 입에서 낮은 목소리가 들려오자 방산은 몸을 흠칫 떨었다. 근 칠팔 장이나 떨어졌는데도 몸이 떨릴 정도로 강한 살기가 느껴진 것이다.

"방… 산……"

조금 더 큰 소리가 들려오고 호월은 온몸에서 현풍결을 일으키기 시작했다. 보이지 않는 투명한 아지랑이가 호월의 주변에 한껏 피어오르고 있었는데 양손의 검 부분만이 마치 타오르는 사색 기둥처럼 보이고 있었다.

"방… 산!"

파아앙!

외침과 함께 호월이 앞으로 신형을 폭사하자 방산은 자신도 모르게 뒤로 물러났다. 그와 함께 방산의 입에서 비명성과 같은 소리가 흘러나왔다.

"마, 막아! 어서 막아!"

파파파파팡!

그러나 그 말이 채 끝나기도 전에 허공 가득 피보라가 터져 나왔다. 호월의 앞에 있던 수인들 셋이 한꺼번에 공중으로 튀어오르며 한껏 피를 쏟아내고 있었다. 마치 안개처럼 흐릿한 호월의 신형과 섞여 붉은 장막이 펼쳐지는 듯했다.

파아아앙!

그 장막을 뚫고 호월의 신형이 허공으로 비상하고 있었다. 양팔을 옆으로 쫙 펼친 채 양 무릎을 가슴께까지 끌어 올리며 두 눈을 휘둥그렇게 뜨고 있는 방산을 향해 짓쳐들고 있었다.

◆ 第四章 ◆

생과 사

“지금입니다! 어서 몸을 피하십시오, 대인!”

“이 안으로 들어가 봤자 갱도일 뿐이네. 어딜 도망가겠는가? 차라리 여기서 똑똑히 지켜보세나.”

왕안석은 굳은 얼굴로 입을 열었고 전항은 묵묵히 고개를 숙였다. 그의 말이 옳았다. 차라리 저자를 도와 이 난국을 헤쳐 나가는 것이 나았다.

“그렇다면 제가 이들을 데리고 가겠습니다. 그래서 저 앞에 문을 열 테니……”

“바보 같은 짓 하지 마시오. 괜한 목숨 버리지 말고 얌전히 이곳이 있는 게 좋을 것이오. 우리 중 그 누구도 호월을 도와줄 수 있는 실력을 가진 사람은 없소이다!”

차갑게 들려오는 염천의 목소리에 전항은 얼굴을 확 구겼다. 사실이기는 하나 수인의 입에서 들으니 기분이 상한 것이다.

“너 이놈, 감히… 엇!”

턱!

화가 나시 소리치려던 전항의 눈앞에 뭔가 날아오자 그는 자신도 모르게 붙잡았다. 염천이 던진 것인데 바닥에 널려 있던 칼 한 자루였다.

그것도 박도보다도 폭이 더 넓어 보였는데 염천의 목소리가 들려왔다.

"쓸데없는 생각 말고 조심하시오. 내가 황오라면 당장 화살부터 쏠 것이오. 대인을 보호하려면 그 칼로 화살이나 막으시길……."

"끄응!"

전항은 신음성을 한 번 내고는 바로 신형을 돌렸다. 그의 말처럼 저 위쪽 군사들의 움직임이 심상치가 않았다. 허리의 전통에서 화살 한 대씩을 새로이 꺼내 들고 있었던 것이다.

사아아앗! 파파팟!

자색의 그림자가 어른거린다 하는 순간 여지없이 붉은 피보라가 솟구쳤다. 호월의 검은 빨랐고 너무나 정확했다. 별다른 초식 없이 가장 빠르고 효과적인 공격을 해오는 바람에 방산의 수하들은 속수무책이었다.

내력 차이가 나도 너무 났는데 방산은 이를 악물다 바닥에 떨어진 거대한 대감도 하나를 주워 들었다. 이젠 그냥 있을 수가 없었다.

"젠장, 이놈은 왜 안 나타나!"

뜻 모를 이야기를 하며 그는 앞으로 나섰고, 그가 나서자 호월은 손을 멈추었다. 이미 바닥에는 이십여 명이 넘는 수인들이 뒹굴고 있었다. 잔인하리만치 무서운 공격이지만 호월의 얼굴은 무표정 그 자체였다. 다만 방산을 바라보는 눈동자만이 무섭게 불타오르고 있었다.

"생각보다 좀 하는 놈이었구만. 하긴 그래야 좀 재미가 있지. 안 그러나?"

"……."

호월의 속을 긁으려 하는 듯 방산은 걸걸한 목소리를 내면서 앞으로 왔지만 그런 그의 노력은 수포로 돌아갔다. 호월의 표정은 여전히 냉막했던 것이다.

아니, 완전히 수포로 돌아간 것은 아니었다. 호월이 자신의 검을 검집에 집어넣고 있었다. 그 모습을 보던 방산의 얼굴이 변했다.

"크크크크, 진짜 네놈이 죽고 싶은 모양이구나!"

자신의 검을 검집으로 되돌리는 호월을 보며 방산의 눈이 험악하게 변했다. 이게 무슨 뜻인지 모르면 바보였다. 너 따위는 무기도 필요없다는 뜻인 것이다.

"오냐, 네 소원대로 죽여주마! 내 무기는 아니어도 충분하다 못해 넘친다! 끼얍!"

휘이이이잉!

방산의 손에 든 대감도가 공중으로 치켜 올려졌다. 그리고는 있는 힘을 다해 내려쳐졌는데 호월은 그 앞에서 아무런 행동도 취하지 않고 있었다.

정말 아무것도 안 하는 동작. 양손을 늘어뜨린 채 방산을 바라보고만 있었다. 방산은 콧김을 뿜어내며 그대로 내려치며 생각했다.

흔히들 덩치가 크면 느리다고 생각한다. 그건 방산도 예외가 아니라서 방산과 싸우는 자들은 열이면 열 모두 방산의 공격을 피한 후 바로 역공을 하려 했다. 하나 그렇기에 모두 다 죽었다.

그는 내가고수였다. 그저 만만한 외공만 죽어라 익힌 것이 아니라 나름대로 체계가 잡힌 무공을 익힌 자였다. 따라서 그가 움직이는 속도는 마른 사람이 빠르게 움직이는 것과 별반 다름이 없었다.

그래서 싱겁게도 단 한 번에 승부가 나는 것이 일반적이었고, 지금도 그럴 것이라 그는 생각했다. 적어도 호월의 몸에 대감도가 닿기 전까지는 말이다.

휘이이— 쫘앙!

"헛!"

분명 그는 호월의 몸을 내리찍었다. 그것도 한쪽으로 움직이는 신형에 맞추어 대감도를 내리찍었다. 그런데 일자가 아니라 호선을 그리며 움직인 것이다.

맞지 않았다. 허공을 갈랐는데 마치 자신의 대감도가 마치 호월의 신형을 밀어낸 것만 같이 그러게 보였었다. 그리고…….

쾨각!

"크어억!"

방산의 입에서 비명이 터져 나왔다. 호월이 손을 들어 방산의 턱 밑과 눈 밑을 또다시 눌러 쥔 것이다.

"쉽게 죽을 거라 생각하지 마라."

"우어어억!"

손아귀에 힘이 들어가면 갈수록 방산은 고통에 몸부림쳤다. 문득 호월의 차가운 목소리가 이어 들렸다.

"숙부님께서 주신 이 소중한 검……."

우두두두둑!

"아각!"

뼈가 부서지는 듯한 고통에 방산은 버둥거리고 있었다. 호월은 그런 방산의 배 어림에 오른발을 대었다.

"네놈의 피가 묻는 것은 내가 사양한다!"

파아앙!

힘껏 발을 구르며 호월은 손을 놓았고, 방산은 그 비대한 몸을 뒤집으며 뒹굴었다. 근 일 장을 굴러가고 나서야 고개를 들어 호월을 바라보았다.

호월은 천천히 다시 다가오고 있었다. 정말 그의 말대로 그냥 죽일 생각은 없어 보이자 방산은 이를 악물며 다시금 몸을 일으켰다. 차라리 이렇게 된 것 온 힘을 다해 상대하려 마음먹은 것인데 그건 마음뿐이었다. 그의 양손은 가볍게 떨리고 있었다.

"뭣들 하느냐! 어서 활시위를 먹이지 않고! 어서 왕안석을 향해 쏴라! 쏘란 말이다!"

고래고래 소리를 지르며 황오는 주위의 병사들에게 소리쳤지만 병사들의 얼굴은 당황한 빛이 역력했다.

아까야 어느 정도 승기가 잡혔기에 선택권 따위는 없었다. 병졸이 살 길은 상급자의 말에 충성하는 것뿐이기에 그렇게 한 것인데 이젠 상황이 조금 달라졌다.

비록 한 사람의 등장으로 인해 비롯된 일이나 그자가 가지는 힘이 너무나 커 보였다. 그래서 주저하는 것이다.

"이런 바보 같은 놈들! 어서 활시위를 당기지 못할까! 어서!"

"히익!"

보다보다 안 되겠는지 부관 제령동이 나서서 행동했다. 수중의 검을 제일 가까이 있는 병사의 목에 댄 것이다.

그제야 병사들은 모두 활시위를 당기기 시작했고, 황오는 득의의 웃음을 지었다. 한데 그때였다.

궁! 구궁! 궁!

"……"

귀청을 멍하게 울리는 이상한 소리가 들려오자 황오는 인상을 찌푸렸다. 뭔가 힘껏 쳐부수는 소리. 귀에익은 소리였다.

궁! 궁! 우직!

"……!"

조금 더 확실하게 들려오는 소리에 황오는 눈을 살짝 크게 떴는데 그건 문에서 나는 소리였다. 저 밖에서 누군가 문을 힘껏 밀고 있었던 것이다.

"아니, 대체 누가…….."

꽈아아앙!

근 두 치 두께의 문이 기어이 박살나며 사람들이 들이닥치자 황오는 입을 딱 벌렸다. 복장으로 봤을 때 이곳을 지키는 자신의 수하들이 아니었다. 저 왕안석이 데려온 호위군이었던 것이다.

"왕 대인을 호위하라! 어서!"

"이야아아아!"

병사들은 열려진 문을 통해 꾸역꾸역 밀려오고 있었고, 황오와 제령동은 하얗게 질려 버렸다. 거사는… 실패한 것이다.

"대인! 호위군입니다."

"그래, 그렇구만. 자네는 어서 저들을 지휘하게. 중앙의 청년과 여기 이 사람들을 놔두고 전부 포박하게나! 알겠나?"

"예, 대인! 들어라! 중앙과 이곳만 놔두고 모두 포박하라!"

한숨 돌린 전항의 입에서 커다란 소리가 터져 나왔고, 황오와 제령동은 멍한 얼굴을 만들었다. 아직 시간은 채 반 시진도 안 되었는데 어째서 이들이 오게 되었는지 알 수가 없었던 것이다.

"어떻게… 어떻게 이들이…….."

"꼼짝 마라!"

병사들에게 무릎을 꿇리고 포박당하면서도 황오는 미친 듯 중얼거렸다. 그러다 어느 한순간 눈을 크게 떴다.

"이, 이놈들이 배신을! 아아!"

고개를 뒤로 젖히며 황오는 절망했다. 애당초 이들의 이목을 돌리기로 한 자들이 배신한 것이었다. 그 복면 쓴 두 놈이…….

파파파팡!

순식간에 방산의 배에 사권(四拳)을 꽂아 넣은 후 호월은 뒤로 신형을 빼내었다. 자신의 주먹에 느껴지는 감각이 조금 이상해서였다.

주위가 조금 시끄러운 것이 뭔가 일어난 것 같았으나 그건 신경 쓰이지도 않았다. 그는 오로지 방산만을 바라보고 있었다.

방산은 맞을 때마다 움찔거리면서도 호월을 향해 살기 어린 눈동자를 계속 번들거리고 있었다. 마치 이 정도의 공격은 충격도 없다는 듯이 말이다.

"크큭, 놀랐나? 내 진짜 실력을 보니 두려워진 것이야? 오냐, 나도 제대로 상대해 주지!"

새파란 눈을 빛내며 그는 서서히 앞으로 나왔다. 솔직히 맨손 싸움이라면 그도 한가락 하는 인간이었다.

그는 그냥 타고난 신력으로 사람들을 죽여온 그런 파락호가 아니었다. 방산은 어엿한 문파에 소속된 문도였고, 화산파라는 정파에 입문했었다. 그때는 지금처럼 뒤룩뒤룩 살찐 것은 아니었으나 그래도 또래에 비해 상당히 비대했었다.

놀림감. 그게 싫었다. 생긴 지 얼마 안 된 문파이길래 문호를 활짝 열고 있어서 몸을 의탁한 것인데 그게 실수였다. 동료부터 사부까지 모두 그를 놀리기만 했을 뿐, 누구 하나 손을 내밀어 따뜻하게 맞아준 적이 없었다.

처음엔 그저 그러려니 했다. 그래서 누구보다도 열심히 수련했고, 또 수련했었다. 그러나 결국 돌아온 것은 차가운 경멸뿐이었다.

결국 방산은 마음이 가는 대로 움직였다. 화산의 동료들에게 부상을 입히고, 스승에게 욕을 하며 난동을 부리던 그는 흠씬 두들겨 맞고 화산에서 쫓겨났다. 이후 그가 걸어온 길은 피와 살인만이 난무하는 길이었다.

그 와중에 제대로 익힌 단 하나의 무공. 그걸로 인해 방산은 지금까지 버틸 수가 있었다. 기본적인 내공 수련에 덧붙여진 무공을 발판 삼아 오늘날의 자신을 만든 것이다.

내공보다는 전체적으로 외공에 가까워 아무도 익히지 않으려 했었던 그 무공. 사부라는 작자는 그에게 그걸 가르쳐 주면서도 싫은 표정이 역력했었다. 역시 그는 차별당했던 것이다.

그렇게 자신이 배운 단 하나의 무공, 매타산수(梅打散手). 알고 있으면서도 쓰지 않던 무공을 방산은 기어이 온 힘을 기울인 채 펼치려 하고 있었다.

“후읍, 흡!”

뿌드드드득.

기합성과 함께 기묘한 소리가 들리자 호월은 눈을 작게 떴다. 일견하기에도 방산의 몸에서 느껴지는 기운이 심상치가 않았다. 그의 몸에서 내력들이 전면으로 몰리는 것이 느껴졌던 것이다.

더 이상 이상한 짓을 하기 전에 먼저 선공하자는 생각에 호월은 신형을 낮추며 앞으로 달려나갔다. 그리고는 양손 가득 힘을 끌어올리며 방산의 오른 옆구리를 가격했다. 속도에 있어선 확실히 자신이 우위였다.

쩌정!

“……!”

오히려 자신의 팔뚝이 튕겨지는 기이한 현상에 호월의 눈이 좁혀졌다.
그는 뒤로 살짝 물러선 채 방산을 노려보기 시작했고, 방산은 득의의 표
정을 지으며 서서히 앞으로 나왔다.

"크크큭, 놀랐냐? 어디서 배웠는지 모르지만 허접한 네놈의 무공과는
질적으로 다른 게 바로 본좌이니라."

그새 호월이 낭패하는 것으로 여겼는지 방산은 득의의 웃음을 짓고는
다시 입을 열었다.

"패대기친 개구리처럼 아주 박살을 내주마. 어차피 살기는 글러먹은
것! 너라도 죽여야 내 속이 시원하겠다!"

부우웅!

거대한 몸을 공중으로 띄우며 방산은 호월을 향해 짓쳐들었다. 도저히
그 몸에서 나올 수 있는 속도가 아니었다.

"저놈! 화산 제자였나!"

매타산수를 알아본 염천은 눈을 크게 떴다. 그냥 외공, 그것도 철포
삼(鐵袍衫)이나 금강체(金剛體) 종류를 익힌 것이라 생각하고 있었건만
놀랍게도 제대로 된 초식과 이를 지탱하는 내력 또한 분명히 지니고 있
었다.

솔직히 염천은 호월의 실력을 인정했다. 내력도 있었고, 이를 뒷받침
하는 초식이 있었다. 그것도 가장 실전(實戰)적인 초식들이 바로 호월의
최대 장점이었다.

그러나 그건 자신들을 상대로 했을 때 이야기였다. 무림인과의 대전은
달랐는데 비록 자신 역시 무림인이지만 방산에 비할 바는 아니었다. 천
시받는 하오문과 이제 하늘의 태양처럼 떠오르는 문파와는 비교조차 안
되는 것이다.

실제로 방산이 화산의 무공을 알고 있다면 그건 정말 대단한 위협이었다. 그들의 무공은 하나같이 강하고 현란하기로 유명하니 말이다. 솔직히 염천은 방산은 그저 겉만 핥고 진짜 매타산수의 정수는 알 수 없을 것이라 생각했었다. 그러나 그건 염천의 바람이었다.

"……."

곧이어 보여지는 방산의 한 수에 염천은 절망적인 기분이었다. 보여지는 여섯 개의 장영들이 호월을 둘러싸는 모습. 틀림없는 매타산수의 모습이었다. 극성으로 익힌다면 열두 개의 장영이 상대를 압박한다는…….

저 정도의 성취라면 오성. 호월이 이길 확률은 이제 거의 없어 보였다. 하지만…….

"……!"

염천의 눈이 휘둥그렇게 떠졌다. 호월의 신형이 사라지고 있었다. 아니, 안개처럼 흩뿌려지는 듯하더니 이미 눈앞에서 사라진 후였다. 그리고는 방산의 옆에 나타났다.

신법도 놀랍지만 문제는 기척이었다. 아무리 떨어진 거리라 해도 이 정도로 은밀하게 이동할 수는 없었다. 그리고 여기서 한 가지 사실이 증명되었다.

호월은 그냥 아무 무공이나 배운 것이 아니었다. 적어도 화산의 무공에 맞먹는 대단한 무공을 가지고 있었던 것이다.

쩌어엉!

"큭!"

똑같은 곳에 같은 힘으로 맞는 타격. 제아무리 방산이 대단한 무공을 익혔다 하더라도 연속된 타격에 충격이 전혀 없다고는 할 수 없었다.

그러나 기본적으로 방산이 익힌 매타산수는 공격만이 아니라 수비 또

한 상당한 위력을 가지고 있었다. 특히 집산법(集散法)이라는 특이한 공부를 수반하고 있었는데 이것을 모른다면 상대하는 사람은 낭패를 보게 된다.

집산법이란 간단하게 말해 순간적으로 몸의 한곳을 단단하게 하는 것을 말하는데 한곳에 한순간 기를 응집하기에 웬만한 공격에는 끄떡없는 것이다.

그래서 방산은 내심 자신있었던 것인데 지금 그런 그의 생각이 산산이 부서지고 있었다. 방어가 문제가 아니라 도무지 그의 신형을 종잡을 수 없었던 것이다.

대관절 어떻게 된 일인지 모르겠지만 방산은 콧김을 있는 대로 뿜어내며 양팔을 휘둘렀다. 하나 그런 그의 노력은 너무도 허무하게 무너졌다.

쩌어엉!

"우욱!"

기어이 방산의 입에서 비명성이 흘러나왔다. 한두 번이라면 모를까 또다시 연속된 타격에 그는 허리를 살짝 꺾었다. 이어 고통이 느껴지자마자 바로 양손을 휘둘렀지만 또다시 걸리는 것은 없었다.

"이 쥐새끼 같은 놈! 아주 죽여 버리… 커어억!"

쩌엉!

또다시 울리는 옆구리의 충격에 방산이 결국 두 무릎을 꺾으며 주저앉고서야 호월은 모습을 드러냈다. 어느새 그의 눈앞에 와 있었던 것이다.

방산의 무공 능력은 솔직히 의외였지만 그렇다고 당황할 것까진 없었다. 아니, 신경 쓸 필요조차 없었다. 그저 자신의 능력만 발휘하면 그만이었다.

자신이 할 수 있는 것은 최대한 빠른 움직임으로 강한 충격을 주는 것, 그것 한 가지에 주력한 채 그의 움식임을 살폈다.

처음에 주먹을 내밀었을 때 이상하리만치 단단한 피부에 놀랐으나 그 것은 곧 호월의 목표가 되었다. 가장 강한 부위가 약점이 되는 것은 이미 경험으로 알고 있었던 것이다.

검을 쓰는 자는 그 검에 집착하기에 약점이 보이고, 주먹을 쓰는 자는 상대적으로 권을 믿고 싸운다. 그러한 이치를 그대로 적용한 것이다.

게다가 온 내력을 쳐올리면서 호월의 몸에서 이상한 변화가 일어났다. 아니, 정확히 말하자면 내력을 실어내는 요령이 생겼다고 해야 하나?

그동안 호월이 해온 것은 그저 힘을 집중해 쳐내는 것일 뿐, 큰 내력을 실어 때리는 일은 없었다. 연헌자와 비무를 할 때를 빼고는 그다지 큰 힘이 필요없었던 것이다.

하나 방산을 이기기 위해 온 힘을 다하면서 뭔가 조금 알 것 같았다. 내 안에 흐르는 기운을 손에 실어내는 과정에서 주위에 흐르는 음유한 기운이 한꺼번에 엉기고 있었다. 그것이 조금씩 조금씩 힘이 붙는 이유였다.

마지막에 쳐낸 일격은 그야말로 석벽도 뚫고 들어갈 정도로 강대했고, 그 힘에 방산은 결국 무릎을 꿇은 것이다. 호월은 그의 앞에 서서 차가운 목소리로 입을 열었다.

"쉽게 죽이지 않는다고 했을 텐데."

"이, 이, 개자식! 크아아아아!"

괴성을 지르며 방산은 장을 쳐냈다. 용수철을 눌렀다 퉁기듯 빠른 속도로 호월에게 짓쳐들었지만 호월은 뒤로 한 걸음 크게 피하며 방산의 공격을 피해내었다. 그리고는 다시금 심상인으로 방산의 공세를 살폈다.

여섯 개의 장력이 한꺼번에 날아오는 듯하지만 분명히 시간 차가 있었다. 게다가 방산의 내력은 완벽한 벽공장을 때려낼 정도로 강대하지는 않았다. 그저 일 척 정도의 허공에 영향을 미칠 정도?

그러다 보니 장력의 기운이 일정하지 않았고, 그중 특별하게 약한 부분이 보였다. 호월은 그 부분을 양팔로 흘려내며 움직였던 것이다.

지금도 다르지 않았다. 이번 같은 경우에는 그의 왼쪽 부근의 장력이 취약했다. 호월은 내력을 끌어올린 채 오른손을 앞으로 밀면서 왼발을 대각으로 뻗어 신형을 비껴났다.

파파파파팡!

허공에 방산의 장력이 터지고 그의 눈이 다시 커질 때 호월의 오른손은 이미 방산의 목 밑을 파고들고 있었다. 순간 호월의 오른손이 눈에 띄게 굵어졌다. 온 힘을 기울인 것이다.

콰각!

"컥!"

두터운 목살에 오른손이 완전히 파묻히자 호월은 자세를 살짝 낮추었다. 그리고는 벼락같이 일어서며 오른손을 머리 위로 힘껏 들어 올렸다.

부우웅!

"커커컥!"

목에서 가래가 끓는 듯 탁한 소리가 들려오면서 방산의 신형이 공중으로 떴다. 양 발을 허공에서 놀리며 방산은 손으로 자신의 목 어림을 움켜쥐었지만 이미 호월의 손은 없었다. 대신 그의 눈앞에 보인 것은 호월의 발이었다.

그것도 바로 눈앞에 호월의 발이 있었다. 어느새 공중으로 뛰어올라 위에서부터 내리찍고 있던 것이다.

꽈아앙! 뚝!

"으걱!"

자신의 몸은 위로 올라가는데 위에서 내리누르자 순식간에 방산의 목
에 걸린 하중은 두 배가 넘었고, 그의 턱은 가슴과 완전히 밀착되었다.
하나 호월은 이 정도로 방산이 죽지 않음을 잘 알고 있었다.

타격감이 달랐다. 저 두터운 목으로 충격을 거의 흡수하고 있었기에
호월은 허공에서 허리를 비틀었다. 머리 위에 얹혀진 자신의 오른발을
방산의 오른 어깨로 미끄러뜨리면서 왼발로는 방산의 왼뺨을 돌려 찼다.

빠각!

“……."

방산은 그저 입만 벌린 채 뼈금거렸고, 호월은 그의 양 볼에 갖다 댄
양쪽 발을 치우지 않았다. 그리고는 돌리던 허리의 힘을 그대로 이용해
하체를 힘껏 틀었다.

우두둑!

푹 파들어 갔던 방산의 목이 이번엔 길게 뽑아지며 오른쪽으로 숙여졌
다. 그에 따라 섬뜩한 소리와 함께 방산의 거구가 하늘로 솟았다. 호월은
양 발을 가슴께로 끌어 올리며 손을 뻗었다.

탓! 타탓!

손으로 땅을 짚고 공중제비를 돌아 호월은 땅에 내려섰다. 그와 함께
방산의 거구도 땅에 떨어졌다.

구우우웅!

거구여서 그런지 몰라도 동굴 속에 울림은 한참이나 계속되었다. 호월
은 혀를 길게 빼내고 죽은 그의 모습을 보면서 잠시 그대로 있었다. 갑자
기 온몸의 긴장이 한꺼번에 풀리는 듯 뻣뻣하게 들어간 힘이 빠지기 시
작했다.

그제야 그는 주위를 둘러보았고 사람들의 모습이 보였다. 이미 왕안석
을 향해 검을 빼 들었던 자들은 모두 제압된 상태였고, 수인들 역시 마찬

가지였다.

　주위를 둘러보던 호월의 눈에 두 구의 시신을 발 앞에 둔 염천의 모습이 보였다. 한 구는 전신이 난자되어 있었고, 또 한 구는 화살이 꽂힌 채 머리가 으깨어져 있었지만 그것이 견우와 뇌강이라는 것은 알아볼 수 있었다.

　문득 염천이 고개를 살짝 끄덕였다. 아마도 대신 복수해 주는 것을 고맙다고 하는 듯했는데 그건 호월이 의도한 일이 아니었다. 그저 두 어르신의 복수를 한 것뿐이니 말이다.

　호월은 신형을 옮겼다. 모든 사람들이 주시하는 가운데 밖으로 나가는 문이 아니라 갱도로 향하는 문을 향해 그렇게 서서히 걷기 시작한 것이다.

　호월을 막는 사람은 아무도 없었다. 아니, 막으려 했는데 왕안석의 손짓에 의해 다시 뒤로 물러났다. 염천은 점점 멀어져 가는 호월의 등을 바라보다 고개를 숙였다.

　"자네들이 살아서 이 장면을 봤어야 하는데. 세심마수와 진파랑십삼퇴가 진짜 주인을 만난 것 같아. 물론 무류종환보도 멋졌지만."

　멍해진 염천의 눈자위가 살짝 붉어졌다. 차가운 두 구의 시신을 향해 그가 할 수 있는 일은 그렇게 작은 넋두리뿐이었다.

2

　뽀득. 뽀드득.
　"……."

발 아래 밟히는 기묘한 감각에 호월은 몇 걸음 더 옮겼다. 온 세상이 하얗게 변해 버린 광경은 정말 본 적도 없는 장면이었다. 지금껏 이 광산에서 벗어난 적이 거의 없으니 말이다.

호월은 한 달에 한 번씩 주어지는 밖으로의 산책도 마다했었다. 송여남이 부르지 않는다면 나가지 않고 연헌자와 무공을 위해 힘썼다. 특별히 이유는 없었고, 그냥 세상이 보고 싶지 않았다.

어쩌면 부질없는 꿈을 꾸고 싶지 않아서일지도 몰랐다. 어차피 자신은 이곳을 나갈 수 없는 죄인. 봐봤자 그냥 그림일 뿐이다. 감상은 할 수 있어도 체험은 상상 속에서나 가능하니 말이다.

그런 그에게 이런 백설의 광경은 너무나 낯설지만 흥미로웠다. 아직도 눈은 하늘에서 펑펑 내리고 있건만 그는 아랑곳하지 않고 이곳저곳 둘러보고 있었다.

문득 호월의 눈에 저 야트막한 구릉 아래에 있는 갱도 입구가 보였다. 언제나 뚫려 있던 입구는 이제 완전히 막혀 있었다. 광산은 결국 폐쇄되었다.

지금 호월이 있는 곳은 그야말로 곡의 정중앙으로 좌측으로 대장간이 있고, 우측으로는 곡주의 집무실이 보였다. 뒤쪽이 갱도의 입구였고, 전면이… 중원으로 나갈 수 있는 곡구였다.

비록 지금이라도 당장 발을 놀려 떠날 수 있건만 왠지 호월은 가지 않았다. 무언가 마음에 걸려 실행하지 않은 것인데 아무래도 이 일의 전말이 심상치가 않았다.

물론 일이야 어떻게 되든 왕안석이 죽든 말든 별 관심 없었지만 이상하게 이번 일은 마음속에서 떠나질 않고 있었다. 왠지 자신과 밀접한 연관이 있을 듯한 괴이한 기분이 들었던 것이다.

뽀득. 뽀드득.

한참을 그렇게 생각하고 있던 호월의 뒤에서 인기척이 들려왔다. 대강 그 발자국 소리가 누군지 아는 호월은 신형조차 돌리지 않았는데 문득 그의 뒤에서 목소리가 들려왔다.

"눈을 보니 신기한가?"

얼굴 가득 문신한 사람, 염천이 분명했다. 호월은 고개를 돌려 자신의 짐작을 확인하고는 대꾸했다.

"본 적이 없다."

"……."

참 간결한 대꾸에 염천은 쓴웃음을 지었다. 그는 호월의 옆으로 다가와 다시 입을 열었다.

"하긴 그럴 만도 하겠지. 넌 일곱 살 때 들어와 이십 년이 되도록 바깥 구경조차 하질 않았으니. 그나저나 고맙다."

염천은 조금 주저하며 입을 열었고, 호월은 그 말에 고개를 살짝 돌렸다. 문신 아래 피부 색이 조금 변하는 것을 보니 쑥스러워하는 것 같았다.

하긴 여태껏 자신을 죽이려 했던 사람 중에 하나가 고맙다고 하니 이상한 게 당연한 일이기는 했다. 그러나 호월은 자신의 마음을 솔직하게 내뱉었다.

"널 돕기 위해 한 일이 아니다. 고마워할 일도, 내가 인사받을 일도 없다."

"그걸 모르고 이야기한 것 같나? 부탁인데 이럴 땐 그냥 고개만 끄덕여. 그게 너다워."

"……."

염천의 대꾸에 호월은 다시금 그의 얼굴을 바라보았다. 살짝 문신들이 일그러지는 것이 아마도 웃고 있는 것 같았다.

"어쨌거나 이곳 수인들 중 살아남은 것은 너와 나, 둘뿐이다. 내 수하들, 끝까지 남아 있던 세 명이 결국 좀 전에 다 죽었다. 날 죽이고 싶다면 죽여도 좋지만 이젠 그만 하자. 다 쓸데없는 짓이니.”

호월은 묵묵히 고개를 끄덕였다. 결국 그들도 죽다니. 한때 오백여 명을 헤아리던 수인 중 결국 살아남은 것은 둘뿐이었다. 자신와 여기 염천, 두 명뿐인 것이다.

그 일이 일어난 지 오늘로서 오 일째. 남아 있는 수인, 특히 막판에 곡주의 말을 믿고 방산을 따른 수인들은 저들 방산의 수하들과 같이 취급되어 전원 참형에 처해졌다. 실패한 것에 따른 철저한 대가를 지불한 것이다.

“아까 내가 고맙다고 한 말 중엔 그놈들이 전해달라는 것도 있었다. 다들 그래도 이 바깥의 공기를 맡으며 죽을 수 있었던 것이 간접적으로는 네 덕분이긴 하니 말이다. 그래서 내가 감⋯⋯.”

“그렇게 따진다면 나도 할 말이 없지. 내 입에서도 감사하다는 말이 나오길 바라나?”

“⋯⋯.”

갑작스런 호월의 목소리에 염천은 눈을 작게 떴다. 처음엔 뭔 말인가 싶었는데 좀 더 생각해 보니 알 것 같았다.

“난 줄 알고 있었나?”

“몇 년 전에야 알았다. 연 숙부께서 움직일 수 없을 때도 날 주시하는 눈이 너인 줄은⋯⋯.”

호월은 고개를 끄덕이며 입을 열었다. 연헌자와 송여남을 빼고 이 망일곡에서 어울리지 않는 존재를 찾으라면 그는 여기 염천을 꼽을 것이다. 그는 정말 수인답지 않았다.

말하는 것도 그렇고, 행동거지 역시 수인들 같은 행동이 아니었다. 언제나 말을 신중히 하고 막말로 갈 때까지 간 행동을 했던 뇌강과 견우와는 완전히 달랐다. 특히 연헌자를 대하는 그의 태도는 정말 깍듯했다. 내일이 없는 수인이라고는 생각할 수 없는 태도였던 것이다.

언젠가부터 호월의 주변을 서성거리며 그를 암중에서 보호했던 자, 그건 분명 연헌자였다. 하나 그 연헌자가 병이 깊어지며 움직이기 힘들 때도 그를 지켜보는 눈이 있었다. 호월은 그게 못내 궁금했었다.

그러다 우연히 알게 되었다. 그것이 염천이었음을. 은연중에 호월을 보는 장면을 두 눈으로 보게 된 것인데 알게 되자 왜 몰랐었는지 이해가 가질 않았다.

그러고 보면 염천의 흑구 패거리들은 참 바보같이 덤볐다. 다른 패들과는 달리 힘이 없던 어린 시절에는 한 명만이 달려들었고, 그가 성장을 할수록 사람 수가 늘었다. 마치 무공 수준에 맞추어 덤비는 듯했던 것이다.

"말 나온 김에 속 시원히 털어보시지. 대관절 뭘 바라고 그런 거지?"

"후, 바란다라… 섭섭하지만 그게 사실이니 부인하진 않겠다."

생각 외로 염천은 순순히 입을 열었는데 호월은 아예 그를 향해 신형을 돌렸다. 온몸을 흰 무명천으로 둘둘 싼 그의 모습이 눈 안 가득 들어왔다.

"한 가지만 부탁하겠네. 중원에 나가게 되면 내가 준 무류종환보를 원자리에 돌려주게나. 그것뿐일세."

"……."

염천의 말에 호월은 다시 눈을 좁혔다. 중원에 나간다라. 지금 염천은 거의 확신을 하고 있었다.

"내가 수인의 신분인 것을 잊었나? 어떻게 내가 나간다는 거지?"

"넌 나간다. 세상 모든 일이 불확실하다고 해도 네가 나간다는 사실 하나만은 확실하다. 난 그렇게 생각해."

"미쳤나?"

"불행히도 멀쩡하다."

뜬구름 같은 대화가 의미없다고 여겼는지 호월은 신형을 돌렸고, 염천은 피식 웃으며 고개를 돌렸다. 오른편의 집무실 쪽으로 신형을 옮기며 그는 입을 열었다.

"두 시진 후에 곡주 황오와 부곡주 제령동의 심문이 열린다. 참관하겠나?"

"……."

염천의 말에 호월이 묵묵히 고개를 끄덕이자 염천은 빙긋 웃으며 신형을 돌렸다. 그가 생각하기에도 지금 호월이 남아 있는 것은 그 일 때문이었다. 왠지 모르지만 이 반란에 대해 참 많은 관심이 있는 듯했다.

스윽. 뽀드득.

혼자 남겨진 호월은 허리를 숙이고 손을 뻗어 한움큼의 눈을 쥐었다. 그리고는 꽉 쥐자 눈은 단단하게 뭉쳐지다 이내 물로 화해 손가락 사이를 비집고 떨어져 내렸다.

형체도 없이 사라지는 눈. 그 눈을 보면서 호월은 묵묵히 생각에 잠기기 시작했다. 그로부터 근 한 시진이 넘도록 호월은 생각에 생각을 거듭하고 있었다.

*　　　*　　　*

화드드드드드.

아직 어둠이 오려면 시간이 좀 더 있었지만 이미 주위에는 횃불들이 밝혀진 상태였다. 이젠 잔눈으로 변했지만 여전히 눈은 내리고 있었고, 구름도 잔뜩 끼어 평소보다 훨씬 어두워져 있었기 때문이다.

그 횃불들의 일렁임 속에 두 사람이 있었다. 온몸을 결박당한 채 땅에 무릎을 꿇은 황오와 제령동이었다. 두 사람은 삶을 포기한 듯 그저 바닥의 하얀 눈만 바라보고 있었다.

그들을 둘러싸고 수많은 군사들이 진을 치고 있었고, 단상 위에는 한 사람이 태사의에 앉아 있었다. 구사일생으로 목숨을 구한 왕안석이었다.

"쓸데없는 것들은 모두 생략하고 한 가지만 묻겠다."

고저가 분명한 어조로 입을 여는 왕안석의 말이 들려왔고, 그 바람에 황오와 제령동은 고개를 들었다.

"배후가 누구냐? 그것만 밝힌다면 너희들 가족은 살려주겠다. 물론 대답을 하든 안 하든 너희들은 참수될 것이다."

"……."

강한 왕안석의 어조에 두 사람의 안색이 핼쑥해졌다. 왕안석은 한 번 입으로 내뱉은 말은 지키기로 유명한 사람이었다. 그가 이렇게 말하니 두 사람의 가슴속에 작은 파문이 일었다.

어차피 자신들은 배신당한 신세. 그렇다면 이제 입 다물고 있을 필요가 없었다. 그렇게 두 사람이 갈등하고 있을 때 왕안석의 입이 다시 열렸다.

"너희는 쓸데없는 소모품일 뿐이다. 너희들 생각은 다를지 몰라도 옆에서 지켜보는 우리가 보기에는 딱 맞는 표현이다. 실제로 너희들은 움직였지만 너희를 사주했던 자들은 약속을 지키지 않지 않았나?"

우득!

황오의 입에서 이 갈리는 소리가 들려왔다. 확실히 그 말은 옳았다. 교지군의 발호라는 거짓 상황으로 인해 왕안석의 호위군은 와서는 안 되었었다. 한데 아무것도 그들에게 전해진 보고가 없었다.

한술 더 떠 나중에 알게 된 것이지만 오히려 왕안석이 위험하다는 보고가 호위군에게 들어갔다고 하니 완전한 배신이었다. 두 번 생각할 게 없는 것이다.

"당신 말이 맞소이다. 우린 배신당했소. 큭큭, 이제 와서 뭘 두려워할까."

자조적인 웃음을 흘리며 황오는 입을 열기 시작했고, 사람들의 귀가 쫑긋 세워졌다. 드디어 배후가 밝혀지는 것이다.

"조정의 누가 우리에게 이런 일을 하라고 했는지는 알 수 없소이다. 바로 내려온 것이 아니라 무림의 세력을 통해 하달받았소."

"무림의 세력? 그게 누군가?"

왕안석은 이마를 찌푸리며 되물었다. 상당히 용의주도한 자였다. 그렇다면 거의 점조직으로 이루어질 확률이 높았고, 배후를 캐기는 정말 힘들 터였다.

"그들의 이름은……."

쐐애애액!

황오가 막 입을 열려 할 때 공기를 가르는 파공성이 허공에 울렸는데 누군가 황오의 곁으로 빠르게 다가서고 있었다.

호월, 조용히 지켜보던 그는 상황을 깨닫고 앞으로 나섰다. 양손에 잔뜩 내력을 올린 채 앞으로 뻗었는데 목표는 황오의 목을 향해 날아오는 정체 모를 것이었다.

황오는 아직도 자신이 어떤 상황에 처했는지 모르고 있었고, 이미 그의 목 석 자 앞에 물체가 다가온 것을 보자 호월은 이를 악물며 오른손을 길게 찔러 넣었다.

쩌어어엉!

"큭!"

그저 팔뚝의 수갑으로 막기만 했는데도 어깨까지 울리는 엄청난 위력이었다. 호월은 허공으로 튕기는 물체를 보며 이를 꽉 깨물었다. 어디서나 흔히 볼 수 있는 술방울, 그것에 내력을 담아 암기처럼 쏘아 보낸 것이다.

그리고 그와 함께 호월의 눈앞에 누군가 나타났다. 전신에 야행복을 입고 얼굴도 복면으로 가린 자로 그는 장검 하나를 손에 들고 있었다.

스스스슥. 스파앗!

"……!"

호월은 눈을 부릅떴다. 여태껏 이런 움직임은 본 적이 없었다. 마치 좌우로 어깨를 틀 듯 살짝살짝 떨고 있을 뿐이지만 그때마다 복면인의 신형은 앞으로 쭉쭉 나오고 있었다.

게다가 별로 힘도 안 들이며 검을 휘두른 것 같은데도 엄청난 기운이 호월을 향해 쏟아졌다. 하늘에 맹세하건대 정말 처음 보는 엄청난 기운이었다.

등에 매달린 쌍검을 꺼낼 여유조차 없기에 그는 양손을 교차시켜 가슴까지 끌어 올렸다. 그리고는 다가오는 기운과 정면으로 부딪쳤다.

쩌어어어엉! 좌아아앗!

"우욱!"

목구멍까지 비릿한 것이 올라오는 것을 꽉 누른 채 호월은 뒤로 한없이 밀렸다. 순식간에 이 장여를 밀려 나가자 황오와 제령동은 완전히 복면인에게 노출된 상태나 마찬가지였다.

스팡! 촤아아아아앗!

땅에 쌓인 눈을 가르며 또다시 보이지 않는 기운 하나가 두 사람을 향해 짓쳐들자 호월은 이를 악물며 앞으로 내달렸다. 문득 그의 오른손이 등 뒤로 올려졌다.

시링―

달리며 오른손의 검을 뽑아 올린 후 호월은 왼손을 뒷춤으로 가져갔다. 그리고는 황오의 앞을 막아서려 했다. 제령동은 이미 늦은 상태였다.

찌징! 고오오오오—

발검과 함께 온 내력을 끌어올린 호월의 검에서는 자색의 기운이 뭉클하게 피어올랐고, 가까스로 복면인의 기운과 맞닥뜨릴 수가 있었다. 그리고는……

꽈아아앙!

귀청을 찢은 소리와 함께 호월은 그자의 공격을 겨우 해소했고 그나마 이번에는 밀리지 않았다. 하지만 잠시 동안 호월을 경직되게 만들기엔 충분한 힘이었다.

스스슥— 파아앙!

그 짧은 순간을 노리고 복면인은 허공으로 신형을 뽑아 올렸다. 그리고는 우왕좌왕하는 관군들을 놀리기라도 하듯이 유유히 겨울 산속으로 사라져 버렸다.

“……!”

호월은 잠시 주위를 둘러보다 이를 악물었다. 제령동은 이미 목이 떨어져 나간 상태였고, 황오 역시 목에서 피를 심하게 쏟고 있었다. 이대로 놔두면 죽음뿐이었다.

“그륵, 치, 치…….”

필사적으로 뭔가를 이야기하려는 황오에게 호월은 귀를 가져갔다. 황오의 목소리가 다시 들려왔다.

“치… 야… 혜…….”

“……”

단 세 글자. 그것도 말이 안 되는 세 글자였다. 목이 갈라져 이상하게 들려왔지만 분명히 들을 수 있었다. 치야혜라…….

그 말을 마지막으로 황오는 목을 뒤로 젖혔다. 반쯤 갈라진 그의 목에서는 아직도 뜨거운 피가 흘러나오고 있었다.

하얀 눈 위에 흐르는 붉은 피의 번짐을 보며 사람들은 입을 꽉 다물고 있었다. 그저 멍한 병사들에게 소리치는 전항의 목소리만이 시끄럽게 들려오고 있었다.

"설마 자네가 서현 장군의 후손일 줄이야."

"……."

"쓸데없는 소리지만 그 시간과 공간에 내가 있었다면 그렇게 되지 않았을 것이네. 지금껏 송의 조정이 한 일 중 가장 바보 같은 짓이니 말일세. 설마 자네의 조부께서 정말 미쳐서 모든 가솔을 죽이고 자네만 살려두었다는 말을 믿는 것은 아니겠지?"

"……."

뜻 모를 왕안석의 말에 호월은 조금 의아한 표정을 지었다. 왠지 왕안석의 반응은 그가 들은 것과 정반대였던 것이다.

"현 조정은 정말 잘못하고 있는 일이 있네. 그건 반란을 우려해 무신을 배척하고 문신만을 우대하는 것이지. 자네의 조부는 그 희생양. 지금 허약한 송국의 시초가 바로 자네의 조부 사건부터일세."

정말 왕안석은 서현을 생각하는 관점이 다른지 그의 눈에서는 아릿한 감정이 솟아 나오고 있었다. 지금껏 보아왔던 관인들과는 전혀 다른 모습이었다.

생전 처음 듣는 가문에 대한 이야기에 관심이 있을 법도 하건만 호월은 그 말에 허리를 뒤로 젖히며 의자에 등을 밀착시켰다. 집무실의 천장이 그의 눈 안 가득 들어오지만 정작 아무것도 보이지 않았다.

이십 년간의 이곳 세월은 호월을 변화시켰다. 잃어버린 과거보다는 닥쳐올 현실을 생각하게 되었던 것이다.

지금 호월이 있는 곳은 예전 황오의 집무실. 시간은 이미 이경을 넘어 삼경을 향하고 있었다. 어두워질 대로 어두워진 것이다.

늦은 시간에 호월은 왕안석의 호출을 받았고, 어떻게 할까 고민하던 그는 일단 그를 만나보기로 결정했다. 이곳을 탈출할지 어떨지는 그 후에 생각하기로 한 것이다.

"헛헛, 쓸데없는 말이 길었군. 일단 고맙다는 말부터 해야겠네. 어쨌든 난 자네에게 빚을 졌네. 그 빚을 갚을 방법을 논의하고자 이렇게 불렀네."

왠지 뭔가 이미 정해진 것 같은데 왕안석은 여우처럼 아무런 말도 하지 않고 있었다. 호월은 내심 그의 생각을 읽으려 애썼는데 정계에서 잔뼈가 굵어서 그런지 전혀 읽히지가 않았다.

"난 내심 두 가지 방법을 생각하고 있었네. 하나는 나의 신변을 책임질 사람이 되어주는 것. 물론 그렇게 된다면 자네는 수인의 신분을 벗네. 게다가 사람답게 살 수가 있지. 어떤가?"

"다른 한 가지는?"

별다른 생각도 하지 않는 듯 호월은 입을 열었고, 그는 씁쓸한 미소를 지었다. 거절할 줄 알았지만 이렇게 차갑게 이야기할 줄은 몰랐다.

"다른 하나는 아주 보편적인 것이네. 좀 더 좋은 곳으로 이송당하는 것이지. 물론 수인의 신분이고, 자유는 없네."

"……"

왕안석의 말이 끝나자 호월의 눈이 살짝 굳어졌다. 두 가지 다 수용할 수가 없었다. 그는 해야 할 일이 있었다.

비단 연헌자의 말처럼 편지를 전하고 십삼월무를 익히는 것을 제외하고라도 송여남이 만든 또 하나의 검을 찾아야 했다. 그에 관해 자세한 것은 송여남을 장두라 부르며 대장간에서 일을 배웠던 사내에게 들을 수 있었다.

자헌검. 송여남이 만든 또 하나의 검을 찾아야 했다. 그리고 그는 자신의 검에 이름이 있다는 것도 알았는데 검집의 아래쪽에 매달려 왼손으로 쓰는 검이 여호(余好), 등 뒤로 비죽이 나온 오른쪽 검이 남월(南月)이었다.

별다른 뜻은 없지만 자헌검(紫憲劍) 까지 생각해 보면 모두가 자신, 그리고 두 명의 숙부들의 이름을 혼합해서 만든 이름임을 알 수 있었다. 그러한 의미가 있는 검이기에 반드시 찾아야 하는 것이다. 송여남이 만든 목적으로 사용되든 안 되든 말이다.

"두 가지 다 거절하겠소."

"훗, 역시 그렇군."

단호한 호월의 목소리가 들려오자 왕안석은 작은 미소를 지었다. 마치 이럴 줄 알았다는 듯한 표정을 지으며 그는 눈앞의 죽간을 펼쳤다.

"한 친구가 그러더군. 아마 두 가지 다 거절할 것이라고. 그리고는 바로 탈옥할 것이라고 말이야. 그 친구 말이 맞다면 이젠 탈옥할 차례인가?"

"……."

왕안석의 말에 호월은 말문이 막혔다. 그의 말대로 호월은 도망칠 생각을 이미 굳혀놓은 상태였다. 이 두 가지 조건을 듣는 순간 말이다.

그런데 미리 이렇게 선수를 치니 참 마음이 묘했다. 마치 나쁜 짓을 한 어린아이가 어른에게 들킨 기분인 것이다.

"그렇다면 내가 새롭게 제안을 하지. 두 가지 조건을 걸겠네. 우선 영원히 자네의 이름은 버려야 하네. 이 죽간에 적힌 서연우란 이름은 완전히 잊어야 하네. 그럴 수 있나?"

"……."

이건 또 무슨 짓인지 짐작이 가질 않았지만 호월은 고개를 끄덕였다. 그러자 그의 입이 다시 열렸다.

"또 하나는 내 부탁 하나를 들어달라는 것일세. 시기가 언제고, 어떤 일을 시킬지 모르지만 단 한 가지만 들어주면 되네. 지금 그 약속을 한다면 자네를 자유의 몸으로 만들어주겠네. 어떤가?"

"……!"

호월의 표정이 눈에 띄게 변했다. 대관절 이게 무슨 수작인지 의심부터 들기 시작했는데 그의 마음을 짐작한 듯 왕안석은 다시 입을 열었다.

"헛헛, 역시 즉흥적인 것은 티가 나기 마련이구만. 원래 생각했던 것은 처음에 말한 한 가지뿐이었네. 하나 왠지 자네와의 끈을 놓기가 싫어 방금 두 번째 조건을 걸었던 것뿐이네. 그러니……."

"두 번째 조건을 수정하겠소."

"……."

오랫만에 들려오는 호월의 목소리에 왕안석은 흥미가 이는 듯 상체를 앞으로 내밀었고 호월은 나직한 목소리로 입을 열었다.

"오늘처럼 당신이 위험할 때가 있다면 구하러 오겠소. 한 번에 국한해서 말이오."

"호오, 난 또 한 번의 목숨이 생긴 것인가? 허허허, 그거 좋구만."

허허롭게 웃으며 왕안석은 손을 들었다 그의 손에는 호월의 신상명세가 적힌 죽간이 있었고, 왕안석은 일말의 주저함도 없이 그것을 옆의 화로 속으로 집어 넣었다.

"이것으로 자네는 완전한 호월이 되었네. 계약 역시 성립되었고. 그리고……."

왕안석이 호월에게 다시 뭔가를 내밀자 호월은 멍한 얼굴로 받았다. 저렇게 쉽게 자신의 기록이 타고 있다는 것이 믿어지지 않았다.

타탁탁.

오랜 시간 동안 바짝 말랐던 그의 죽간은 정말 순식간에 타 들어가고 있었다. 보기만 해도 가슴이 떨려오는 감정에 호월은 손 안에 쥔 것을 확인할 생각도 하지 않고 있었다.

"이 친구, 자네 손에 든 것을 좀 보겠나?"

"……!"

호월의 눈이 크게 떠졌다. 좀처럼 표정 변화가 없는 호월에게 있어 이 정도의 변화는 놀라운 일이었다. 그만큼 손 안에 쥔 것은 완전히 예상 밖이었다.

호패. 그것은 양인을 증명하는 호패였다. 겉면에 분명이 '호월(好月)'이라는 이름이 새겨져 있었다.

그 호패의 뒷면에는 깨알 같은 글씨가 있었는데 '삼사인증 삼사특관 황오제수(三事引證 三事特官 潢俉除授)'라 써져 있었다.

"내 이름으로 한다면 이 호패는 오히려 자네를 얽매는 것이 될 것 같아 황오의 이름을 도용했네. 어차피 배후도 모르고 국가에 관계된 것이 아니라 나 개인에 관한 불미스러운 .일이니 이곳의 일은 덮어두기로 했네."

"……."

"광산과 같은 중앙 사업의 경우는 모두 삼사의 소관이니 이것이 옳을 테지. 그러니……."

말을 하다 말고 그는 자리에서 일어나더니 호월에게 다가왔다. 그리고는 아직도 차고 있던 호월의 목에 걸린 목패를 잡아당겼다.

툭.

한 번도 떼놓은 적이 없던 호월의 목패가 목에서 떨어져 나갔다. 호월이 아니라 수인 번호로 새겨진 그 목패는 왕안석의 손에 의해 던져졌다. 죽간이 타고 있는 화로 속으로.

타타닥. 타탁.

바로 불꽃을 내며 목패는 한 줌의 재가 되었고, 호월은 그저 멍한 눈으로 바라보고 있었다. 모든 것이 그저 꿈만 같았다.

"이제 내가 할 말은 다 했네. 자네는 지금 이곳을 나가서 바로 우측으로 향하게 그 길을 따라 계속 움직이면 곡구에서 한 사람을 만날 수 있을 것일세. 어서 가게나. 사람들의 눈이 없을 때."

부드럽게 말하고는 왕안석은 다시 자신의 자리로 돌아갔다. 그리고는 이 죽간 저 죽간 펼치며 업무를 보기 시작했다.

마치 호월이란 사람은 안중에도 없는 듯했는데 그 모습을 바라보던 호월은 조용히 일어섰다. 그리고는 타오르는 화로와 그의 모습을 번갈아 바라보다 왕안석을 향해 시선을 고정했다.

문득 호월의 고개가 조용히 숙여졌다. 각도도 적은 것이 숙인 건지 아닌지도 불분명했지만 분명 그는 고개를 숙인 것이 확실했다. 그가 할 수 있는 최대한의 감사 표시였다.

호월은 신형을 돌렸다. 눈앞에 보이는 방문을 향해 나서는 그의 발걸음은 주저함이란 없었다.

"후우!"

그가 사라지고 나서야 왕안석은 허리를 펴고 한숨을 쉬었다. 아깝기는 하지만 어쩔 수가 없었다.

"잡을 수 없다면… 한 가닥 희망이라도 남겨야 하겠지. 건승을 비네, 호월."

나직한 그의 목소리만이 집무실을 휘감고 있었다.

"확인해 보게. 자네의 짐일세."

보퉁이를 건네주는 자는 염천이었다. 곡구에서 말고삐를 잡은 채 호월을 기다리고 있었던 그는 불쑥 보퉁이부터 내밀었다.

"이건 뭐지?"

손으로 내용물을 확인하던 호월은 입을 열었다. 연헌자의 도복과 목검 하나, 거기에 무류종환보의 비급이 전부인데 추가로 묵직한 금속들이 손에 잡혔던 것이다.

"훗, 넌 모르겠지만 나가면 꼭 필요한 게 그거다. 어차피 왕 대인께서 준비해 주신 거니 가져라."

"말투가 바뀌었군. 그의 밑으로 가기로 했나?"

조금 변한 분위기에 호월이 묻자 염천은 묵묵히 고개를 끄덕였다. 그의 입이 다시 열렸다.

"네가 이름을 버렸듯 나 역시 이름을 버렸다. 난 염천이고, 이젠 왕 대인을 모시는 신분이다. 그러니 앞으론 서로 만날 일이 없겠지."

말과 함께 그는 말고삐를 내밀었고 호월은 어깨에 보퉁이를 걸친 채 이를 받았다. 문득 염천의 입이 다시 열렸다.

"이젠 내 부탁을 들어줄 건가?"

염천의 목소리에 호월은 그제야 상황을 알 것 같았다. 모두가 이 염천이 뒤에서 손을 쓴 것이었다. 왕 대인을 설득한 것도 그였고 말이다.

너무 쉽게 놓아준 셈이었다. 왕 대인의 입장에서 본다면 호월 같은 사람은 정말 필요한 존재였다. 언제 죽어도 상관없는 데다 어느 정도 무공도 있으니 말이다. 물론 그렇게 되면 호월이 도망치겠지만 말이다.

"그렇게 하지."

　묵직한 대답과 함께 호월은 말고삐를 잡아당겼다. 그리고는 서서히 곡구를 벗어나기 시작했다.

　"그 말은 네가 타라고 가져온 거다. 모시고 가라는 게 아니라."

　그저 말을 끌고 가는 호월을 향해 염천은 말했는데 곧이어 들려온 호월의 대답에 쓴웃음을 지었다.

　"난 말을 탈 줄 모른다."

　"훗!"

　당연한 일이었다. 일곱 살 때 이후 이곳에서 산 놈이 무슨 말을 타겠는가?

　"그렇군. 내가 멍청했구만."

　머리를 흔들며 염천도 움직이기 시작했다. 호월은 곡구를 지나 또 다른 세상을 향해, 염천은 곡구의 안쪽을 향해서였다.

　"조심해라, 호월."

　나직한 소리와 함께 염천은 걸음을 빨리하기 시작했다. 그의 모습은 곧 사라졌고, 호월은 자신의 말과 함께 터벅터벅 걷기만 하고 있었다.

　그러던 그의 입술이 움직였다. 아주 작게 달싹거리는 소리로 그 말을 듣는 사람은 아무도 없었다. 오직 자신의 말만이 들을 수 있을 정도로 작은 소리였다.

　"고맙다, 염천."

第五章

다시 시작된 인연들

"으, 더워! 비라도 한바탕 쏟아지면 좋으련만. 뭔 놈의 날씨가 이 모양이야?"

"새파랗게 어린 놈이 그딴 소리 하면 벼락 맞는다. 그냥 조용히 그늘에서 죽은 체하고 있어, 이눔아."

한낮의 열기가 피어오르는 거리에서 두 노소는 한가로운 대화를 주고받고 있었다. 구수한 만두 냄새가 솔솔 풍겨 나오는 객잔 아래 지저분한 옷을 입은 채 철퍼덕 주저앉아 있었던 것이다.

딱 봐도 거지라는 것을 온몸으로 보여주던 그들은 서로를 보며 진한 인상을 썼다. 어린 거지의 입에서 불만 어린 목소리가 들려왔다.

"으이구, 사부님께서 가장 사랑하는 제자인 이 취소걸(醉小乞)이 이런 곳에서 주저앉아 있는 걸 보면 얼마나 가슴이 아프실까?"

"행여나. 그리고 내가 알기로 환우(奐友) 장로님의 제자는 너 하나뿐인데 뭐가 제일 사랑하는 제자냐?"

“우씨, 구 분타주님, 진짜! 아, 꼭 말을 해도 그렇게 콕콕 찔러야 속이 시원합니까? 아, 나원참, 어린 나이에 벌써부터 혈압 오르네.”

“진짜 혈압 오르게 하지 말고 제발 주둥이 좀 닥쳐라. 어떻게 된 놈이 나이 스물도 안 되어 벌써부터 입만 살아 있냐?”

구량(具亮)은 이 이마에 피도 안 마른 파릇한 놈을 보면서 눈을 흘겼다. 기주로 전체의 분타주를 역임하고 있는 그는 개방 사람이었다. 강호에서는 은안(隱眼)이라는 별호로 잘 알려져 있는 사람인데 별호만큼이나 사람을 잘 보는 것으로 유명했다.

하긴 그래서 기주로의 개방 분타주를 맡고 있는 그였지만 요즘 그는 한 가지 문제로 골치를 썩고 있었다.

“입만 살아도 그 백면호리(白面狐狸)란 놈을 잡는 덴 아무런 지장 없습니다. 아, 제 실력 잘 알면서 왜 그러십니까?”

“잘 아니까 그러는 거다. 쬐끄만 놈이 벌써부터 술독에 빠져 허우적대는데 누가 널 믿어? 그리고 백면호리가 누군지도 모르는데 어떻게 싸우라고?”

“지금 그게 분타주님이 할 말입니까? 내가 할 말 아닌가요? 에?”

취소걸은 게슴츠레한 눈을 만들며 구량에게 입을 열었고, 구량은 한쪽 눈을 찡그리며 그냥 무시했다. 이 쪼끄만 놈을 상대하면 할수록 이제 오십이 넘은 자신이 너무나 한심하게 생각되곤 했던 것이다.

입이 쉬고 있는 적이 없는 놈이 바로 이 취소걸이란 놈이었는데 말을 하지 않으면 그 입에 술병을 처박고 있는 것이 다반사라 개방의 사람들은 그를 구귀(口鬼)라고 부를 정도였으니 두말하면 골치 아픈 놈이었다.

하나 그런 그에게 있어도 천적은 있었으니 개방의 자랑거리이자 골칫거리를 동시에 안겨주는 한 여인이었다. 여자가 거지인 것만으로도 화젯

거리인 그녀의 이름은 사봉희(事奉熙)였다.

"에휴, 왜 내가 너 같은 놈과 이렇게 입씨름을 해야 하는지 알 수가 없구나. 차라리 희아와 함께 있는 게 나았을 것을……."

"흥! 행여나 그런 생각을 하셨겠습니다. 그 성격이 얼마나 개차반인지 잘 아시는 분이 어찌 그런 말씀을……."

"누가 개차반이라고?"

"……."

등 뒤에서 들려오는 섬뜩한 여인네의 목소리에 취소걸의 얼굴이 확 굳어졌다. 그 앞에 선 구량은 그저 실실 웃고만 있었는데 아마도 뒤에서 누가 오는 것을 알면서 일부러 말한 것 같았다.

"아이고, 덥다. 이런 날은 그저 개. 자.바. 먹어야 되는데 말입니다. 분타주님, 말 나온 김에 제가 한 마리 마련해 볼까요? 네?"

말과 함께 사뿐히 몸을 일으키며 취소걸은 섬전같이 달려나가려 했는데 이미 한발 늦었다. 머리꼭대기에서 둔중한 충격이 느껴졌던 것이다.

짜앙!

"꾸에에엑!"

돼지 멱따는 소리를 지르며 취소걸은 바닥에 뒹굴었고, 구량은 여전히 실실 웃으며 바라보고만 있었다. 취소걸은 신나게 머리를 비비다 뒤로 돌아 외쳤다.

"아씨, 봉희 누님, 진짜 이럴 거요! 이러다 내 머리 두 배 이상 커지면 어쩔라고 그러요! 가뜩이나 요즘 키 안 커 고민되누만."

"네 키는 고민되고 내 혼삿길은 고민 안 되냐? 야, 이 자식아! 네놈이 그딴 소리나 지껄이니까 내 혼사가 안 되는 거 아나!"

취소걸의 앞에는 묘령의 여인이 허리에 손을 얹은 채 서 있었다. 솔직히 옷 입은 것을 봐서는 절대 개방 사람이라는 생각이 들지 않는 데다가 그 얼굴은 예사 얼굴이 아니었다.

오밀조밀한데다 왕방울만하게 큰 눈은 정말 사람의 혼을 쏙 빼놓기에 충분했고, 거기에 자그마한 입술은 너무나 매력적이었다. 그야말로 미인이라 불리기에 아무런 결격 사유가 없었던 것이다.

"우씨, 스물여섯이 넘도록 시집 못 간 게 어떻게 내 잘못이요! 다 누님이 처신을… 끄아아악!"

취소걸은 볼멘소리를 커다랗게 질러 대다 소스라치는 비명으로 바꾸어야만 했다. 어느새 사봉희가 다가와 옆구리를 힘껏 잡아 비튼 것이었다.

"잘한다, 이 자식아! 내가 널 어떻게 키웠는데 이제 와서 배신이야! 아이구, 확 환우 장로님만 아니면 벌써 시궁창에 처박아 버려야 하는데. 이씨, 뭘 봐욧! 사람 화난 거 처음 봐욧!"

무슨 일인가 싶어 고개를 기웃거리던 사람들을 향해 뾰족한 소리를 지르자 다들 찔끔하며 시선을 피하기에 바빴고 한참을 더 꼬집어 기어이 취소걸의 눈물을 보고 나서야 손을 놓았다.

"그리고 내가 그냥 누님이라고만 부르라고 몇 번을 말해! 그 촌스런 이름을 붙이고 나한테 어떤 놈팽이가 붙겠냐고! 엉!"

잔뜩 으름장을 놓는 사봉희를 보며 어느새 모여들었던 개방의 사람들은 고개를 저었다. 그 누가 봐도 사봉희가 왜 시집을 못 가는지 뻔했던 것이다.

외모만으로 따진다면야 사봉희 같은 여인은 없었다. 강호이미(江湖二美) 중 한 명으로 당당히 그 이름을 올리니 말이다. 하나 그녀를 가리키는 별호는 그것 말고도 두 개나 더 있었다.

독문무기로 편을 사용하고 꽤나 매서운 위력을 보여주기에 화용절편(花容絶鞭)이라는 별호가 하나 있었는데 다른 하나의 별호는 무공과는 전혀 상관없는 이름이었다. 제구항아(制口姮娥)라 불리고 있었던 것이다.

워낙에 입이 거칠기에 붙여진 이름인데 솔직히 그 입만 다물면 세상 남자 그 누구라도 관심을 보이며 다가섰지만 딱 일각만 대화하면 바로 꼬리를 말았다. 그러니 시집은 너무나도 요원한 것이다.

"이런 젠장, 세상에 도움되는 놈이 하나도 없으니. 우씨, 증말 열불 터지네?"

뭐가 그리 불만인지 한참을 투덜대던 사봉희의 신형이 딱 멈추었다. 모두들 혼자서 이를 부득부득 갈다가 멈춘 그녀의 행동에 의아함을 느끼고 눈을 돌렸는데 정작 그녀는 저 먼 관도의 끝을 바라보고 있었다.

마을의 입구 쪽을 바라보고 있었던 것인데 그녀의 시선을 따라 보던 사람들도 그녀와 비슷한 얼굴을 했다.

따각. 따각.

뜨거운 관도를 한가롭게 걷는 말. 약간 마른 듯해 보이지만 잘게 갈라진 근육들로 보아 그저 타고 다녔다고 말하기는 좀 곤란했다. 그냥 타고 다닌 것이 아니라 정말 말이 가진 이동 수단으로의 역할을 충분히 한 듯 보였던 것이다.

이곳은 지금 기주로에서도 가장 큰 회현(恢峴)이라는 곳이었다. 관청까지 있을 정도로 큰길이기에 말을 보는 것은 그다지 어려운 일이 아니지만 이렇듯 말의 역할을 훌륭하게 소화해 낸 듯한 말은 보기 힘들었다. 표국의 말이나 이 정도나 될까? 아니, 표국의 말도 결국 돌아가면서 쓰기에 좀 살집이 있는 정도였다.

한데 이렇게 군살 하나 없는 말이라니. 어디서 오는지 몰라도 마치 전쟁터라도 누빈 듯 아주 실전적인 근육들만이 보였다. 흔히 볼 수 있는 말이 아닌 것이다.

하지만 사봉희가 눈을 크게 뜬 것은 그 말이 아니라 그 위에 올라탄 사람 때문이었다. 왠지 몸에서 진한 피의 향기가 뿜어지는 듯한 그의 분위기 그리고 분위기도 분위기지만 일단 첫인상이 상당히 특이했다. 서 있는 게 아니라서 키는 가늠할 수 없었지만 꽤나 커 보였고, 그 키만큼 상당히 큰 방립을 쓰고 있었는데 무엇보다도 이상한 것은 이 더운 여름날에도 거의 무릎까지 오는 두터운 피풍의를 입고 있다는 점이었다.

게다가 사봉희를 비롯한 개방 사람들이 긴장하는 것엔 또 다른 이유가 있었다. 저렇게 이상해 보이는 사람이 이곳에 나타났는데도 지금 보고가 들어오지 않고 있었다. 지금 백면호리를 잡는 일 때문에 많은 개방 제자들이 이곳 기주로의 곳곳에 있었던 것이다.

따각. 따각.

우연이었을까? 그는 마침 사봉희와 취소걸이 있는 곳으로 다가왔고, 가까이 오자 말에서 내렸다. 그리고는 말고삐를 주위의 말 목쇄에 빙빙 감고는 객잔으로 향하고 있었다.

"……."

사봉희의 바로 옆을 통해 지나가는 그를 그녀는 마냥 바라만 보고 있었고 그의 신형은 곧 객잔 안으로 사라졌다. 그제야 개방 사람들은 움직이고 있었다.

"이것들이 대체 어디서 졸고 있길래 연락이 없어!"

"모르면 입 다물어라. 어쩌면 보고할 수 없게 됐지도 모르니."

곳곳에 감시를 나가 있을 개방 사람들의 나태함을 이야기하던 취소걸은 차갑게 들려오는 사봉희의 목소리에 의아해하다 얼굴을 굳혔다. 그 말이 무슨 의미인지 짐작한 것이다.

저런 정도의 사람이라면 반드시 보고는 들어왔어야 했다. 그것이 개방의 가장 큰 장점 중의 하나일진대 어쩌면 그들은 이 세상 사람이 아닐 수도 있는 것이다.

"어쨌든 알아보면 되겠지. 너희들은 지금 즉시 이곳 회현의 진입로 쪽으로 가 수하들을 살펴라. 희아와 소걸이는 나와 함께 들어가 보자."

"……."

한기를 일으키며 구량은 몸을 일으켜 객잔 안으로 들어섰고, 사봉희와 취소걸 역시 그를 따라 객잔 안으로 들어섰다. 뒤따라 들어가는 두 사람의 얼굴은 좀 전처럼 아웅다웅하며 장난치던 얼굴이 아니었다.

우여곡절 끝에 망일곡을 벗어났지만 호월은 바로 중원에 올 수가 없었다. 교지부터 시작해 여러 변방을 돌아보다 세상을 좀 익히고 중원에 들어섰지만 역시 보고 느껴지는 것들은 너무나도 이질적인 것들이었다.

한낮의 거리를 처음 보았고, 그 거리에서 움직이는 사람들도 보았었다. 내일을 준비하는 아낙네의 바쁜 발걸음을 지켜봐야 했고, 술 한 잔에 서로 얼굴 벌게지는 사람들도 봐야만 했다.

지금껏 망일곡에서 살았던 그에게 있어 이러한 것들은 이해할 수 없는 것이라 말할 수 있었다. 특히나 온통 남자들로만 구성되었던 망일곡의 특성 때문인지 여자를 대하기란 여간 힘든 것이 아니었다.

그래서 그는 중원에 들어갈 수 없었다. 근 육 개월을 변방의 산야를 떠돌며 생활했었다. 그러다 좀 지낼 만하게 된 게 채 한 달도 안 되었다.

당연히 그동안 노숙을 하며 사냥하는 것이 그의 전부가 되었다. 그리고 그 가죽을 내다 팔아 자신이 먹을 것을 장만하곤 했었던 것이다.

어느 정도 그 일이 익숙해지고 나서야 호월은 좀 마음이 편안해질 수 있었다. 그리고는 드디어 중원에 나오게 되었다. 그동안 귀동냥으로 들었던 무당산을 찾아가려 하는 것이다.

중원이 얼마나 큰지, 또 그중 기주로가 어느 정도만한 위치며 크기인지는 모르나 이곳이 기주로에서 가장 큰 도읍이라는 것은 들어 알고 있었다. 또한 회현을 지나면 곧 기주로에서 벗어나게 된다는 것을 알기에 잠시 쉬러 객잔에 들어온 터였다.

하나 들어선 순간 왠지 기묘한 느낌에 사로잡혀야 했다. 사방에서 자신을 바라보는 이 눈길, 그동안 제일 난감한 것이 바로 이러한 시선들이었는데 이곳에서 보이는 눈길은 여타의 것과는 달랐다. 마치 자신을 발가벗겨 보듯 예리한 눈길이었던 것이다.

“…….”

슬쩍 죽립을 들어 살펴본 그의 눈에 두 부류의 무리가 보였다. 근 대여섯 개의 탁자 중 사람이 앉아 있는 탁자는 단 두 개였고, 방금 자신을 따라 들어온 사람들과 합쳐서 모두 세 부류의 사람들이 있었다. 호월은 그들의 면면을 다시 살펴보았다.

한 부류는 그냥 살펴보기에도 이곳저곳 물건을 파는 장사치들로 보여 별다른 신경을 쓰지 않았는데 문제는 다른 두 세력이었다. 상당히 좋은 옷을 입은 젊은 사람들이 한 부류였고, 온통 거지 복색을 한 사람들이 또 한 부류였지만 그들 사이에는 공통점이 있었다.

두 세력 다 무공의 흔적이 느껴지고 있는 것이다.

“손님, 뭘로 드릴까요? 저의 객잔은 유구한…….”

“소채 하나.”

“아, 예.”

쪼로로 달려와 주문을 받던 점소이의 얼굴이 살짝 일그러졌다. 뭐 좀 팔리려나 했더니 겨우 소채 하나라. 척 보니 복장도 그저 그런 것이 돈 있는 사람으로는 보이지 않았다.

잠시 안쪽으로 들어갔던 점소이는 잠시 후 작은 접시 위에 소채를 담아 내왔고, 호월의 앞에 놓은 후 차도 따르지 않은 채 부리나케 돌아갔다. 돈줄이 될 것 같지 많으니 신경 쓸 것도 없다는 듯이 말이다.

우둑. 우두둑.

잘사는 사람들, 아니, 그냥 촌로들이라 해도 소채 하나만 먹기는 좀 힘들었다. 질긴 것도 질긴 것이지만 그냥은 별다른 맛이 없어서 그런 것인데 따라서 소채 하나만 먹는 사람은 거의 없었다.

그러나 망일곡에서 온 호월에게 있어 소채는 이 세상 최고의 음식이나 마찬가지였다. 거의 죽 수준의 음식을 먹어온 그였기에 마냥 좋을 수밖에 없는 것이다.

게다가 천천히 씹으면 씹을수록 다른 맛이 배어 나오니 이만한 행복은 없었다. 그렇게 호월이 한껏 소채를 즐기고 있을 때였다.

"허어, 뉘신가 했더니 이거 화용절편 사 소저가 아니셨습니까! 이거 오늘 이 담우경(膽優京)의 인복이 터지는 날인가 봅니다."

"네, 오랜만이군요, 담 소협."

화려한 의복을 입은 젊은이 하나가 반색을 하며 일어서더니 거지들이 있는 탁자로 움직이고 있었다. 그는 그 거지 일행 중 아주 어울리지 않는 의복을 입은 여인에게 말을 걸었는데 왠지 여인의 반응은 시큰둥하게 보였다.

물론 호월이 상관할 바는 아니지만 세 탁자는 각기 반 장여의 거리를 둘 만큼 아주 가까웠기에 듣기 싫어도 들을 수밖에 없는 상황이었다. 스스로를 담우경이라 밝힌 청년의 음성이 다시 들려왔다.

"하하하, 소저께서도 그 백면호리 이두경이란 자 때문에 나오신 것이 군요. 하나 그것보다는 앞으로 열릴 무림지회가 중요할 터인데… 그곳에는 안 가십니까?”

“가기야 가겠지만 그곳이 우선이 아니군요. 그럼 담 소협은 지금 동정호로 향하시는가 봅니다.”

“예, 물론입니다. 저희 사숙께서 가시기는 했지만 이번 기회에 견문을 높이고자 이렇게 사제들을 이끌고 가는 중입니다. 저, 그래서 말인데 시간이 괜찮으시면 저희와 같이…….”

“말했다시피 전 이미 할 일이 있습니다. 나중에 뵙지요.”

더 이상 뭐라 말하기도 전에 차갑게 말을 끊어버리는 사봉희를 보며 담우경은 얼굴을 굳혔다. 이제 보니 자신이 아니라 다른 곳을 보고 있었고 그것도 저 앞 탁자에 있는 죽립을 쓴 사내를 향하고 있었다. 척 봐도 별 볼일 없어 보이는 놈인지라 그의 눈썹이 하늘로 치켜 올라갔다.

담우경은 화산파 사람이었다. 그다지 대단한 무공을 가진 것은 아니지만 뒷배경이 좋은 자였는데 화산의 재정에 도움을 주는 몇몇 유지의 자제였던 것이다.

솔직히 실력보다는 이러한 배경 때문에 그는 장문인의 사사를 직접 받을 수 있는 특권을 누리는 사람이었지만 워낙 사람이 안하무인이라 아무도 그의 행보를 좋아하지 않았다. 그러나 언제나 파리는 꼬이게 마련이었다.

그의 뒷배경을 보고 가깝게 지내려는 이들, 그들이 바로 지금 같이 있는 남녀들이었다. 모두 세 명이 있었는데, 그들은 지금 옆의 탁자에서 흥미롭게 바라보고 있었다.

“…….”

담우경은 신형을 돌려 바로 호월에게 다가갔다. 그리고는 품속을 뒤지더니 뭔가를 호월의 탁자 위에 던졌다.

투툭.

　손가락만한 은자 두 개. 이 정도면 밥값이 문제가 아니라 한 달 정도
는 여유롭게 살 값어치는 되는 것이었다.

　호월은 죽립을 살짝 들어 사내를 바라보았다. 그러자 담우경의 입이
열렸다.

　"나가라."

　"……."

　"아무래도 네놈이 사 소저의 심기를 거슬리게 하는 것 같은데 지금 일
어나 옆의 객잔으로 꺼지란 말이다. 어서!"

　"……."

　정말 뜬금없이 들려오는 말과 알 수 없는 적개심의 표현에 호월은 죽
립을 조금 더 들어 올렸다. 그러자 사내의 얼굴이 완전히 보였다.

　솔직히 말한다면 꽤나 잘생긴 축에 드는 사람인데 왠지 호월은 그 얼
굴에서 비웃음과 조롱을 느꼈다. 별로 유쾌한 감정이 아닌 것이다.

　"저 인간 뭡니까? 누가 누굴 신경 쓰인다고요?"

　"흠, 이거야 원."

　옆에서 지켜보던 취소걸과 구량은 황당한 듯 작게 입을 열었다. 진짜
누가 봐도 황당한 경우였다.

　눈에 거슬리니 나가라고? 동네 불량배들이나 쓰는 말이 지금 화산의
제자가 입에 담을 수 있는 것인지 당최 짐작이 가질 않았다. 더구나 자신
들은 지금 저자를 탐색하러 온 것인데 가라고 하면 자신들도 가야 할 참
이었다.

　"초를 쳐도 이렇게 치나?"

　"정말 눈치가 네 반만 닮아도 좋겠구만."

　"우후."

취소걸과 구량은 다시금 인상을 찌푸리며 입을 열었고, 사봉희는 가슴 속에서 올라오는 울컥함을 참기 위해 긴 한숨을 내뱉었다. 그러다 그녀의 시선이 담우경이 있던 자리를 향했다.

그곳에 있는 이남 일녀 역시 모두 화산파 제자들로 다들 그녀도 아는 사람들이었다. 두 사내의 이름은 상만우(商挽佑)와 양완진(揚完振)이라 하고, 여인은 예당(詣儻)이라는 여인이었다. 대단한 무공을 가져 별호가 있는 자들은 아니었지만 어느 정도 기본은 익히고 있었다.

웬만하면 사리 판단도 할 나이이니 나서서 당신 사형이나 좀 말리라고 보낸 눈빛이었는데 그게 잘 안 되었다. 이어 들린 상만우의 목소리가 이를 증명했던 것이다.

"하하하, 알겠습니다, 사 소저! 왜 아니겠습니까? 저희 사형께서 이렇게 나서시는데 저희라고 그냥 있을 수는 없겠지요. 험, 가자."

"……."

한술 더 떠 무기를 움켜쥐고 담우경의 옆에 서는 그들을 보며 사봉희는 황당한 얼굴을 만들었다. 대관절 이것들은 예절 교육조차 받지 않은 것 같았다.

"호, 누님, 지금 저자의 실력부터 알아보자는 거요? 우와, 그렇게 안 봤는데 누님 치밀하네."

"닥쳐라, 이 자식아. 지금 저놈들을 다 작살낼지 아니면 그냥 혼만 낼지 고민 중이다."

"험, 희아야, 부탁컨대 이번에는 조용히 좀 있어라. 네가 한 번 나설 때마다 방주님께서 상당히 난처해하신단다. 험험."

좋다고 놀리는 취소걸을 향해 눈을 흘기던 사봉희는 한숨만 폭폭 쉬며 손을 탁자 위로 다시 올렸다. 어느새 그녀의 손엔 채찍의 손잡이가 꽉 쥐어져 있었던 것이다.

"이놈이 감히 어느 안전이라고 귀머거리 행세를 해! 썩 사형의 말씀을 새겨듣고 나가지 못할까!"

마치 대단한 사람이 아랫사람을 꾸짖듯 소리치지만 그래도 시비는 시비였다. 호월은 잠시 그들의 면면을 바라보다 다시 죽립을 내렸다. 쓱 보니 상대할 가치도 없어 보였다.

네 명 다 어느 정도 무공은 있어 보였지만 그다지 걱정할 것도 안 되어 보였다. 솔직히 이 정도 사람들이라면 저 망일곡의 염천보다도 못하니 그야말로 망둥이가 따로 없었다.

"진정 관을 봐야 눈물을 흘릴 놈이로고! 네놈은 화산의 이름도 듣지 못한 것이냐! 이 매화의 표식이 보이질 않나!"

또 다른 자의 외침에 다시 호월은 눈을 들었다. 화산이라… 저 방산이 썼던 초식이 화산의 것이라는 생각에 다시 보게 된 것인데 그 동작을 얼어붙은 것으로 알았던지 담우경의 목소리가 다시 들려왔다.

"큭, 한낱 촌놈이라 사람이 아니라 문파의 이름을 대야 제 잘못을 아는구나. 오냐, 그렇다면 이제 네놈이 해야 할 일을 알……."

잔뜩 비웃음이 걸린 목소리를 내던 담우경의 입이 꽉 다물려졌다. 호월의 손이 다시 움직였던 것이다.

소채 그릇의 옆에 떨구어진 은자를 향해 가는 듯했는데 아니었다. 손은 그대로 소채 하나를 집어 들고는 입을 향해 들어갔다.

우두둑, 우둑.

호월이 그가 하고 있었던 식사를 마저 하기 시작하자 담우경의 눈이 험악하게 변했다. 명백한 거절 의사였던 것이다.

"이놈이 완전히 미친놈이었구나!"

파아앗!

더 생각할 것도 없다는 듯 담우경은 오른손을 호월의 죽립을 향해 짓쳐 나갔다. 언뜻 보기에도 내력이 가득 담긴 주먹이었다.

“아니, 이 자식들이 지금……!”

가뜩이나 속 뒤집혀지게 느끼한 것들이 안하무인으로 굴자 사봉희는 거친 목소리를 내며 자리에서 벌떡 일어났다. 채찍을 손에 움켜쥐고는 바로 날리려 했는데 일순간 그녀의 동작이 멎었다.

담우경은 그저 부들부들 떨고만 있었고, 그의 주먹은 죽립의 두 치 앞에 멈춰 있었다. 하나 더 이상은 갈 수가 없었다. 죽립인의 손이 어느새 올라와 담우경의 오른 팔목을 움켜잡은 것이다.

우두두둑.

“우아악! 내, 내 팔!”

그냥 손목을 움켜쥔 것뿐인데 사내의 팔 힘은 대단한 듯 담우경은 그저 식은땀만 뻘뻘 흘리고 있었다.

차앙! 창! 차장!

순식간에 나머지 사람들은 검을 뽑아 들었고 그중 가장 나이가 많은 상만우는 검을 앞으로 내밀며 소리쳤다.

“이놈! 당장 사형의 손을 놓지 못……!”

검을 휘두르며 죽립인의 머리를 치려던 상만우는 가까스로 신형을 멈추었다. 어느새 그가 치려는 방향에 담우경의 신형이 와 있었다. 상대는 이미 자신의 움직임을 훤히 꿰뚫고 있었던 것이다.

우둑. 우두둑.

마지막 남은 소채 하나를 입에 털어 넣고는 잘게 씹는 소리가 죽립 안쪽에서 들려왔다. 그는 자신들의 행사에 아무런 위협조차 느끼지 못하는 것이다.

2

비록 신생문파로서 화산이 대단하다고는 하지만 그래도 아직 거대문파의 축에 끼긴 무리였다. 무공이나 세력은 인정하고 있었지만 다른 문파들이 인정하지 않는 것이 일반적인 대우였다.

그래서 화산은 제자들이 강호에 나올 때 특히 조심하도록 일렀다. 행여나 예의에 어긋나는 행동을 한다면 그건 자신들의 문파에 먹칠을 하는 것이나 마찬가지이니 다른 문파들의 인정을 받는다는 것은 요원한 일이었던 것이다.

한데 지금 이 네 명을 보면 완전히 그런 것은 무시하고 있는 듯했고 그것이 취소걸은 못내 궁금했다. 대관절 무슨 배짱으로 사람을 이렇게 압박하는지 말이다.

"흥정과 싸움은 붙이라는 게 내 신조이긴 하지만 이번엔 말려야 하는게 아닌지 싶네요."

"말로만 그러지 말고 가서 말려라. 딱 보니 저 사내의 반도 못 되는 놈들이야. 그야말로 개죽음당하기 딱 맞아."

충분히 사람들에게 들릴 만한 목소리로 취소걸과 구량은 입을 열었다. 아마도 저들이 들어주었으면 하는 바람이 있는 것 같았다. 우리가 보기엔 상대가 안 되니 어서 물러나라고 말이다.

하나 그 말은 오히려 저들의 화를 돋우는 결과를 가져오고 말았다. 나머지 인간들이 아예 품 자로 호월을 감싸 버린 것이다.

"그것참, 바보 같은 인간들이네. 딱 보면 모르나? 당신들 위라는 걸?

그리고 그 사람이 누군데 당신들이 나가라 마라야! 이곳을 화산에서 전세라도 냈소이까!"

도저히 말이 통하지 않는다는 것을 느꼈는지 취소걸은 일어서면서 버럭 화를 냈다. 그러자 화산 사람들 중의 하나가 목소리를 내었는데 조금 어려 보이는 양완진이라는 인간이었다.

"누가 뭐라 해도 화산은 강압에 굴복하지 않는다! 개방은 그렇게 살지 몰라도 우리 화산은 절대 그렇지 않아!"

"예, 예. 어련하실려구요. 이봐요, 죽립인. 그냥 확 날려 버려요! 이 풋내기들이 정신 좀 차리게요!"

기어이 취소걸이 빽 하니 소리를 지르며 다시 앉자 사봉희가 그를 향해 입을 열었다.

"자~알한다. 싸움 말린다며?"

"우씨, 안 되는 것 보이잖아요! 내가 더 뭘 어떻게 해요!"

"그럼 말이라도 말던가."

구량까지 합세해 중얼거리자 취소걸은 입을 댓발이나 내민 채 눈을 흘겼다. 누가 말했는지 모르지만 세상은 혼자라는 것을 뼈저리게 느끼고 있는 것이다.

"에라, 난 몰라! 어이, 형씨, 기분도 그런데 확 다 작살내 봐요! 예!"

그냥 울컥하는 마음에 취소걸이 가벼운 마음으로 지껄인 소리에 불과했다. 한데 정말 그의 말대로… 네 명이 모두 작살나고 있었다.

뭐라고 해야 할까? 황당하다고 해야 하나. 아니, 화난다는 말이 맞을 것 같았다. 지금 자신의 속에서 일어나는 이 느낌은 그렇게밖에 표현할 수가 없었다.

마치 개처럼 돈을 던졌기 때문이 아니었다. 동네 불량배들처럼 자신을 옥박질러서도 아니고 다짜고짜 주먹부터 날려 그런 것은 더 더욱 아니었다.

비록 그가 중원에 들어온 것은 얼마 안 되지만 참 많은 사람을 만났다. 특히 사람들이 거의 없는 산속에서 움직이다 보니 솔직히 좋은 사람들을 만나기란 쉽지 않았었다.

하나같이 험상궂은 얼굴을 한 산도적들, 혹은 도적은 아니지만 호월의 말을 보고 눈빛을 달리하던 화전민들. 모두가 호월이 만난 사람들이지만 그들 사이에는 공통점이 있었다.

적어도 그들은 다른 사람이 있으면 호월을 건드리지 않았다. 그리고 자신들만 있어도 날이 어두워질 때까지 기다렸다. 다짜고짜 강짜를 부리는 놈들은 없었던 것이다.

솔직히 호월이 지금껏 만난 강도들 중 이들과 같은 무위를 지닌 사람들은 몇 있었다. 숫자도 훨씬 많았지만 이들만큼 안하무인으로 군 놈들은 없었다.

저 망일곡에서 사람의 뒤를 덮쳐 살해하는 짓이나 이거나 대관절 뭐가 다르다는 것인가? 최소한 그들은 목걸이를 탈취해 배라도 불리는 생존에 관한 변명이라도 있지만 이들은 뭐라고 해야 하나?

아무리 망일곡에서 자랐다고 하지만 세상 이치를 아예 모르는 호월이 아니었다. 여자라는 것, 그리고 남자와 여자의 관계에 대해서는 모르고 싶어도 워낙 떠벌리는 놈들이 많아 대충 알고는 있었다. 실제로 본 것은 이번이 처음이지만 말이다.

아마도 지금 이놈은 저 뒤의 여인에게 눈이 멀어 헛짓거리를 하는 것 같았는데 그건 호월이 상관할 바가 아니었다. 지금 호월에게 중요한 것은 눈앞에 있는 자들의 생사를 결정하는 일이었다.

스스슥.

문득 저들은 자신을 향해 품 자로 늘어섰고 그 모양을 보자 호월은 결정을 내렸다. 죽일 가치조차도 없었다. 비록 품 자로 늘어서기는 했는데 전혀 압박이 느껴지지 않는 것이 이렇게 합공을 연습조차 하지 않은 것 같았다.

마음을 굳힌 호월은 바로 행동에 들어갔다.

타탁. 파아앗!

"으아아악!"

담우경은 비명을 지르며 땅에 쓰러졌다. 호월이 살짝 손을 잡아당기는 듯하더니 바로 팔꿈치 안쪽과 어깻죽지 안쪽의 옅은 살 부분을 빠르게 잡아채었던 것이다.

그냥 살짝 눌린 것만 같은데도 담우경은 반신이 마비되는 듯한 느낌에 정신을 차릴 수가 없었다. 호월은 담우경이 쓰러지는 것과 동시에 일어서며 신형을 날렸다.

"사형! 읍!"

쓰러지는 담우경을 보고 상만우는 놀라 달려가려 했으나 그럴 수가 없었다. 자신의 움직임에 근 두 배는 빠른 신형이 눈앞에 다가왔는데 부지불식간에 그는 검을 휘둘렀다. 한데 너무나 어이없는 결과가 나왔다.

턱!

"……!"

팔이 휘둘러지다 멈추었다. 정확히 말하면 팔목 어림이 막힌 것인데 그냥 막힌 것이 아니라 호월의 목에서 멈추었다. 이미 사정권 안으로 들어와 버린 것이다.

우두둑! 터어엉!

"크아아악!"

팔꿈치에 전해져 오는 강한 고통에 상만우가 떨어뜨린 검은 객잔의 바닥에 꽂혔다. 호월은 그자의 오른 팔꿈치를 쥔 손을 앞으로 주욱 밀어내며 손을 놓았다.

꽈작!

자신들이 앉아 있던 탁자를 부수며 상만우는 나동그라졌고, 호월은 빠르게 주저앉으며 신형을 돌렸다. 그리고는 오른발을 쭉 내밀어 휘도는 힘을 이용해 바닥에 꽂힌 검을 힘껏 내찼다.

파아앙! 시시시싱! 따아아앙!

뒤에서 달려들던 예당과 양완진은 동시에 검을 들어 상만우의 검을 쳐 냈고, 이어 다시금 가슴께로 끌어 올리려 했으나 그건 그들만의 바람이었다. 어느새 호월은 하나의 회오리바람을 일으키며 양 발을 회전시키고 있었다.

빠가각!

"아악!"

"커억!"

두 사람 다 옆구리 어림에 강한 충격을 받고는 뒤로 나동그라졌다. 호월은 휘도는 신형을 다잡으며 바닥으로 내려섰고 천천히 신형을 일으켰다.

"……."

잠시 주위를 살펴보다 저쪽 거지들이 있는 방향으로 눈을 돌렸는데 그들의 표정이 정말 이상했다. 모두 뭔가에 놀란 듯한 표정을 짓고 있었던 것이다.

"백면호리란 이름이 얼굴이 하얗다고 붙여진 이름 맞지?"

"경거망동하지 마라. 얼굴 하얗다고 다 백면호리면 세상에 수백은 되겠다."

내력을 끌어올리며 물어오는 취소걸의 말에 사봉희는 나직한 목소리로 화답했다. 하긴 단순히 얼굴 하얗다고 같은 사람이라 볼 수는 없는 노릇이었다.

"흐음, 긴장들 마시게나. 내가 볼 때는 그자는 아닌 것 같네. 들어본 것과는 분위기가 너무나 다르네."

"책임질 수 있어요, 분타주님?"

"최소한 너보다 사람 보는 눈은 낫다고 생각하는데?"

구량의 대답에 그제야 취소걸은 내력을 조금 낮추었는데 그들이 이렇게 긴장하는 원인은 단 한 가지였다.

공중으로 떠오르면서 호월의 죽립은 진작에 벗겨져 있었다. 이에 그의 하얀 얼굴이 드러나 있었고, 자신들이 찾는 백면호리가 아닌가 해서였다.

그러나 부녀자 간살에 왕실을 상대로 사기 치는 것조차 능사로 해대는 놈으로 무림뿐만이 아니라 관부에서까지 잡으려고 혈안이 된 놈이라 보기에는 그 분위기가 너무 달랐다. 협잡꾼보다는 진짜 무인의 냄새가 물씬 풍겨났기 때문이었다.

"그렇긴 하지만… 날리라고 진짜 날리냐?"

"그게 네 말 듣고 그런 것 같냐? 으이구!"

한 소리 찍 뱉고 사봉희는 앞으로 가 고개를 살짝 끄덕였다. 일단 대화로 푸는 것이 현명한 일인 것이다. 뒤에서 보는 취소걸이 어떻게 생각하든 말든 간에.

"개방의 사봉희라고 해요. 귀하의 성명은 어찌 되시는지요?"

"……"

맹랑하게 달려와 묻는 사봉희를 향해 호월은 그저 바라보고만 있을 뿐이었다. 이미 그녀의 관심사는 이 바닥에 뒹굴고 있는 개념없는 인간들에서 한참 멀어진 후였는데 문득 취소걸의 목소리가 들려왔다.

"얼굴에 속지 말고 내면을 봐요, 내면을. 그렇게 멍청한 표정… 끄아아!"

쪼로록 달려와 한 소리 중얼거리다 또다시 옆구리를 꼬집힌 취소걸은 눈알을 뒤집었다. 구량은 고개를 흔들며 앞으로 나섰다.

"쯧쯧, 죄송하오이다. 이 두 사람은 우리 개방에서도 내놓은 사람이라 귀하께서 이해해 주시길 바랍니다. 이곳 기주로의 개방 분타를 맡고 있는 구량이라 합니다. 잠시 이야기를 나누고자 합니다만 허락해 주시겠습니까?"

"……."

다짜고짜 달려와 덤비는 거라면야 얼마든지 작살낼 수 있겠지만 이렇게까지 상대가 숙이고 들어오니 호월 입장에서는 조금 난감했다. 모르는 사람과 이렇게 대화하는 것 자체가 상당히 어색했던 것이다.

망일곡에서도 말 없기로 유명한 놈이 자신이었으니 이곳이라고 달라질 것은 없었다. 하나 상대는 악의를 지닌 것도 아니고, 무슨 계략을 꾸미는 것 같지도 않아 결국 그는 살짝 고개를 끄덕였다.

"제가 기주로에서 상당히 오래 있었던 관계로 귀하의 실력 정도를 가진 사람을 모른다는 것이 좀 이상할 정도입니다. 혹시 이 기주로에 사시는 분이십니까?"

비록 무공이 떨어지는 네 명을 한 수에 해치웠지만 문제는 그들이 화산이라고 이름을 밝혔는데도 손을 썼다는 데 있었다. 그렇다면 화산 따위는 안중에도 없다는 소리고, 그건 그만큼 무공에 자신있다는 소리였다.

호월은 그의 말에 서서히 고개를 가로저으며 허리를 굽혔다. 그리고는 죽립을 주워 올리며 입을 열었다.

“무당으로 가는 길이오.”

“무당? 무당파가 있는 무당산 말이에요? 우씨, 거기가 거리가 얼만데…….”

호월의 낮은 목소리에 취소걸은 눈을 동그랗게 뜨며 말했다. 그러자 이번엔 호월의 질문이 들려왔다.

“여기서… 먼가?”

“지금 저랑 농담하시자는 것은 아니겠지요? 그렇죠?”

어이가 없다는 듯 취소걸은 입을 열었는데 호월의 얼굴은 전혀 농담이 아니었다. 만일 저 굳은 얼굴로 농담이 가능하다면 참으로 희한한 일일 것이라 생각하며 취소걸은 다시 입을 열었다.

“설마 지금 강호초출이라고 이야기하시려거든…….”

“처음이다.”

“에?”

자신의 말을 자르며 들려온 목소리에 취소걸은 어이없는 얼굴을 만들었다. 강호초출이다. 그래서 난 모른다. 정말 할 말 없는 상황이었다.

“기주로를 관통해 이곳 회현을 지나는 관도를 따라가기만 하면 무당이 나온다고 들었는데 아닌가?”

“…….”

취소걸은 어이가 없어 입을 딱 벌렸고, 그런 표정은 옆의 사봉희도 마찬가지였다. 물론 맞기는 맞는 말이었다.

그렇지만 그것이 지도에 나온 직선거리를 말로 냅다 달려도 한 달 이상 걸리는 거리라는 것을 어찌 말로 할 수가 있으랴? 그리고 세상의 어느 관도가 일자로 죽 뻗어 있냔 말이다.

그렇게 따지면 한 달이 아니라 두 달도 걸리고, 여기서 혹 길이라도 잘못 들면 그야말로 끝이었다. 그런데 이렇게 천하태평으로 그냥 간다라.

"헛헛헛, 맞기는 하오만 귀하처럼 그렇게 가다간 대관절 얼마나 걸릴지 모르겠소이다. 생각보다 상당히 먼 곳이오."

"상관없소."

길만 맞다면 그만이라는 듯 호월은 바로 발걸음을 옮기기 시작했다. 그는 계산대 앞에 섰는데 그의 손에서 은자 두 개가 나오더니 탁자 위에 올려졌다.

담우경이 던진 은자, 그것이었고 대관절 언제 그걸 잡아 올렸는지 알 수는 없었지만 확실히 저 정도면 부서진 기물까지 모두 셈하고도 남는 액수이긴 했다.

그렇게 호월은 셈을 치른 뒤 신형을 돌렸다. 그리고는 객잔을 나서려 할 때였다.

"이봐요! 내 말에는 대답 안 해줄 건가요? 이름이 뭐냐구요!"

갑자기 들려오는 뾰족한 목소리에 호월은 고개를 돌렸다. 사봉희가 그 큰 눈을 화난 것처럼 만들며 소리치고 있었다.

"어따, 성격 나오네, 누님. 아이고, 아녜요. 암 말 안 했어!"

다시금 자신을 향해 도끼눈을 뜨려 하는 사봉희를 보며 취소걸은 한 걸음 크게 내디딘 채 양손을 휘저었다. 그때였다.

낮은 목소리가 들려왔다. 구량의 늙수그레한 목소리도 아니고 저 바닥에 널브러져 신음을 흘리고 있는 담우경의 느끼한 목소리도 아닌 그냥 낮은 목소리였다.

"호월……."

게다가 딱 두 마디… 그게 다였다. 스스로를 호월이라 밝힌 자는 바로 죽립을 쓴 후 객잔을 나섰다.

"흐음, 가명인가? 호월이라… 어쨌든 마도나 흑도의 인물 같지는 않구만."

구량은 지금껏 자신이 느낀 바를 종합해 호월이란 사내의 분석을 마쳤다. 좀 주의할 만한 사람이긴 해도 위험한 사람은 아닌 것 같았다.

객잔의 주인에게 파손된 기물 값까지 준 것으로 봐서 기본적인 소양은 되어 있는 것 같고, 특히 이 중 나이가 가장 많고 힘없어 보이는 자신에게 보여준 태도 역시 마음에 들었다.

만일 거만한 천둥벌거숭이라면 대화고 뭐고 바로 힘부터 쓰려 나왔을 테니 말이다. 강호초출이라는 점을 감안하면 어디선가 사람들에 대한 관계를 쉼없이 겪은 것도 같았다.

그러나 무엇보다도 그가 그렇게 생각한 이유는 저 바닥에 넘어진 네 명의 천둥벌거숭이들 때문이었다. 솔직히 반 작살낼 수도 있건만 그냥 근육에 고통만 주고 만 것이다.

비록 아는 것은 이름밖에 없지만 저 호월이란 자는 상당한 실전 경험을 쌓아온 사람임에 틀림없었다. 저 정도의 힘 조절과 움직임은 그저 혼자 수련한다고 얻어지는 것이 아니었기 때문이다.

"분타주님! 큰일났습니다!"

"무슨 일이냐?"

혼자만의 생각에 잠겨 있던 구량은 누군가 부르는 소리에 고개를 돌렸다. 마을 입구로 나간 수하들을 찾으러 보낸 자였다.

"사라졌습니다! 관도를 감시하던 제자들이 모두 사라졌습니다. 게다가 싸운 듯한 흔적도 찾아냈습니다!"

"뭐라고!"

구량은 소리치며 바로 발걸음을 옮기기 시작했다. 사실이라면 보통 문제가 아니었다. 그들의 목숨을 장담할 수 없으니 말이다.

좀 전에 잠시 이야기했던 호월이라는 자가 한 짓일 수도 있으나 구량은 그저 고개를 저었다. 그렇다면 피 냄새가 진동할 텐데 그자에게선 아무런 기운도 느껴지지 않았다. 생각보다 피의 흔적은 강하고 오래가는 법이었다.

황급히 뛰어가는 구량의 뒤를 따라 사봉희와 취소걸도 따라나섰다. 객잔 입구를 벗어나자마자 두 사람은 동시에 고개를 돌렸다.

저 멀리 가고 있는 호월의 등, 말을 타고 천천히 움직이는 모습이 그들의 눈 속에 들어왔는데 문득 사봉희가 입을 열었다.

"처음이야. 날 정면으로 봐도 눈동자가 흔들리지 않는 사람은. 목석인가?"

"그게 아니라 사람을 보는 통찰력이 좋은 거지요. 누님의 사갈 같은 마음을 한눈에 알아본 것 아니겠어요?"

"그래, 그걸 알면서도 넌 지금 그렇게 지껄이냐? 죽고 싶나 보지?"

"아직 못해본 일이 얼마나 많은데 왜 죽으려 합니까? 사양합니다."

"때론 어떤 일은 사양해도 소용없단다. 그걸 깨우쳐 주랴!"

"아씨, 같이 가요, 분타주님! 분타주님!"

후다다닥 달려가는 취소걸을 향해 허리춤의 연편을 풀어내리던 사봉희는 신형을 멈추었다. 그리고는 다시 뒤를 향해 고개를 돌리고는 호월의 뒷모습을 바라보았다.

"호월이라……."

뜻 모를 웃음을 지으며 그녀는 나직하게 입을 열었다. 그렇게 잠시 바라보던 그녀는 결국 신형을 돌려 구량의 뒤를 쫓기 시작했다.

"사, 사형, 괜찮으십니까?"

"우욱! 건들지 마라! 아직도 팔이 울린다."

모두가 나가고 난 후 담우경은 자신의 팔을 잡고 일으키는 양완진의 손을 뿌리쳤다. 오른손이 아직도 찡찡 울리는 것이 보통 힘이 아니었다.

대관절 어떤 내력이 이 같은 역할을 하는지 그는 알 수 없었는데 딱 하나 알 수 있는 것이 있었다. 자신을 이렇게 만들어놓은 자의 이름 말이다.

"호월, 호월이라 했지? 이 죽일 놈! 감히 내게 이런 모욕을 주다니!"

"사형, 그만 하고 일어나시죠."

이 사람들 중 유일한 여자인 예당은 예쁜 목소리를 내며 담우경의 팔을 일으켰다. 담우경은 그제야 신형을 일으켜 의자 위에 엉덩이를 붙였다.

"고맙다, 예당. 역시 내겐 너뿐이구나."

"그런 말 마시고 어서 움직일 준비나 하죠, 우리. 하루빨리 동정호에 가야……."

"아니, 조금 늦게 가도 괜찮아. 방금 듣지 못했나? 개방 제자들이 사라졌다고 말이야. 조금이라도 한 팔 보태야 대화산의 제자 아니겠느냐?"

"……."

뜬금없는 소리를 하는 담우경을 보며 예당은 입을 꼭 다물었다. 호월에게 맞은 옆구리가 아직도 울려왔지만 그녀는 마음이 더 아파왔다.

여기 있는 사람들 중 성격이 확연히 다른 한 사람은 그녀뿐이었다. 그녀는 안하무인도 아니었고 다른 화산 제자들로부터 곱지 않은 눈초리를 받은 적도 없었다. 솔직히 이 우매한 인간들과 전혀 어울리지 않는 것이 그녀였다.

한데 그녀가 이곳에 있는 이유는 단 하나, 담우경 때문이었다. 그녀는 담우경을 마음속 깊은 곳에 두고 있었던 것이다.

그러나 지금 담우경의 마음속에 있는 것은 사봉희뿐이었다. 화산에 있을 때는 강호이미의 또 다른 한 명, 조미연(趙眉姸) 때문에 가슴앓이를 해야만 했거늘 나와선 사봉희 때문에 가슴앓이를 해야 할 것 같았다.

“모두들 어서 가자꾸나. 이러다 사 소저를 놓치면 곤란하니 말이다.”
“큭, 사형께서는 정말 그녀가 마음에 드시는 모양입니다.”
“하하, 영웅은 호색이라더니 그 말이 딱이군요.”
좀 전까지 호월에게 얻어터져 문파의 명성에 먹칠을 한 것도 기억하지 못하는 듯 세 파락호는 웃으며 객잔을 나서기 시작했다. 홀로 남은 예당만이 눈을 아래로 내리깔고 수심에 잠겨 있었다.

◆ 第六章 ◆

백면호리 이두경(1)

뜻 모를 이상한 기분에 호월은 잠을 청할 수가 없었다. 관도 옆 작은 풀가에 몸을 누인 그는 하늘에 떠 있는 달을 보며 생각에 잠겼다.

회현을 지난 지 벌써 삼 일. 한데 이상하게도 그녀의 얼굴이 잊혀지질 않았다. 스스로를 사봉희라 밝힌 여인 말이다.

그녀의 큰 눈이 떠올랐고 작은 코와 입술이 떠올랐다. 약간 동그란 듯한 얼굴에 그다지 크지 않은 키까지 모두 생생하게 떠올랐다. 정말 희한한 일이었다.

지금까지 이곳으로 오면서 여자들을 좀 본 적이 있기는 해도 이렇게 생생하게 기억에 남는 여인은 아직 없었다. 호월은 그 이유가 뭔지 좀처럼 알 수가 없었다.

여인이라서? 아니면 미인이기에? 자신도 사내이기에 그렇다고 말한다면 솔직히 할 말은 없지만 적어도 그건 아닌 것 같았다. 그렇다면 그녀만이 아니라 그 옆의 작은 소년도 같이 생각나는 이 현상을 설명할 수 없을 테니 말이다.

무얼까? 비록 그들을 본 것은 얼마 되지 않은 짧은 시간이지만 호월의 마음속에 깊숙하게 자리잡을 수 있었던 이유. 그것이 정말 궁금했다.

같은 날 일어나고, 어쩌면 그게 더 큰일일 수도 있지만 스스로를 화산 파의 사람들이라 밝힌 사람들과 싸움은 거의 신경 쓰이지도 않았다. 같은 날 일어났던 두 개의 사건이 그에게는 너무나 상반된 감정으로 다가오는 것이다.

"……."

땅바닥에 누워 묵묵히 저 하늘의 밝은 달을 보던 호월은 조용히 고개를 끄덕였다. 이제야 뭔가 조금 알 것 같았다.

밝음. 항상 어둡고 차가운 자신과는 완전히 정반대의 사람들이었다. 같은 무공을 하는 무림인이라는 범주는 들어가겠지만 살아온 환경이 달라서 그런지 극과 극의 모습을 보여주고 있었다.

자연스럽게 묻어나는 웃음과 대화, 삐걱대는 것 같으면서도 친한 듯한 느낌. 절대 호월에게는 일어나지 않았던 것이었다. 그렇기에 지금 호월의 머리 속에 잔상이 가득 남아 있었다.

그러면서 호월의 머리 속에는 과연 자신도 앞으로 저렇게 살 수 있을까라는 생각이 들고 있었다. 하나 지금 자신의 모습과 과거의 모습을 생각한다면 결과는 너무나 확연했다. 그럴 수 없다였다.

사람을 사귀는 것 자체가 힘든 것이 자신이었다. 누군가 적극적으로 다가오지 않는다면, 설사 다가온다 해도 본능적으로 차가운 시선을 날리는 것이 바로 그였다. 지난 망일곡의 세월이 그를 그렇게 만든 것이다.

호월의 나이 스물아홉. 정상적인 교육을 받지 못한 그였기에 어찌 보면 당연한 일이기도 하나 그는 억울한 생각은 들지 않았다. 지나간 시절을 되돌아볼 때 죽지 않고 살아남은 것만 해도 만족스러웠다.

더구나 그는 해야 할 일이 있다. 무당에 가야 하고, 사라진 자헌검도 찾아야 했다. 궁극적으로는 아직 뭔지조차 모르지만 십삼월무라는 것도 찾아야 했다. 그것만으로도 할 일이 넘치고도 남았다. 이런 생각을 할 이유도 시간도 없었다.

그렇게 왠지 모를 기분은 억누른 채 호월은 두 눈을 감았다. 조금이라도 자고 내일 또 움직여야 하는 것이다. 한데…….

"……!"

스슥.

온몸의 감각을 일깨우며 호월은 단번에 자리에서 일어나 양 무릎을 세운 채 주의를 기울였다. 뭔가 그의 감각에 걸리는 것이 있었다.

"후우."

작은 숨을 내쉬며 호월은 심상인을 운용하기 시작했다. 가까운 거리라면 이렇게 운용할 필요도 없이 자연적으로 느껴지지만 지금 느껴지는 것으로 봐서는 꽤나 거리가 있는 듯했다.

그렇게 운용하던 호월의 감각에 몇 개의 움직임이 포착되었다. 모두 네 개 정도의 움직임이었는데 분명 사람의 움직임이었다. 네 발 동물의 움직임은 이렇게 불규칙하지 않은 것이다.

거리는 오 장여 뒤쪽, 우거진 수풀에 나무마저 빽빽한 곳인데 웬일인지 움직임이 완전히 멈춘 채 숨을 죽이고 있었다. 호월은 서서히 현풍결을 끌어올리며 움직일 준비를 했다.

이윽고 그들의 움직임은 다시 느껴졌고, 호월은 바로 달려나가려다 신형을 멈추었다. 점점 이곳과 가까워져 오는 그들의 기운은 뭔가 좀 이상했다. 세 명은 같은 기운인 듯한데 한 명의 기운이 완전히 달랐다.

세 명과 한 명. 호월은 그제야 알 것 같았다. 한 명이 쫓기고 있는 것이다.

타타탓!

발걸음 소리가 늘릴 성도로 사람들이 가까이 오지 호월은 오른손을 등 뒤로 돌리며 남월의 검파를 움켜잡았다. 그러자 어둠 속을 뚫고 한 사내의 모습이 튀어나왔다. 이미 상당한 피를 흘린 채 도주하고 있는 듯 보이는 인물이었다.

"허억! 헉!"

사내는 눈앞에서 검파에 손을 대고 있는 호월을 봤는지 그 자리에 우뚝 섰는데 그제야 호월은 사내의 모습을 자세히 볼 수 있었다. 한데 왠지 그자의 모습이 낯설지가 않았다.

다 떨어진 옷에 원래 헝클어진 머리, 게다가 피가 흐르지 않은 얼굴 사이로 보이는 시커먼 얼굴. 삼 일 전에 숱하게 봤던 사람들이었다.

"개방?"

분명 개방이라 했다. 구량이란 노인의 말이 자신들이 개방이라 했는데 아무래도 그와 비슷한 복색이니 이자 역시 개방이란 곳의 사람인 듯했던 것이다.

"누, 누구냐!"

부지불식간에 입을 연 호월의 목소리에 사내는 놀란 듯했는데 사실 그렇게 입을 열 처지가 아니었다. 그가 멈추고 입을 연 순간 뒤에서 섬전 같은 공격이 이어졌던 것이다.

"이런!"

거지는 놀라며 신형을 뒤로 돌렸지만 이미 늦은 상황이었다. 달빛에 번뜩이는 세 개의 박도가 그의 목과 허리, 다리를 동시에 노리고 들어왔는데 그는 고개를 숙이며 상단의 검을 피하면서 양손을 휘저었다.

타탁. 피이이잇!

간발의 차이로 머리를 피하고 가슴께로 날아오는 검날을 쳐냈지만 다리 어림에 달려드는 공격은 피할 수가 없었다. 허공에 핏줄기를 뿜어낸 채 사내는 이를 악물며 뒤로 나뒹굴었다.

"크으윽!"

왼쪽 허벅다리에 깊은 자상을 입은 채 거지는 뒤로 데굴데굴 구르다 일어섰고, 순간 그의 눈이 번쩍였다. 바로 그의 눈앞에 말 한 마리가 있는 게 보인 것이다.

그것은 호월의 말이었고, 지금 나무에 묶인 상태였다. 그는 그 말을 보자마자 달려나갔다. 왜 그런지는 보고 있던 호월도 알 정도니 저 세 사람이 그 생각을 모를리가 없었다. 그들의 신형이 한층 빨라졌다.

이미 그는 발을 다쳤기에 아무리 빠른 속력을 내도 그들보다 빠를 수 없었는데 그들의 목적은 단 하나, 호월의 말을 죽여 버림으로 인해 도망 갈 생각조차 못하게 만들려는 속셈이었다.

곧 그들은 호월의 말에 도달했고, 자신들의 박도를 길게 든 채 내려치려 하고 있었다. 거지사내의 눈동자는 절망으로 물들어갔다. 그런데…….

파라라락— 차앙!

허공 가득 옷자락이 펄럭이는 소리가 들리더니 이어 기묘한 소리가 들려왔다. 그러다 거지사내는 눈을 한껏 크게 떴다.

마치 환상처럼 보였지만 분명히 그는 보았다. 밝은 달빛에 번뜩이는 검광의 편린을, 자색의 안개를, 그리고 흐드러지게 피어오르는 붉은 혈화를.

"크아악!"

비명 소리가 들리며 세 명의 사내가 동시에 차가운 땅바닥에 떨어지고, 그들의 박도 역시 땅에 떨어졌다. 정확히 말하자면 박도를 쥔 손이었다.

호월은 날아올라 쌍검을 빼 들어 그들의 손목을 모두 쳐낸 것이다. 이

후 호월의 신형이 작아졌다. 몸을 웅크린 채 말등 위로 떨어진 것이다.

탓! 파라라라락!

또다시 검광이 작렬했다. 정확히 그려지는 세 개의 자줏빛 검광에 이번엔 피분수가 터져 나왔고, 팔이 잘린 사내들은 힘없이 땅에 신형을 누였다.

“…….”

거지사내는 자신의 발 앞에 쓰러진 세 명의 사내를 보며 입을 딱 벌렸다. 머리가 거의 박살나 있었는데 뭘 어떻게 한지도 모를 움직임이었다. 이정도의 움직임이라면 그가 본 적도 없는 고수였던 것이다.

“누, 누구시오, 당신은!”

그는 놀라며 뒷걸음질치기 시작했는데 솔직히 물어야 할 순서가 바뀌어져 있었다. 호월의 입장에서는 자신이 물어봐야 했던 말인 것이다.

“그건 내가 물어야 할 말 같은데? 이곳으로 들이닥친 것은 너지, 내가 아니다.”

“…….”

호월의 목소리에 사내는 잠시 흠칫하더니 이내 앞으로 다가왔다. 아무래도 자신의 목숨을 노리는 자들과 한패로는 보이지 않았던 것이다.

하나 눈 깜짝하지 않고 사람 셋을 죽이는 인물이니 경계심을 풀 수가 없었다. 그는 바짝 긴장한 채 입을 열었다.

“나, 나는 개방의 왕주(旺周)라고 하외다.”

이 한마디를 하고 난 뒤 왕주라는 사람은 호월의 눈치만 보기 바빴는데 호월은 살짝 인상을 찌푸렸다. 가타부타 나와야 할 뒷이야기가 없는 것이다.

아무래도 이상한 인물이고 무슨 일인지 모르지만 휘말려 봤자 좋을 것이 없다는 생각에 그는 신형을 돌렸다. 그리고는 말안장에 얹었던 죽립을 쓰고는 말에 올랐다. 그냥 가는 게 상수였다.

"아! 당신, 혹시 삼 일 전에 우리 분타주님과 이야기하던 사람 아닙니까!"

죽립을 쓰자 그가 알아보았는지 호월에게 다가오며 입을 열자 호월은 고개를 돌려 그를 바라보았다. 그는 이전까지와는 완전히 다르게 적극적으로 입을 열고 있었다.

"도와주시오! 지금 우리 분타의 사람들이 다 죽게 생겼소이다! 백면호리의 마수에 걸려 지금 살수들에게 쫓기고 있어요! 전 도움을 요청하기 위해 형호남로의 강릉부로 가는 길이었소!"

"……."

애절하게 이야기하는 왕주였지만 호월의 눈은 차갑게 빛났다. 도무지 말이 안 되는 소리를 늘어놓는 것이 영 미덥지가 않았던 것이다.

물론 기주로의 옆에 형호남로가 있고, 그곳에 꽤 큰 도시라는 강릉부가 있기는 했다. 호월도 그 정도는 들어 알고 있지만 문제는 이렇게 달려가다가는 다 죽고 시체나 찾아야 할 시간이었다.

들은 바로는 아무리 빨라봐야 두 발로 달려서는 보름도 넘게 걸릴 것이었다. 말을 바꾸면서 가장 빨리 달려봐야 삼 일 정도 걸린다고 하니 보름도 많이 봐준 셈이었다. 이 사내의 상처를 감안한다면 말이다.

"나, 나 대신 강릉부에 가서 말을 전해주시오. 이곳의 분타 전체가 궤멸했다고 말이오이다. 부탁하……!"

따각. 따각.

어느새 관도로 들어서 자신의 갈 길을 가는 호월을 보며 왕주는 멍한 표정을 지었다. 그건 누가 봐도 관심없다는 소리와 같았다.

"이익, 이, 이봐요! 내 말이 들리지 않소이까! 지금 전하지 않으면……."

"놓치 않으면 너도 벤다."

"……."

힘겹게 달려와 말 머리를 잡고 늘어지는 왕주를 향해 호월의 차가운 목소리가 이어졌다. 왕주는 그 서슬에 뒤로 성큼 물러났지만 말고삐를 놓지는 않았다.

"여기서 강릉부까지 거리가 얼마지? 갔다 오면 이미 다 죽을 텐데 네 말을 믿으라고? 날 바보로 아나?"

"그, 그게! 저……."

호월의 목소리에 사내는 우물쭈물하며 말을 하지 못했다. 차가운 호월의 목소리는 계속되었다.

"도망쳤나?"

"……!"

그게 정답이었다. 놀라며 말고삐를 놓은 채 뒤로 물러나는 왕주를 보며 호월은 다시 말을 몰았다. 솔직히 누가 뭐 어떻게 되든 상관없었다. 그냥 갈 길만 가면 될 뿐.

"그, 그렇습니다! 전 도망쳤어요! 그러나, 그러나 다른 사람들은 그것도 못했다구요! 구량 분타주님도 그렇고, 사봉희 사숙도 도망치지 못했어요! 그러니……."

"……!"

갑작스럽게 들려오는 왕주의 말에 호월의 죽립이 살짝 움직였다. 사봉희라… 그녀도 그곳에 있단 뜻이었다.

그렇다면 그녀와 가깝게 보였던 취소걸이란 친구도 있을 테지만 호월의 말은 여전히 움직이고 있었다. 그저 듣고만 있는 것이다.

꽈아악.

그저 손아귀에 쥔 말고삐만 으스러지게 잡고 있었는데 그뿐이었다. 더

이상의 움직임을 보이지 않았다. 아니… 호월은 이미 고삐를 잡아당기고
있었다.

따각. 따각.

말은 계속 움직였고, 어느새 뒤쪽에 있는 왕주가 보이지 않을 만큼 멀
리 떨어지게 되었다. 하나 호월은 미동도 하지 않은 채 그렇게 움직이고
있었다.

"제, 제길!"

왕주는 그 자리에 주저앉아 눈물만 쏟아냈다. 생각하면 할수록 한심해
미칠 지경이었다.

개방에 입문하게 되었다고 좋아 날뛰던 것이 바로 엊그제였다. 똘똘하
게 생겼고 믿을 만하다고 구량이 직접 뽑은 것이 바로 그였다.

평소에 사람 잘 보기로 유명한 것이 바로 구량이건만 이번에는 그가
실수한 셈이었다. 그가 뽑은 왕주 자신이 싸움이 시작되자마자 바로 꼬
리를 말아버렸으니 말이다.

"크윽! 큭!"

괜한 눈물만 뚝뚝 떨구며 그는 일어날 생각도 하질 못했다. 너무나도
죄송스럽고 민망한 일이지만 그는 정말 무서웠었다. 보이지 않는 어둠의
숲 속에서 날아오는 칼날들은 두 번 다시 겪고 싶지 않은 광경이었다.

주위의 개방 사람들이 하나둘씩 처참하게 쓰러져 가자 그는 눈에 뵈는
것이 없었다. 그래서 도망친 것이다.

"죄송합니다, 분타주님. 큭!"

이제 와서 후회해 본들 소용없는 일이지만 정말 진한 후회가 물밀듯이
밀려오자 나오는 것은 눈물밖엔 없었다. 무공도 별로 없고 경신법 하나
조금 아는 그로서는 어떤 방법도 없었던 것이다. 그렇게 왕주가 혼자서

갖은 후회를 하고 있을 때였다.

두두두두두!

"……."

들려오는 낯선 소리에 그의 얼굴이 번쩍 들렸다. 그러자 저 앞의 관도에서 누군가 질풍같이 달려오는 것이 보였다.

아니, 사람이 아니라 말이었는데 좀 아까 떠난 사람의 말이었다. 죽립을 쓴 고수 말이다.

두두두! 끼히히히힝!

긴 말울음 소리를 내며 말은 멈추었고, 죽립인은 재빠른 신형으로 말에서 내렸다. 문득 그의 목소리가 들려왔다.

"어디냐?"

"……."

"싸우는 곳이 어디냔 말이다."

"저, 저쪽입니다!"

황급히 손을 들어 방향을 가리켰고 그러자 죽립이 빙글 돌아갔다. 아마도 방향을 가늠하는 듯했다.

턱.

"어엇!"

갑작스럽게 자신의 멱살이 죽립인의 손에 잡히자 왕주는 놀라 소리쳤는데 그의 신형은 어느새 허공으로 들려졌다. 그리고는 엉덩이에 둔탁한 충격이 왔다.

"우욱!"

다리에 입은 자상이 울려 고통스러웠지만 왕주는 꾹 참았다. 죽립인의 의도는 대번에 알 수 있었다. 그가 올려진 곳은 말 위였던 것이다.

"이대로 전력으로 달려라. 가서 어떻게든 지원을 끌고 와라. 알겠나?"

“예, 예!”

죽립인의 목소리에 왕주는 고개를 끄덕이며 소리쳤다. 기회였다. 비
겁한 행동을 한 자신을 속죄하는 기회인 것이다. 물론 알아줄지 아닐지
는 모르나 그건 중요한 것이 아니었다. 자신을 위해 하는 일이니.

죽립인은 이어 말고삐를 돌려 방향을 돌리고는 손으로 말 엉덩이를 힘
껏 쳤다. 그러자 놀란 말이 질주를 시작했다.

끼히잉! 두두두두두!

“우욱, 큭!”

온몸의 상처가 말의 요동에 쑤셔오지만 왕주는 미간에 힘을 준 채 두
눈을 부릅뜨고 말을 몰기 시작했다. 이건 하늘이 그에게 준 마지막 기회
인 것이다.

“…….”

왕주가 탄 말을 바라보다 호월은 신형을 돌렸다. 생각해 보면 자신이
여기 왜 있나 싶기도 하지만 이 순간 그는 더 이상의 생각을 하지 않기로
했다.

그가 말을 돌려 돌아온 이유는 간단했다. 스스로 자신과 한 약속을 지
키기 위해서였다.

“두 번 다시… 후회할 일은 하지 않는다.”

다짐하듯 중얼거리며 호월은 신형을 돌렸다. 왕주가 가리킨 방향을 향
해서였다.

*　　　*　　　*

순간적으로 치밀어 오른 화를 다스리지 못한 것이 실수였다. 사라진

수하들이 손발이 모두 잘린 채 죽은 모습을 본 순간 이미 구량은 반쯤 이성을 상실한 상태였다.

아니, 그건 그뿐만이 아니라 보고 있는 사람들 모두 같은 생각이었다. 그렇기에 흉수의 흔적을 찾아 바로 움직였던 것이다.

일상적인 수순을 밟는다면 우선 기주로의 곳곳에 퍼져 있는 제자들에게 연락을 하고 그들이 어느 정도 모여야 움직여야 했다. 급한 마음에 사십여 명의 사람들만 가지고 움직인 것이 패인이었다.

밀마를 남기며 움직이긴 했으나 그건 별 도움이 되질 않았다. 점점 깊은 산속으로 사라져 가는 흉수의 종적에 가슴 한구석에서 위험을 알리기도 했지만 구량과 그 일행은 모두 무시했다. 잔인하게 죽은 동문들의 모습이 눈앞에서 어른거려 발걸음을 재촉했던 것이다.

그러나 가장 바보 같은 판단은 그렇게 쉽게 움직인 것이 아니었다. 정말 큰 실수는 백면호리 이두경이 혼자일 것이라 생각한 것이었다. 그는 혼자가 아니라 단체를 이끌고 있었다. 그것도 실력이 상당한 살수들을 말이다.

스슥. 파아아앗!

어스름한 풀숲 안으로 검을 찔러 넣으며 구량은 손목을 비틀었다. 그러자 묵직한 중량감과 함께 섬뜩한 소리가 들려왔다.

푸욱. 우드득.

누군가의 갈비뼈 사이를 훑고 지나가는 느낌이 들고 짙은 어둠 속에서 뭔가 쓰러지자 구량은 재빨리 뒤로 물러났다. 조금만 더 있으면 어디선가 공격이 날아올 게 분명했던 것이다.

"조심!"

피이이잉. 짜작!

문득 구량은 자신의 옆으로 기다란 채찍 하나가 훑고 나오는 것을 보았다. 유려한 선을 그리며 날아오는 채찍은 구량의 바로 옆에서 파공성을 냈는데 그 파공성과 함께 작은 충돌음이 들려왔다.

파아앙! 따당!

땅에 떨어져 달빛에 반사된 그 물체는 작은 비도였다. 어느 틈에 비도를 날려 일행을 위협한 것인데 그를 향해 던진 것이 아니었다. 그 옆에 있던 담우경을 향해 던져진 것이었다.

담우경과 그의 사제들, 진짜 황당한 인간들로 이제 구량은 화도 안 났다. 아무리 봐도 실력이 형편없어 오지 말라고 그토록 이야기했건만 강호도의가 어쩌니 화산의 이름이 어쩌니 하면서 끝까지 따라온 것이다.

딱 봐도 사봉희의 얼굴에 혹해서 온 것이 너무나 눈에 보이지만 차마 강제로 떨굴 수는 없었다. 사봉희가 죽든 말든 신경 쓰지 않는다고까지 했는데도 오는 걸 무슨 수로 막겠는가?

덕분에 움직이는 이동 속도를 완전히 떨어뜨리면서 거기다 개방 제자들의 목숨을 담보로 움직이는 꼴로 전락해 버렸다. 그나마 네 명 중 예당이란 여인의 무공이 좀 쓸모있는 것 외에는 나머지 셋은 짐일 뿐이었다.

"그참! 나서지 말라니까요! 암습하는 상대에게 틈을 보이지 말고 그냥 바라보기만 해요!"

보다보다 성질이 나는지 나이 어린 취소걸이 빽 하니 소리를 지르자 그 말에 담우경의 눈이 살짝 위로 휘었다. 하나 맞는 말이니 어쩔 도리는 없었다.

그래도 사문에서 어느 정도 검을 쓴다는 소리를 들었건만 여기 오니 완전히 하수 중의 하수였다. 자신을 비롯한 사형제들 넷과 개방 제자 일곱이 남은 전부였는데 솔직히 그간 숱하게 죽을 고비를 넘겼다.

그대로 문파 간의 문제로 번지지 않도록 목숨을 걸고 이들을 지킨 개방 사람들 덕분에 큰 상처 없이 살아날 수 있었지만 이젠 그것도 한계였다. 만 하루 동안을 꼬박 긴장하며 쫓기다 보니 체력이 바닥난 것이다.

"우씨! 진짜… 에휴!"

뭐라고 더 하려던 취소걸은 입을 꽉 닫은 채 묵묵히 앞만 노러보고 있었다. 만일 개방 제자가 저딴 식으로 움직였다면 당장에 물고를 냈겠지만 타 문파의 사람이고, 어찌 되었든 좋은 의미로 온 것이니 어쩔 수 없는 것이다.

"신경 끄고 우리 일이나 잘하자. 아무래도 대장이 온 것 같은데?"

"에? 뭔 대장이……!"

사봉희의 목소리에 눈을 돌리던 취소걸은 살기 어린 눈빛을 띠었다. 좁은 소로의 저 앞쪽에 누군가의 신형이 나타나고 있었다. 꽤나 멋들어진 섭선을 쥔 이십대의 문사였다.

하얀 얼굴에 서글서글한 봉목, 얇게 다물려진 입은 작은 웃음을 띠고 있었는데 그 모습을 보던 취소걸이 낮은 목소리로 입을 열었다.

"백면호리 이두경!"

부득부득 이를 갈며 당장이라도 달려갈 듯했지만 취소걸은 꾹 참고 제자리를 지켰다. 원진으로 서 있는 일행이니 한 사람만 빠져나가도 바로 구멍이 뚫리기 때문이었다.

그자의 얼굴을 보는 순간 왠지 취소걸은 이두경이란 생각이 들었는데 그건 그만의 생각이 아니었다. 지켜보는 자들 모두가 그가 이두경임을 의심하지 않았다. 인상착의도 그렇고 분위기도 약간 서늘할 정도로 사한 것이 확연한 의심이 들었던 것이다.

소로의 끝에 있던 사내는 서서히 앞으로 다가서고 있었다. 마치 어디 유랑이라도 나온 듯 그렇게 다가오고 있었는데 문득 그의 입이 열렸다.

"하하하, 이거야 원, 강호이미 중 한 명을 보게 되다니 오늘 이 이두경의 복이 한껏 터진 날이로구나. 핫핫핫."

"미친놈! 지금은 그렇게 웃지만 좀 있으면 그 웃음이 통곡으로 바뀌도록 해주겠다!"

날카롭게 소리치는 사봉희의 말에 이두경은 입을 벌리며 크게 웃었다. 마치 귀여워 죽겠다는 표정으로 말이다.

"우하하하! 과연 제구항아라는 별호가 틀린 것이 아니구나. 한데 이걸 어쩌지? 내가 아니라 네 녀석들이 더 걱정해야 할 텐데?"

슥!

말과 함께 그가 자신의 오른손을 들자 사봉희와 일행은 미간을 좁히며 이를 악물었다. 기어이 어둠 속에서 몸을 숨기고 있던 사람들이 나왔던 것이다.

일견하기에도 근 오십 명이 넘는 숫자. 더욱이 무서운 것은 이 정도의 사람이 있는 것도 몰랐다는 데 있었다. 생각보다 살수 수업을 충실하게 받은 자들인 것이다.

"훗훗, 살수의 수업을 받은 자들이 모습을 드러낸다라… 이게 뭘 뜻하는지 모르겠나? 너희들은 오늘 이곳에서 살아나갈 수 없어. 알겠나?"

득의의 표정을 지으며 말하는 이두경의 목소리에 일행의 표정이 어둡게 변했다. 정말 이대로 간다면 그의 말처럼 되는 것이다.

"단 한 가지 예외는 있지. 사봉희 네년이 내 품에 와 안기면 몇 놈은 살려주마. 물론 다신 강호에 나서지 못하겠지만 내 보호도 꽤 쓸 만하거든. 어떤가?"

우아하게 섭선을 펄렁이며 이두경이 사봉희를 향해 찡긋거리자 사봉희의 얼굴에 노기가 서렸다. 하나 아무 말 않고 노려볼 뿐 별다른 반응이 없었다.

"거참, 누님, 누님답지 않게 뭘 망설이요? 한마디 하죠?"

"그지? 네가 생각해도 내가 말하는 것이 낫겠지?"

"두말하면 숨 가쁘요. 이리저리 생각하지 말고 말해요. 까짓거, 한 번

죽지, 두 번 죽소?”

“홋, 그래. 알았다, 알았어. 참 이럴 땐 착한 동생이라니까?”

사봉희는 만면에 웃음을 띤 채 앞으로 조금 걸어나왔고 그 모습에 이두경은 눈빛을 빛내기 시작했다. 솔직히 그냥 놀리려고 한 말인데 놀아나는 모습을 보이자 흥미가 생긴 것이다.

사봉희는 두어 발자국 앞으로 나오더니 싱긋 웃었다. 그렇게 화사한 미소를 지은 채 그녀의 입이 열렸다.

“미친놈! 닥쳐, 이 자식아! 네놈 품에 안기느니 내가 돌을 껴안고 장강에 뛰어들어!”

“죽일 년이 화를 부르는구나! 쳐라!”

순간적으로 얼굴 표정이 확 바뀌며 이두경이 소리치자 그와 함께 살수들이 움직이기 시작했다. 손에 손에 별의별 무기들을 다 들고 한꺼번에 덤빈 것이다.

“잘했소, 누님! 한번 죽어봅시다!”

“어째 진짜 잘했다는 말이 아닌 것 같다.”

“약속하건대 내 살아가면 두 번 다시 네놈들 안 본다. 다시는!”

심각한 상황에서도 취소걸과 사봉희, 그리고 구량은 농을 주고받았다. 하나 입으로는 농이 나올지언정 그들의 얼굴은 비장함이 서리고 있었다.

2

“……”

삼 장여가 넘는 아름드리 나무 위에서 호월은 주위의 상황을 다시 한

번 훑어보았다. 아무리 봐도 개방 사람들의 열세였다. 눈 씻고 찾아본들 변수는 없었다.

막상 도와주기로 결심하고 왔지만 참으로 난감한 상황이었다. 이도저도 없이 달려가 한 팔 거든다면 그것도 하나의 방법이 되겠지만 그건 좋은 수단이 아닌 것 같았다. 상대는 그야말로 은밀함으로 승부하는 사람들. 시간이 지나면 점점 불리해지는 것이 당연한 이치였다.

지금도 겉으로 보면 정면 승부를 하려는 것으로 보이나, 실상 이곳저곳으로 몸을 숨기며 기회를 엿보고 있었다. 개방이 만들어놓은 원진을 무너뜨리려 하는 것이다.

게다가 보니 저 속에는 스스로 화산의 사람이라던 네 명이 있었다. 당장 봐도 손발이 안 맞고 있었는데 무너지는 것은 정말 시간문제였다.

잠시 나무 위에서 생각하던 호월은 이윽고 결정을 내렸다. 이 정도의 상황이라면, 모험이 필요했다. 그것도 상당히 위험한 모험이 말이다.

타탓!

나무 위에서 사뿐히 내려선 후 호월은 차분히 현풍결을 응용하기 시작했다. 몸 안에 흐르는 내력이 부드럽게 흘러가는 것을 느끼며 신형을 날렸다. 그가 향하는 곳은 우두머리로 생각되었던 흰옷을 입은 자가 있는 곳이었다. 일단 뱀의 목부터 쳐내기로 작정한 것이다.

피리링! 콰각! 우드득!

"크큭!"

한 복면인의 팔에 채찍을 감으며 힘껏 당기자 팔이 뽑혀지는 섬뜩한 소리가 흘러나왔다. 하나 그 고통에 비해 사봉희의 귓가에 들려오는 비명은 너무나 적었다. 이들은 정말 제대로 훈련받은 사람들이었다.

시간이 지나면 지날수록 적들은 하나하나 쓰러져 갔지만 그건 자신들도 마찬가지였다. 이미 제대로 손을 쓰는 사람들은 거의 없었고, 그녀와 취소걸, 그리고 구량 정도가 전부였다.

화산의 네 명 중 사내 셋은 벌써 땅바닥에 어딘가를 부여잡고 쓰러져 있었고, 움직이는 것은 예당이란 여인뿐이었다. 그나마 예당도 버거워하는 기색이 여전했다. 정말 끝이라는 생각밖에 들지 않았다.

"이… 쳐 죽일! 가만두지 않는다!"

시링. 스파팡!

옆에서 들려오는 원한 섞인 목소리에 사봉희는 잠시 고개를 돌렸다. 그곳에는 구량이 핏발 선 눈으로 검을 쳐내고 있었다.

이젠 그의 옆에 개방 제자들이 보이지 않았다. 하나하나 늑대의 먹이가 되듯 공격을 받고 쓰러지는 것을 구량은 봤을 터였다. 아들처럼, 때로는 친구처럼 대해주고 이끌었던 사람들이 쓰러지는 것은 구량에게는 지옥과도 같은 일이었을 터였다.

지금 그의 마음속에 있는 복수심은 아마 상상을 초월할 터였다. 쳐내는 검식마다 살초가 아닌 것이 없었고, 내력을 쥐어짜듯이 쳐내고 있는 그를 보며 사봉희는 다시금 이를 악물었다. 이렇게 죽을 수는 없는 것이다.

"누님! 지금 무슨 생각을… 타앗!"

따다당!

단봉으로 날아오는 검날을 튕겨내며 취소걸이 소리치자 그제야 사봉희는 상념에서 깨어나 정신을 차렸다. 아마도 점점 힘들어져 이렇게 멍한 정신이 된 것 같았다. 한데…….

쉬쉬쉿!

"……!"

순간적으로 눈앞에 다가오는 것들이 보였다. 밝은 달 아래 잠시 반짝인 그것들은 비도였다. 세 개의 비도가 다가오고 있는 것이다.

쉬익— 빠앙!

공중에 강한 울림을 한번 쳐낸 후 그녀는 채찍을 높이 들었다. 그녀가 익힌 용상십팔편(龍上十八鞭)을 모두 펴내려 하는 것이다.

"차아앗!"

스파파파팡!

허공 가득 영민한 뱀의 혀처럼 사봉희의 채찍이 휘날리기 시작했다. 몸 주위로 원을 그리며 때로는 그 원을 비틀고 그 안에 직접 들어가면서 그렇게 휘둘러 갔다.

그녀가 쳐내는 용상십팔편은 그저 그런 무공이 아니었다. 역대 개방 방주 중 그 무공이 제일 강하기에 신걸(神乞)이라 부르는 표우등(飘優等), 그가 직접 만들어낸 절기로 그 연원이 항룡십팔장(降龍十八掌)에 있었다.

강맹한 내력을 바탕으로 하는 그 연속된 움직임을 편에 응용한 것이기에 수비에 있어서는 사봉희의 채찍에 견줄 만한 것이 별로 없었다. 그래서 지금껏 무사히 도망쳐 왔던 것이다. 그녀의 채찍이 가지는 거리가 상당하므로.

따다당!

세 개의 비도를 무난히 쳐낸 후 그녀는 채찍을 거두려 했다. 한데 다시금 그녀의 눈에 뭔가 보였다.

스슥.

"……!"

섭선. 하얀 섭선 하나가 다가왔는데 교묘하게도 그녀가 채찍을 뒤로 잡아당겼다 다시 튕길 때 다가와 그 맥을 끊고 있었다. 사봉희는 하얀 이를 질끈 물며 최대한 빨리 채찍을 잡아챘다. 섭선의 공격을 단번에 분쇄

하려는 것이다.

"피리릭. 콰작!

순식간에 섭선이 채찍에 감겨 부서지자 그녀는 조금 의아한 얼굴이 되었다. 손에 느껴지는 감각이 조금 이상했는데 마치 섭선엔 아무런 힘도 없는 것 같은 것이다.

"함정? 헛!"

파아앗!

순간적으로 눈앞에 뭔가 번뜩이자 그녀는 허리를 뒤로 힘껏 젖혔다. 그러자 그녀의 코앞으로 뭔가 스치고 지나갔다. 틀림없는 비도였다.

그제야 그녀는 아차 싶었다. 백면호리 이두경은 섭선을 쓰는 사람이 아니었다. 그는 비도와 육장을 사용하는 사람이니 애당초 섭선은 눈속임이었던 것이다.

"이익!"

불안한 마음에 그녀는 최대한 빨리 신형을 일으켰지만 그때 눈앞에 뭔가 다시 보였다. 금속의 번쩍거림이 아닌 희끄무레한 옷가지였다.

놀란 그녀는 손을 들어 채찍을 들어 올렸지만 이미 뭔가에 막혀 움직이지 않았다. 그리고는 왼쪽 쇄골 쪽에 엄청난 고통이 느껴졌다.

"아아악!"

긴 비명 소리가 들리며 그녀의 등에 누군가의 가슴이 느껴졌다. 어느새 이두경이 다가와 쇄골을 누르며 그녀의 신형을 휘돌려 자신의 앞섶에 밀착시킨 것이다.

"크큭, 앙탈을 부리지 않으면 흥미가 없긴 하지만 넌 좀 재미없게 노는구나."

능글한 목소리를 들으며 사봉희는 두 눈을 질끈 감았다. 어느새 기척을 숨기며 다가온 이두경에게 사로잡힌 것이다.

"누, 누님!"

취소걸은 눈에 한기를 치밀어 올리며 앞으로 뛰어나가려 했고, 구량과 예당 역시 앞으로 달려가려 했지만 그럴 수가 없었다.

"악!"

터틱.

짧은 비명 소리와 함께 사봉희의 손에서 채찍이 떨어져 내렸다. 쇄골이 부러질 것 같은 고통에 온몸의 힘이 빠진 것이다.

"……!"

다가오면 가만두지 않는다는 듯이 시위하는 이두경을 보며 세 사람은 그저 이만 악다물 수밖에 없었다. 이두경은 그들을 보며 하얀 이를 드러내며 웃었다.

"이제야 좀 분위기가 파악되었나? 참 웃기는 놈들이구만."

이두경은 조소를 띠며 입을 열었고, 취소걸은 부득부득 이만 갈고 있었다. 그러다 숨을 들이쉬며 힘껏 외쳤다.

"뭐 하는 짓이냐! 그러고도 네놈이 남자냐! 여자나 붙잡고 인질로 삼는 네놈 따위가 강호인이야!"

분한 마음에 되도 않는 소리를 낸 취소걸은 두 눈 가득 혈광을 담았다. 저런 놈이 그런 것을 생각하지 않는다는 것은 여실히 알고 있는 사실이기는 하나 화가 나는 것은 어쩔 수 없는 것이다.

이미 주위에서 다가들던 흑의살수들은 모두 손을 멈추고 멀리 떨어져 있었는데 이두경의 지시를 받은 듯했다. 마치 이제 볼일은 다 봤다는 듯이 말이다.

이두경은 취소걸의 목소리에 어처구니없는 표정을 지었고 잠시 그렇게 혼자서 웃다 입을 열었다.

"크큭, 정말 웃기는 놈이구나. 인질? 누가 인질이야? 인질이라면 내가 불리할 때나 인질 아니냐? 애당초 네놈들은 필요도 없었어. 다 이 계집 때문에 공을 들인 것이지.”

“비열한 놈! 대체 무슨 속셈이냐!”

구량은 혈광을 폭출하며 이두경을 잡아먹을 듯이 노려보았다. 그러나 이두경은 한술 더 뜨고 있었다.

“속셈은 무슨. 남자가 여자를 원할 땐 한 가지뿐이지. 안 그런가, 사소저? 응?”

“치, 치워!”

왼손으로 이두경은 사봉희의 앞섶을 살짝 풀더니 그 속으로 손을 집어넣었다. 그리고는 그녀의 봉긋한 가슴을 떡 주무르듯 주무르기 시작했다.

“이 개 같은 놈! 정말 죽고 싶나!”

“벌써 잊은 것이냐! 이 계집의 목숨은 내게 있다는 것을!”

“……”

취소걸은 당장이라도 달려가 이두경을 발기발기 찢어놓고 싶었지만 그럴 수가 없었다. 아직도 그의 왼손은 쇄골을 꽉 잡고 있었기에 섣불리 덤빌 수가 없는 것이다.

그저 이렇게 두 눈 뜨고 바라봐야 하는 자신이 너무나 한심해 눈물만 흘릴 수밖에 없었다. 그의 두 눈에서 흐르는 눈물은… 그야말로 혈루였다.

취소걸과 사봉희는 어릴 때부터 같이 자랐다. 아니, 사봉희가 그를 업어 키웠다고 해도 과언이 아니었다. 근 여덟 살이 차이가 나니 당연한 일이었다.

자신은 방주의 제자고, 취소걸은 장로의 제자. 서로가 사부는 달랐지만 그녀는 그런 것 상관하지도 않았다. 두 사람 다 부모를 여의었고, 개방의 특성상 방주와 장로가 같이 다녔기에 언제나 붙어 다닐 수가 있었다.

비록 피를 나눈 친동생은 아닐지라도 그는 그녀의 남동생이었다. 그 누구보다 친하고 마음이 잘 맞는 동생. 그런 사람 앞에서 이런 꼴이나 보이고 있으니 사봉희는 죽고만 싶었다.

온몸을 떨며 그녀는 혀를 깨물었다. 이렇게라도 죽으면 두 사람이라도 도망칠 수 있을 것이라 생각하며 턱에 힘을 줄 때였다.

"약속하지. 내 말만 듣고 고분고분한다면 저들을 살려주마. 하나 행여나 쓸데없이 죽을 생각을 한다면 모조리 죽여주지. 세상에서 제일 처참한 모습으로 말이야."

"……!"

귓가에 자그마하게 들려오는 이두경의 목소리에 사봉희는 턱을 부르르 떨었다. 일순 어떻게 해야 될지 몰랐던 것이다.

그냥 자신만 죽어 끝날 일이라면 죽으면 되지만 취소걸의 목숨이 걸렸다면 사정이 달랐다. 그녀는 작게 눈을 뜨고 취소걸을 바라보았다.

피눈물을 흘리며 우는 그가 보였다. 이제 열여덟의 청년이지만 언제나 키가 작다고 투덜거리는 그가 아니었다. 진심으로 자신을 걱정하고 스스로를 원망하는 취소걸이 보였다.

"으윽! 읍!"

사봉희는 다시금 눈을 질끈 감았다. 죽고 싶었지만… 그럴 수가 없었다. 그저 그녀는 두 눈에서 눈물만 하염없이 흘릴 뿐이었다.

"큭큭, 그렇지, 그래야지. 아암."

모든 것이 의도대로 되었다는 생각에 이두경은 득의의 웃음을 지었다. 한층 주물거리는 손에 힘을 가하며 즐거움을 만끽하면서 그는 고개를 들었다.

　어차피 저들이야 지금 놓아주고 보이지 않게 되면 사봉희 몰래 다시 죽이면 그만이었다. 그것보다는 지금 손에 넣은 사봉희가 훨씬 마음에 드는 일이었다. 이두경은 입을 열어 저들을 놓아주라 말하려 했다.

　"모두들……!"

　머리 위에서 느껴지는 이상한 감각에 입을 꽉 닫은 이두경은 왼손을 머리 위로 섬전같이 들어 올렸다. 그러자 그의 소매에서 비도들이 튕겨 나갔다.

　파파팍!

　세 개의 비도가 어디엔가 맞는 소리가 들리면서 그의 눈앞으로 뭔가 떨어져 내리고 있었다. 둥근 형태에 광주리 같은 무늬, 아주 흔히 볼 수 있는 물건이었다.

　"죽립?"

　그가 맞춘 것은 머리에 쓰는 죽립이었다. 한데 지금 이곳엔 죽립을 쓴 사람이 없었다. 그렇다면…….

　"……!"

　타탓! 파아앙!

　사봉희의 허리를 끌어안은 채 이두경은 공중으로 치솟아올랐다. 왠지 모를 살기를 감지하고는 공중으로 뜬 것인데 채 이 척이나 떴을까? 그의 신형 위로 시커먼 물체 하나가 나타났다.

　파라라락.

　뭔가 바람에 나부끼는 소리가 들려왔고, 이두경은 공중에서 신형을 돌리려 했지만 그보다 먼저 느껴지는 것이 있었다. 양 어깨에 느껴지는 엄청난 고통이었다.

　빠각!

　"크악!"

정확히 어깨뼈가 있는 곳을 가격하는 힘에 이두경의 양팔에 힘이 쭉 빠졌고, 사봉희는 그의 손에서 빠져나갔다. 그는 고개를 내리며 발로 사봉희의 몸을 잡아채려 했지만 지금 그게 급한 게 아니었다.

쾨각! 파아앙!

"우욱!"

뒷덜미를 잡아채는 힘에 이끌려 이두경은 공중에서 뒤로 한껏 튕겨났고, 사봉희는 내려서는 신형을 바로잡으려 안간힘을 썼다. 하나 왼팔에 아직 감각이 없어 그대로 땅에 처박힐 판이었다.

쾨악!

"악!"

갑작스럽게 왼 어깨의 옷깃을 잡아채는 손길이 있었고, 고통에 그녀는 눈을 찡그렸다. 그녀의 옷을 잡은 손길은 이어 힘껏 당겨 그녀를 바로 세웠다.

휘릭. 콱.

"……."

누군가 자신의 허리와 등을 꽉 안으며 바닥으로 내려서고 있었는데 이두경이 아니었다. 옷의 감촉과 몸의 굴곡이 전혀 달랐다.

뭐라고 해야 할까? 저쪽이 거의 판판한 나뭇등걸이라면 이쪽은 그 나무를 굴곡있게 깎았다고 해야 하나? 탄탄한 가슴 근육과 함께 억센 손힘이 느껴졌던 것이다.

쿠웅!

이윽고 땅에 내려선 듯 더 이상 움직이는 기미가 없자 그녀는 살짝 눈을 떴다. 그러자 예상대로 넓은 가슴이 나왔다. 한데 그 가슴은 맨가슴이 아니라 피풍의를 입고 있는 가슴이었다.

그녀의 눈이 조금 더 올라갔다. 피풍의의 끝부분에 굵은 목이 보였고,

자신보다도 더 하얀 살결이 보였다. 그리고 그 위에 한 남자의 얼굴이 보였다.

강인한 턱 선에 굳은 입술이 보였고, 파랗게 빛나는 눈이 보였다. 마치 매의 눈처럼 무서운 눈. 분명히 전에 봤던 얼굴이었다.

"호… 월?"

틀림없었다. 그녀의 기억 속에 남아 있는 이 모습은… 호월이라는 사내였다.

"누님!"

취소걸이 소리치며 달려왔고 이에 맞추어 살아남은 일행이 모두 호월과 사봉희에게 다가왔다. 취소걸은 오자마자 사봉희의 입가부터 살폈다. 혹시 혀라도 깨문 것은 아닌지 걱정되었던 것이다. 그녀의 성격은 충분히 그렇게 하고도 남았기에.

"자네는 어떻게 여기에……."

반갑기는 하지만 전혀 올 것이라고 생각한 사람이 아니었기에 구량이 입을 열었지만 호월은 그저 묵묵히 있을 따름이었다. 문득 그의 목소리가 들려왔다.

"취소걸이라 했던가?"

"……."

"일각만 버틸 수 있겠나?"

"일각?"

호월의 목소리에 취소걸은 눈을 동그랗게 뜨며 물어왔는데 그의 고개가 끄덕여지는 것을 보니 잘못 들은 것은 아니었다. 한데 왜 일각인지는 알 수가 없었다.

"저놈부터 잡는다."

"걱정 마쇼! 일각이 아니라 한 시진도 문제없소!"

그제야 호월의 말을 알아들었는지 취소걸은 힘차게 말했고, 호월은 고개를 살짝 끄덕이며 앞으로 나섰다. 한데 그때였다.

"이, 주, 죽일 놈. 가만두지……."

아직도 떨리는 왼손을 다잡고 사봉희가 채찍을 들고 일어섰다. 쇄골을 잡힐 때 내력까지 같이 들어와서인지 몸의 진기가 잘 흐르지 않았지만 그녀는 도저히 참을 수가 없었다. 하나 당장 저놈의 목을 베어도 시원치 않았지만 움직이는 것은 무리였다. 왼쪽의 몸 전체가 좋지 않았던 것이다.

턱!

앞으로 나서려는 사봉희를 호월의 손이 잡았다. 그녀의 오른 어깨를 잡고는 자신의 뒤로 서서히 밀었다. 그러자 사봉희는 순순히 호월의 뒤에 섰다.

"……."

말은 하지 않았지만 나서지 말라는 의미는 충분했다. 평소의 그녀라면 이럴 때 비키지 않으면 죽인다고 말하겠지만 지금 사봉희는 그렇지 않았다.

정말 순순히 호월의 뒤에 선 것이다. 보는 취소걸뿐만이 아니라 당하는 사봉희 역시 놀랐다. 별다른 거부 반응이 없는 것이 말이다.

"물러서."

"……."

게다가 배려하는 듯한 말투. 그녀가 극단적으로 싫어하는 소리 중 하나가 여자이기에 봐준다라는 식의 말투였는데 그걸 듣고서도 가만히 있었다. 스스로 생각해도 신기할 따름이었다.

스슥. 펄럭.

사봉희의 눈에 호월의 피풍의가 흘러내리는 것이 보였다. 드러난 그의 몸은 조금 작은 얼굴과는 달리 상당한 몸이었는데 이곳저곳의 흉터와 함께 잘 발달된 갈라진 근육들이 보였다.

그러다 그녀의 눈에 호월의 등에 메어져 있는 막대기 같은 것이 보였다. 그것은 호월의 오른 어깨서부터 왼쪽 옆구리까지 길게 걸려 있었는데 왠지 검이라고 생각이 잘 들질 않았다. 검이라고 치기엔 너무나 폭이 두꺼웠다. 그리고 희한하게도 검집의 끝에는 또 하나의 검파가 보였다.

"쌍검?"

비록 좀 이상한 형태이긴 하지만, 그건 분명히 쌍검이었다. 양쪽으로 비죽이 튀어나온 검파에 손을 대며 위치를 확인한 호월이 움직이기 시작했다. 저 앞에서 노려보고 있는 이두경을 향해⋯⋯.

第七章

백면호리 이두경(2)

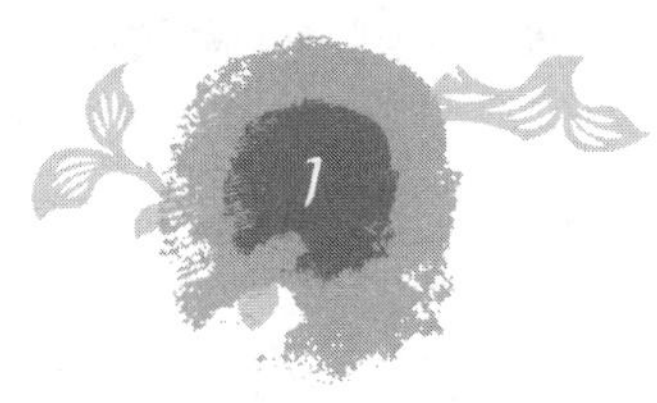

죽립으로 이두경의 시선을 분산시키고 사봉희를 구출한 호월은 거침없이 그를 향해 달려나갔다. 움직이는 그의 눈에는 분노가 가득 담겨 있었다.

자신의 길을 가다 이곳으로 돌아온 것도 이상한 일인데 왜 이렇게 화가 나는지 호월은 알 수가 없었다. 이런 느낌은 마치 방산의 수하들에 두 분 숙부가 돌아가셨을 때와도 같았다. 그만큼 화가 치밀어 오르고 있었다.

기껏해야 한 번 본 여인이었다. 동생으로 보이는 취소결과 나누는 밝은 모습이 좋은 것은 이해한다. 그건 자신이 가지고 있지 않은 것이니 말이다.

한데 이 알 수 없는 분노는 당최 이해가 안 되었다. 괜스레 화가 나고 손에 힘이 들어가는 것이 손에 걸리는 것은 모두 박살 낼 태세였다. 자신이 생각해도 그 이유를 알 수가 없었다.

　그러나 지금 이 순간만큼은 이런 저런 생각 하고 싶지 않았다. 그저 마음이 따르는 대로 그렇게 움직이고만 싶었던 것이다.

　“이 빌어먹을 놈! 감히 내 일을 방해해!”
　피피피핏!
　공기를 가르며 여섯 개의 물체가 호월을 향해 다가오자 호월은 우측으로 크게 발을 디디며 이동했다. 구태여 맞서기보다 살짝 피하는 것을 택한 것인데 이두경은 그럴 줄 알았다는 듯 옆으로 이동하는 호월을 노리고 비도를 가로로 늘어뜨리며 던졌다.
　쐐애액!
　두 사람 사이의 거리는 이 장여. 단숨에 좁히고 들어가 지근거리에서 공격을 해야 호월에게 승산이 있었다. 비도를 던지는 이두경이 지금 당장은 유리한 형국이었다.
　심상인으로 느껴지는 비도의 움직임을 주의하며 호월은 다시 조금 더 돌았다. 하나 비도는 여전히 그를 향해 다가왔고, 호월은 부지불식간에 손을 주욱 뻗었다.
　“미친놈! 그래, 죽고 싶으면 한번 맞아봐랏!”
　피피핑!
　비도를 향해 손을 뻗으려 하는 호월의 동작에 이두경은 조소를 띠며 또 다른 비도를 날렸는데 도대체 저 소매 속엔 얼마만큼의 비도가 숨겨져 있는지 의구심이 들 정도였다.
　하나 호월은 여전히 손을 내리지 않았고 오히려 더욱더 앞으로 뻗으며 내력을 끌어올렸다. 그러자 내밀어진 호월의 왼손에서 작은 아지랑이가 피어올랐다.
　양강의 내력이 아닌 음유의 내력이 끌어올려진 것인데 뻗어낸 손에 온 신경을 집중하며 호월은 옆이 아닌 앞으로 방향을 바꾸어 신형을 날렸다. 정면 승부를 하려 하는 것이다.

"대체 무슨 생각이야!"

지켜보던 취소걸은 놀라 소리쳤고 그건 다들 마찬가지였다. 그나마 거동할 만한 사람들은 모두 호월과 이두경의 싸움을 바라보고 있었다.

이상하게도 흑의살수들은 모두 사라져 버렸는데 어느새 사라졌는지는 알 수 없지만 그들이 없는 것은 확실했다. 도무지 주위에서 느껴지는 것이 없었던 것이다.

물론 살수들이기에 기척을 지우고 숨어 있을 수도 있지만 상식적으로 이런 상황에서는 아무리 살수라도 덤벼드는 것이 옳았다. 어차피 제일 난감하던 사봉희의 채찍도 쓸 수 없는 상태니 말이다.

한데 그런 것도 없이 그야말로 흔적도 없이 사라졌다. 그래서 이렇게 맘 편하게 보고 있는 것이다.

"무모하다! 어서 뒤로!"

심지어 나이 지긋한 구량까지 놀라며 소리치다 말고 눈을 부릅떴다. 도저히 믿을 수 없는 일이 일어났던 것이다.

"누님, 지금 봤소?"

"……."

놀라 외치는 취소걸의 목소리에 사봉희는 아무런 말도 못하고 입만 벌리고 있었다. 취소걸의 말처럼 그녀도 본 것이다.

이두경이 날린 세 개의 비도. 그것이 그냥 호월의 뒤로 통과했다. 아니, 그냥 통과한 것이 아니라 호월이 들어 올린 손을 향해 모이더니 뒤로 빠져나갔다. 호월은 그냥 옆으로 한 걸음 움직인 게 전부였다.

"이런 개 같은 일이!"

말도 안 되는 상황에 이두경은 넋이 빠질 지경이었다. 도대체 어떻게 자신의 비도를 한곳으로 모으는 게 가능한지 알 수가 없었는데 분명 비도는 움직였다. 그건 그가 그렇게 한 게 아니었다.

분명히 내력을 실어 호월에게 던졌고, 그건 곧 호월의 목, 가슴, 그리고 어깨에 맞을 것처럼 보였다. 이두경은 그렇게 믿었다.

한데 호월의 반 장여 앞에서 갑자기 급격하게 꺾이더니 그의 뻗어낸 손으로 향하는 것이 아닌가? 그러자 호월은 옆으로 살짝 움직여 한꺼번에 피해냈다. 마치 꿈이라도 꾸는 기분이었다.

"말도 안 돼! 타앗!"

이두경은 다시금 양손을 떨치며 가지고 있던 모든 비도를 한꺼번에 던지려 했고 불안한 마음도 같이 떨구려는 듯 힘차게 기합성을 내었다. 설마 이번에도 그렇게 할 수 있을 것이라고는 생각지도 않았다.

그가 익힌 무공은 추명도술(墜命刀術)이라는 절기였다. 혹자는 그 무공의 이름을 따 백면호리가 아닌 추명도라고 부르기도 하는데 연원이 어디인지는 모르나 작은 마을의 학동이었던 어린 시절부터 익혀온 무공이었다.

온몸에 백오십 개 이상의 비도를 지닌 채 한 사람에게 던지는 모든 방법이 기술되어 있기에 거리만 조정할 수 있다면 최고의 비도술이었다. 실제로 지금껏 이 추명도술로 숱한 사람들을 고혼으로 만들었고 말이다.

그 무공 하나 믿고 중원에 나왔다. 그리고 생각보다 자신의 무공이 높다는 것을 알게 되자 그는 더 이상 작은 마을 출신의 겸손한 청년이 아니었다. 세상 무서운 줄 모르는 망둥이로 변했던 것이다.

그래서 여태껏 그 하고 싶은 대로 할 수가 있었다. 마음이 내키는 대로 혹은 필요한 대로 무공을 사용하다 보니 어느새 그의 이름 앞에는 백면호리란 별호와 함께 공적이란 칭호가 붙었다.

지금껏 살면서 그는 이 추명도술을 십성 이상 펼쳐 본 적이 없었다. 그러니 십이성의 힘은 필요도 없었고, 연마하지도 않았다. 지금 이 순간 가장 후회되는 것이 바로 그것이었다.

그러나 자신이 펼쳐 낸 십성의 공격 또한 스스로 대단하다고 자부하고 있었다. 그래서 이번 공격이 성공할 것을 확신하며 스스로에게 용기를 북돋우고 있었다.

단금십도(斷金十刀). 그것이 지금 펼칠 초식이었다. 열 개의 비도가 한꺼번에 허공을 날면서 순차적으로 적을 공격한다. 물론 열 개의 비도는 제각기 다른 속도를 지닌다. 어떤 게 먼저 도착하는지는 자신도 모르는 것이다.

촤촤악!

손목을 구부려 넓은 소매 속에 감추어진 작은 비도를 양손에 다섯 개씩 쥔 채 이두경은 양팔을 들려 했다. 하나 그게 가능하지가 않았다.

스슥—

“……!”

순간 이두경의 눈이 커졌다. 호월의 신형이 다가오다 마치 안개라도 된 것처럼 부옇게 변했다. 환영이라면 그 꼬리가 보이겠지만 이건 그냥 안개였다. 사람이 저렇게 흩뿌려지며 움직이는 보법이 있다는 말은 들어 본 적도 없는 것이었다.

마치 눈앞에 짙은 안개가 피어오르는 듯한 착각이 들 정도로 호월의 기척은 보이지도, 느껴지지도 않았다. 한데 그때였다.

터턱!

“헉!”

순간적으로 누군가 자신의 양팔을 잡자 이두경은 눈을 크게 떴다. 어느새 바로 눈앞에 호월이 나타났던 것이다. 자신의 두 팔을 꽉 잡으면서 말이다.

"늦다."

꽈앙!

"으걱!"

턱 밑에서부터 느껴지는 강한 고통에 이두경의 고개가 뒤로 확 젖혀졌고, 누가 민 것도 아닌데 그의 신형은 공중으로 살짝 떴다. 호월이 오른발을 치켜 올려 이두경의 턱을 힘껏 올려친 것이다.

타탓.

호월은 오른발을 내리며 공중으로 힘껏 도약했다. 그리고는 이번엔 왼발을 높이 올리다 바로 내리쩍었다.

빠각!

"컥!"

이두경의 왼쪽 어깨에서 기묘한 소리가 들렸다. 호월의 왼발이 왼쪽 쇄골을 부숴 버린 것이다. 그 강렬한 고통에 이두경은 입에 거품을 물며 신형을 뉘었다. 하나 호월의 공격은 그게 다가 아니었다.

타탓! 파아앗!

내려서자마자 그는 신형을 낮게 눕히며 왼발을 길게 뻗었다. 그리고는 오른발을 축으로 허리를 틀어 지면을 쓸 듯이 왼발을 휘돌렸다.

빠악!

"우웁!"

정확히 옆으로 떨어지는 이두경의 코를 박살 내며 호월의 왼발을 지나 갔고, 이두경은 저 뒤쪽으로 미끄러져 갔다. 근 반 장여를 미끄러지고 구르다 겨우 정신을 차린 듯 일어서려 애쓰기 시작했다.

"우, 우욱, 쿨럭!"

꽤 깊은 상처를 입은 듯 정신이 없었는데 그건 호월이 의도한 것이었다.

경험상 호월은 머리에 집중적으로 연타를 당하면 어떻게 되는지 잘 알고 있었다. 멍하니 초점이 잡히지 않는 것은 둘째 치고 무조건 신형을 곧추세우려 한다. 방향 감각도 없으면서 말이다.

턱.

오른손을 뒤로 돌려 남월검의 검파를 움켜쥔 채 호월은 앞으로 크게 한 발을 디뎠다. 지금이 끝마무리를 할 절호의 기회였다. 한데 그때였다.

"......!"

심상인에 뭔가가 감지되었다. 정확히 그의 뒤통수를 향해 강맹한 기운이 다가오고 있었는데 그게 낯설지가 않았다. 분명히 어디선가 느껴본 적이 있는 그런 기운이었다.

눈앞에 있는 이두경 따위는 비교도 할 수 없는 힘, 그리고 속도. 더 이상 생각할 것도 없이 호월은 달리던 자세 그대로 허리를 틀었다. 그리고는 왼손까지 뒤춤으로 들어가 여호검의 검파를 움켜잡았다.

차아아앙!

긴 금속의 여운이 울리며 남월과 여호가 검집에서 뽑혀 올라왔고 호월은 검날에 온 힘을 집중했다. 그리고는 새끼손가락 쪽에 검신에 오도록 거꾸로 쥔 검을 가슴께로 끌어 올렸다.

우우웅.

찬연한 자색 기운이 피어오르자 호월은 이를 악물었다. 그리고는 힘차게 위로 올리면서 좌우로 활짝 폈다.

쩌어어엉!

타타탓! 좌아아아아!

공중에서 일격을 막아내자 호월의 신형이 뒤로 붕 날아갔다. 땅에 내려서자마자 뒷걸음질치면서 멈추려 했지만 워낙 강맹한 힘에 근 이 장을 넘게 미끄러졌다.

호월은 힘을 해소한 후 고개를 들었다. 그리고는 미간을 좁히며 어금니를 꽉 깨물었다. 분명 낯이 익은 자가 맞았다.

나타난 자는 복면인이었다. 망일곡에서 황오와 제령동을 죽이고 사라진 그 복면인이었던 것이다.

"저자는 또 뭐야!"

지켜보던 취소걸은 긴장하며 사태를 주시했다. 또다시 나타난 복면인. 한데 이번 복면인은 그가 보기에도 상당한 무공을 지닌 자였다.

정신없이 움직이는 호월의 움직임도 보기 힘들 정도인데 그런 호월을 저렇게나 밀어낼 수 있는 자라면 보통 실력이 아니었다.

게다가 호월에게 발출한 것은 병기도 아니고 그냥 벽공장이었다. 물론 섬전처럼 달려와 호월의 바로 뒤에서 쳐낸 것이기는 하나 위력은 무시할 수 있을 정도가 아니었다. 사실은 저런 무공이 있다는 것도 들어본 기억이 없었다.

"저자는 대체 누구이길래 저런 무공을⋯⋯!"

부지불식간에 감탄하고 있었던 구량은 눈을 크게 떴다. 그가 온 것은 아무래도 이두경을 데려가기 위함인 것 같았다. 조용히 이두경을 들쳐 업었던 것이다.

"이런 확!"

그 모습에 성질을 내며 앞으로 뛰쳐 가려던 취소걸의 신형이 멈추었다. 이미 호월이 달려가고 있었던 것이다.

한 번 놓친 것으로 족했다. 무공의 차이는 인정하지만 그것이 싸움의 전부는 아니었다. 얼마든지 자신에게도 기회가 올 수 있었다.

그 사실을 잘 알기에 달려드는 호월의 발걸음은 거침없었다. 일말의 주저함도 없이 복면인을 향해 덤벼든 것이다.

한데 복면인은 자신이 달려오는 것을 알고 있을 텐데 아무런 행동도 취하지 않고 있었다. 그저 다시 쓰러져 정신을 잃은 이두경을 들쳐 업고는 그냥 있었다.

"……."

뭔가 있었다. 경험상 비추어볼 때 저건 분명히 뭔가 믿는 구석이 있을 때였다. 함정이라든지 아니면 숨겨둔 방수가 있을 때의 분위기였다.

타탓. 파아앙!

달려가던 호월은 일순 속도를 줄이면서 바로 허공으로 몸을 뽑았다. 어느새 우측에서 강한 기운이 섬전같이 다가오고 있었던 것이다. 예상대로 방수가 숨어 있었다.

파파파팟!

호월이 있었던 곳에 깊은 홈이 패이며 세 개의 줄이 생기자 호월은 고개를 돌렸다. 근 오 장이 넘는 거리에 한 사람이 서 있었다. 역시나 같은 복면을 한 자였는데 문제는 그가 가진 검에 있었다.

"……!"

자색의 검, 틀림없는 자색의 검이었다. 색깔만 같고 다를 수도 있지만 그럴 확률은 적었다. 망일곡에서 봤던 자와 복장도 같은 데다가 그 분위기 또한 낯설지가 않았다. 그렇다면 이자의 검이 송 숙부의 자헌검일 확률이 높았던 것이다.

파아앙!

땅에 내려서자마자 호월은 신형을 완전히 틀었다. 더 이상 이두경이 목표가 아니었다. 드디어 강호에서 해야 할 일 중 하나의 실마리가 보인 이상 우물거릴 때가 아니었다.

스스스슥.

마치 안개가 바람에 밀려 나아가듯 호월의 신형은 기이하게 일그러졌다. 저 뒤편에서 지켜보던 사봉희 일행이 놀라 눈을 크게 뜰 정도로 독특한 움직임이었는데 눈앞에 있는 복면인은 별다른 감흥이 없는 듯했다.

그는 호월이 충분히 다가서도록 놔둔 뒤 이윽고 검을 들었다. 삼 장여의 거리를 남겨둔 채 지면과 수평으로 들었고, 이윽고 호월이 이 장여 안으로 들어오자 힘차게 검을 그었다.

스파아앗.

“……!”

자주색의 검기가 안개를 지면과 수평하게 길게 갈라놓으며 다가오자 호월은 온 힘을 모두 끌어올렸다. 그리고는 양팔 가득 내력을 이동시키며 양손을 휘둘렀다.

시시싱.

자색의 둥근 고리들이 호월의 앞에 생기고 그 고리의 수를 늘려가며 호월은 정면으로 그자와 맞닥뜨렸다. 그저 그동안 조금이나마 느낀 삼환검을 슬쩍 펴내었던 것인데 이윽고 두 힘이 서로 부딪쳤다.

쩌저저정!

“큭!”

강대한 힘에 꽉 다문 입에서 비명이 나올 정도였는데 호월은 뒤로 밀리는 신형을 억지로 다잡았다. 그리고는 다시 그자를 향해 뛰어들었다.

그러자 복면 속의 두 눈에서 이채가 떠올랐는데 그것뿐이었다. 전혀 동요하는 기색도 없이 복면인은 검을 앞으로 길게 뻗었다.

정말 그뿐이었다. 그냥 검을 쥔 손을 앞으로 내민 것뿐인데 호월의 왼쪽 가슴이 부서질 듯이 아파왔다. 호월은 오른손으로 허공에 원을 그리며 왼손을 뒤로 힘껏 젖힌 채 공중으로 도약했다. 그러자 호월의 신형이 회오리가 되어 우측으로 튕겨졌다.

쫘아앙!

보이지도 않는 내력의 힘이 호월이 만들어낸 고리와 함께 폭발했고, 호월은 신형을 가누며 땅에 내려섰다. 그리고는 두 눈을 들어 복면인을 향했다.

"……."

복면인 역시 그저 아무 말도 없이 호월을 바라보고만 있었는데 더 이상 호월은 움직이지 않고 있었다. 이건 차이가 나도 너무나 큰 차이가 났던 것이다.

아까 이두경을 들쳐 업었던 자가 호월보다 백지장 하나 차이라고 애써 생각해 봐도 이자는 적어도 책 한 권 이상 차이가 났다. 내력이나 그 운용에 있어 호월과는 비교조차 안 되는 것이다. 마음 같아서는 당장 다시 달려가고 싶건만 차가운 이성이 그를 말리고 있었다.

그 차이를 알기에 함부로 움직이지 못한 것인데 왠지 복면인은 더 이상 공격하지 않고 있었다. 그저 그를 바라볼 뿐이었다.

자색의 검을 가진 복면인의 뒤로 이두경을 업은 복면인이 지나갔다. 그는 잠시 멈추어 호월의 얼굴을 바라보다 다시 신형을 움직여 어디론가 사라졌다.

스릉. 철컥.

그가 사라지자 자색의 검을 쥔 사내는 검을 검집으로 돌렸다. 그리고는 아무 말 없이 그저 호월만 바라보고 있었다.

이윽고 그가 등을 돌렸다. 그리고는 이두경을 업은 복면인이 사라진 곳으로 똑같이 걸어가기 시작했다. 그리 급할 것도 없다는 듯이 그렇게 서서히 움직이고 있었다.

으득!

호월은 어금니를 꽉 깨물었다. 지금 당장이라도 승부를 내고 싶지만 그럴 수는 없었다. 지금은 무리하고 싶어도 그럴 수가 없었던 것이다.

피핏. 피피핏!

"호, 호월!"

저 뒤에서 바라보고 있던 사봉희의 입에서 비명이 터져 나왔다. 호월의 몸 이곳저곳에서 피가 솟구치고 있었다. 복면인의 검기를 방어한다고 한 것이 고작 이 정도였던 것이다.

"큭."

짧은 신음성을 내며 신형을 휘청이면서도 호월은 두 눈을 부릅뜬 채 시야를 고정시켰다. 아직 복면인의 신형이 보이고 있는 것이다.

그자의 신형이 완전히 숲 속으로 사라졌을 때 호월은 그 자리에서 왼 무릎을 꿇으며 주저앉았다. 최소한 그렇게라도 하고 싶었다. 무공은 안 될지언정 얕보이고 싶지 않았던 것이다.

"호월! 괘, 괜찮아요?"

"……."

어느 틈에 달려와 안부를 묻는 사봉희였지만 호월은 그저 입만 꽉 다문 채 땅만 보고 있었다. 조금이라도 입이 열리면… 한심한 자신을 커다란 소리로 욕할 것만 같았다.

2

수준이 달랐다. 비단 그가 만났던 자색의 검을 가진 복면인뿐만이 아니라 전체적으로 수준이 달랐다. 망일곡의 경험 중 무공 정도에 관한 경험은 모두 소용이 없을 정도로 이 강호라는 곳은 강한 자들이 많았다.

사람에 대한 경험이나 그 외 살면서 느꼈던 여러 가지 극단적인 경험들은 도움이 될지언정 무공에 대한 것은 정말 두려울 정도로 옅은 지식이었다. 그러한 힘을 가지고 나왔다는 것 자체가 바보스러울 정도로 말이다.

자괴감이라고 해야 하나? 마치 자신이 우물 안의 개구리가 된 것 같은 생각에 호월은 조용히 눈을 감았다. 그리고는 한참 동안 생각에 잠겼다.

"……."

그가 눈을 뜬 것은 그로부터 차 한 잔 마실 시간이 훨씬 지난 후였다. 꽤 오랫동안 묵상을 하고 난 것인데 문득 호월은 손을 들어 방 안에 켜져 있는 유등을 향해 뻗었다. 그리고는 조용히 기력을 조절하며 손에 힘을 주었다.

후훙. 후후훙.

호월이 일으킨 기운에 따라 손을 향해 불길이 길게 따라왔는데 모든 생각의 출발점은 여기에 있었다. 몸의 움직임이나 상황 판단보다 지금 이 순간 중요한 것은 내력의 운용에 있었다. 지금껏 생각한 것은 바로 이 점에 관해서였다.

힘들긴 했지만 분명 호월은 이두경의 비도를 한곳으로 잡아채는 데 성공했다. 그건 공기 중에 산재한 음유의 기운을 하나로 만들어 길을 만든 것과 같았다. 양강의 기운을 자연스럽게 음유의 기운으로 끌려오게 만든 것이다.

이곳으로 오기까지 세외를 떠돌며 자연스럽게 노력해 체득한 것이 바로 이것이었다. 하나 그다지 힘이 크지도 않았고 초기 단계라 응용하기도 쉽지 않았다.

더구나 그런 방법은 상당한 내력이 소요된다. 특히나 호월은 언젠가 연헌자가 말해 주었듯이 음유의 내력만을 익힌 것이 아니라 양강의 내력 토대 위에 음유의 내력이 올려진 형태의 운용이었다. 그러니 항상 담고 있는 양강의 내력도 상당히 필요하게 되는 것이다.

요는 몸 안에서 이는 운용들은 어느 정도 할 수 있기에 빠른 신형은 가능하지만 그 복면인과 같이 검기나 벽공장을 쳐내는 자들과 만나면 힘들어진다. 그 점이 지금 제일 시급하게 풀어야 할 문제였다.

그러나 그건 한순간에 풀어질 문제가 아니었다. 비록 그 자신도 검에 약간의 내력을 주입하는 것을 알고 있기는 하나 그건 그야말로 반딧불이와 같았다. 복면인의 검기에 비한다면 말이다.

어쨌든 고민스러운 문제이긴 하나 한 가지 느낀 것은 분명히 있었다. 쉬지 않고 항상 이 문제를 생각해야 한다는 점을 말이다. 그때였다.

똑똑.

"자요, 호월?"

"얼래? 누님답지 않게 그 무슨 아시시한 목소리요?"

"시끄러, 이 자식아! 꼭 이건 쓸데없는 말만 골라서 해요. 야심한 시각에 죽도록 맞고 싶냐?"

"헛헛, 자고 있던 사람도 깨어났겠다. 두 사람 다 그쯤 해두지."

문밖에서 들려오는 소리에 호월은 입가를 살짝 좌우로 벌렸다. 아주 보일 듯 말 듯한 미소였는데 아마도 쓴웃음인 것 같았다.

기주로의 싸움이 일어난 지 오늘로 오 일째. 일행은 지금 모두 가정(佳晶)이라는 고을에 와 있었다. 그곳의 객잔 하나에 모두 투숙한 것이다.

싸움이 일어난 후 이틀이 지나자 형호남로에 있던 개방 제자들과 기주로의 이곳저곳에 흩어져 있던 개방 제자들이 모두 모였다. 그래서 그간 죽은 개방도들을 수습해 주었던 것이다.

원래 호월은 싸움이 끝난 후 바로 떠나려고 했었다. 한데 구량과 취소걸이 길을 막아서며 만류하는 바람에 이렇게 객잔의 한 방에 틀어박히게 된 것이다.

물론 두 사람만이라면 그저 말없이 뿌리치며 갈 수도 있었지만 사봉희가 말없이 길을 막는 데는 호월도 별수없었다. 왠지 그녀만큼은 뿌리치고 가기가 힘들었다.

그래서 지금 이렇게 객잔에 신세를 지게 된 것인데 그간 아무도 찾아오지 않다가 갑자기 사람들이 찾아오니 좀 이상하긴 했다. 시간도 근 이경이 넘어가는데 말이다.

끼이익.

"헤헤, 형님이 안 주무실 줄 알았지요. 들어가도 되죠?"

도저히 열여덟이라고는 느낄 수 없는 동안(?)을 들이밀며 취소걸은 헤헤거렸고, 호월은 그저 고개를 끄덕였다. 자고 있으면 깨워서라도 들어올 인간들이 바로 이들인 것이다.

"좀 사람들이 많이 왔습니다. 그래서 이것도 큰 것을 준비했죠."

쩔렁.

손에 든 큰 항아리 하나를 흔들며 취소걸은 방으로 들어왔고 그 뒤를 따라 여러 사람들이 들어왔다. 취소걸의 말대로 정말 꽤 많은 사람들이었다.

취소걸과 사봉희, 구량과 화산의 예당이 왔고, 거기에 모르는 사람까지 한 명 들어서자 비좁은 호월의 방 안에 모두 여섯 사람이 들어서게 되었다. 작은 탁자라 모두 벽에 기대고 침상에 앉고 해야 겨우 자리를 잡을 정도였다.

"에, 그게 우리가 왜 왔나 하면 말이죠……."

　조금 쑥스러운 듯 취소걸은 머리를 긁적이며 입을 열었는데 뒷말을 흐리며 우물쭈물하는 것이 말하기가 쉽지 않은 듯했다.

　"허허허, 그 말이 그렇게 하기 힘든 것이냐? 감사하네. 호월, 자네가 손을 써준 덕분에 구차한 목숨이나마 유지했네. 그간 정신이 없어 인사도 제대로 못 한 것이 죄스러워 이렇게 왔네."

　넉넉한 웃음을 지으며 구량이 입을 열자 호월은 조용히 고개를 끄덕였다. 아마도 구명지은에 감사하기 위해 온 것 같은데 그것만은 아닌 것 같았다. 그렇지 않으면 처음 보는 자가 올 리가 없을 테니 말이다.

　"에이, 그게 아니라 시간이 지나서 그렇지요. 그때 당장 말했어야 하는데… 감사합니다, 대협. 이 은혜는 반드시 갚겠습니다."

　"화산의 예당도 감사드립니다."

　곳곳에서 인사가 나오자 어색한 것은 호월이었다. 사봉희까지 얼굴을 살짝 붉히며 이야기하자 뭔가 말하기는 해야 할 것 같았다.

　조그만 답례 말이라도 해야 하는데 그게 잘 생각이 나질 않았다. 하긴 그간 이런 경우가 없었으니 당연하기는 했으나 그래도 강호에 나온 이상 하긴 해야 했다.

　"구차한 목숨이란… 없소이다. 누구나 목숨은 소중한 것이오."

　"……."

　호월의 목소리에 몇몇은 눈을 동그랗게 떴고, 몇몇은 날카롭게 빛내었다. 그냥 지나쳐 보내기엔 그 말의 의미는 상당히 무거웠다.

　특히 구량은 호월의 표정을 자세히 살펴보았는데 호월은 아무리 봐도 삼십대 정도로 보였다. 그렇다면 자신에 비해 많이 어린 편이나 말하는 투로 봐서는 자신보다도 더 나이 든 사람 같았다.

　"그게… 뭔 말이요, 형님. 좋은 말 같기는 한데 잘 모르겠네요?"

　어느 사이엔가 자신을 형님이라 부르며 따르는 취소걸을 보며 호월은 깊은 숨을 들이마셨다. 죽음에 관한 기억을 떠올리다 보니 망일곡의 기억이 떠오른 것이다.

"내가 있던 곳은… 물 한 잔에 사람을 죽이기도 하는 곳이었다. 음식은 더 말할 것도 없고… 사람들의 목숨이 버려진 돌보다도 못한 곳이었다."

"……!"

호월의 목소리에 취소걸은 눈을 휘둥그렇게 떴다. 세상에 그런 곳이 정말 있기는 한 것인가 하는 눈치였다. 하긴 이들이 미래가 없는 망일곡의 생활을 알 리가 없었다.

"그러나 그렇게 한 사람들도 결국 자신이 살기 위해 그런 것. 그들을 탓할 수는 없었다. 최소한 그들은 자신의 목숨만은 소중히 여겼기에 그런 행동을 한 것이니까."

"……."

"죽은 개방의 사람들이 소중한 사람이었듯 살아남은 사람들의 목숨도 소중하다. 그들을 그리워하는 만큼 네 자신도 돌보는 것이 옳겠지."

"보… 셨… 어요?"

살짝 부어오른 눈을 아래로 떨구며 취소걸은 고개를 숙였다. 사실 취소걸은 그날 이후 거의 삼 일 내내 술독에 빠져 살았었다. 눈앞에서 같이 있던 동문들이 죽었으니 어쩔 수 없는 노릇이었다.

그나마 이렇게 원래 성격을 찾은 것이 다행이지만 그 기억은 평생 짊어지고 갈 것이었다. 호월이 말한 것은 바로 그런 점이었다. 하지만 그런 말을 하는 호월 자신도 두 숙부가 세상을 떠났을 때 취소걸과 같은 행동을 했었다. 솔직히 누구에게 말할 처지가 아닌 것이다.

아니, 자신은 한술 더 떠 그들의 염원을 풀어주고자 이 중원에 들어왔다. 그러나 그건 자신만의 일로 끝냈으면 했다. 진심으로 취소걸이 자신과 같은 무거운 마음을 가지지 않기를 바라는 마음에 어렵게 입을 연 것이다.

"허어, 그냥 무공만 뛰어나신 분인 줄만 알았더니 세상의 이치도 통달하신 분이셨구만. 부끄럽소이다. 이 지강안(地剛岸), 그런 생각은 정말 해본 적도 없구나."

"……."

자신을 지강안이라 밝힌 자는 고개를 흔들며 입을 열었는데 호월은 묵묵히 그를 바라보았다. 아마도 자신과 비슷한 또래인 듯했고 각진 얼굴에 부드러운 눈매를 지닌 사람이었다.

"아, 이분은 형호남로의 분타주를 맡고 계신 지강안 대협이라 합니다. 강호에서는 수양권협(秀陽拳俠)이라 불리고 계시고 제 하나뿐인 사형입니다."

"대협? 불리고 계셔? 게다가 사형? 너, 사봉희 맞냐?"

"글쎄, 누님, 이상하다니까요. 닭살 돋아 죽겠습니다."

사봉희의 나긋한 목소리에 지강안과 취소걸은 뚱한 표정을 지으며 입을 열었고, 사봉희는 어금니를 꽉 깨물며 살인적인 눈빛을 보내면서 이에 대응했다. 그러자 두 사람 다 찔끔한 표정을 지으며 고개를 슬며시 돌렸다.

"허허, 녀석들 하고는. 사실 오늘 이렇게 야심한 밤에 온 것은 사정이 있어서네. 내일이면 우리들은 모두 떠날 예정이라 자네는 어찌할 것인지 그것을 묻고자 이런 결례를 하게 되었네."

마음 같아서는 극존칭에 대협의 호칭을 사용해 주고 싶건만 호월은 그런 말을 좋아하질 않았다. 하나 그렇다 해도 호월에게 함부로 할 수는 없는 것이었다. 어쨌든 목숨의 빚을 졌으니 말이다.

"말했다시피 난 무당으로 가는 길이오. 날이 밝으면 무당으로 떠날 예정이었소."

"흐음, 무당이라……."

호월의 말에 지강안은 턱을 만지며 생각에 잠겼는데 곧 다시 손을 풀고는 입을 열었다.

"혹 실례가 되지 않는다면 왜 가시는지 물어도 되겠소이까? 사람을 만나는 일이라면 어쩌면 굳이 먼 무당으로 가지 않아도 될 듯도 한데……."

"……."

뜻 모를 소리에 호월은 눈을 작게 떴는데 그다지 다른 생각을 품고 있는 것 같지는 않았다. 호월은 언젠가 연헌자가 남긴 서신을 기억하고는 거기 쓰여져 있는 이름을 말했다.

"현양이라는 도호를 쓰시는 분이오"

"현양이라면 현양자 어른을 말씀하시는 겁니까? 검공인(劍空人) 현양자 어른이요?"

놀란 눈을 하며 되물었는데 호월은 그 반응에 조금 놀랐다. 잘 알고 있는 듯한 목소리인 것 같은 것이다.

물론 현양자가 아니라 서신의 겉봉에는 현양이라는 글자만 써 있기는 했으나 연헌자 숙부도 자신을 말할 때 연헌이라 하는 것을 보면 그가 맞는 것 같았다. 호월은 그를 향해 입을 열었다.

"아시는 분이오?"

"허, 허허허."

멍한 표정을 지으며 지강안은 어처구니없다는 듯이 웃었고, 그 반응은 다른 사람들도 마찬가지였다. 문득 호월의 귀에 취소걸의 목소리가 들려왔다.

"설마설마 했는데 형님 진짜 강호초출 맞군요. 아마도 검공인 현양자를 모르는 사람은 이 강호에서 형님 혼자뿐일 겁니다.”

취소걸의 목소리에 호월이 더욱 궁금한 표정을 짓자 지강안의 목소리가 들려왔다.

“검공인 현양자는 정말 유명한 분이십니다. 당금 무림에서 그 위치를 점점 굳건히 해가는 문파, 무당파의 장문인이 바로 그분이십니다. 모를 리가 없지요.”

“……..”

지강안의 목소리에 호월은 쓴웃음을 지을 수밖에 없었다. 만일 그냥 무당에 도착해 현양이란 사람을 만나러 왔다고 하면 당장 미친놈 취급 받을 뻔했던 것이다.

아무리 몰라도 장문인이 뭔지는 안다. 한 문파의 수장인데 덜렁 찾아가 만나고자 한다면 순순히 나오는 게 더 이상한 것이다.

“어쨌든 만나시려 하는 분이 그분이라면 잘되었군요. 호… 형께서는 무당으로 직접 가실 필요가 없습니다.”

“……?”

대협이란 말을 싫어한다는 말에 대충 호 형으로 얼버무리고는 지강안은 호월의 눈치를 살폈다. 호월은 별다른 변화가 없었기에 지강안은 계속 입을 열었다.

“마침 두 달 후에 동정호에서 열리는 무림대회에 무당도 참가합니다. 당연히 장문인이신 현양자 어른도 오시지요. 그때 찾아뵈면 될 것 같군요.”

“무림대회?”

“그렇습니다. 딱히 기간을 정해 일정하게 개최되는 것은 아니나 올해 같은 경우는 중요한 일이 있을 것이 이미 정해져 있습니다. 그러니 반드시 참여하실 것입니다.”

　지강안은 운을 뗀 후 잠시 탁자 위의 찻물을 따라 한 모금 마셨다. 그
리고는 장황한 이야기를 꺼내기 시작했다.

　무림대회는 정해진 것은 아니지만 보통 삼 년을 주기로 열리고 있었
다. 물론 지나서 열린 적도 있고, 강호에 사단이 일어나면 일 년에 두 번
도 열리고 있었다.
　이번 대회는 딱 삼 년 만에 열리는 대회였는데 강호의 흉사 때문은 아
니고 두 개의 문파 때문이었다. 바로 화산과 무당 때문인 것이다.
　두 문파는 공교롭게도 그 개파 시기가 거의 같았다. 둘 다 송조가 이
땅에 들어설 때 같이 개파를 했고, 지금껏 근 육십여 년 동안 그 명맥을
유지하며 세력을 키워왔다. 여타의 신생문파들과 비교도 안 되는 발전을
보여주었던 것이다.
　이젠 기존의 소림, 아미, 곤륜, 청성, 종남, 점창의 육대문파와 개방을
일컫는 육파일방의 세력에 버금가는 힘을 키웠는데 그러다 보니 자연스
럽게 거파선언(巨派宣言)에 관한 문제가 회자되었던 것이다.

　"거파선언?"
　조금 이해가 가지 않는 듯 호월이 되묻자 지강안은 입술을 씰룩거리며
어떻게 말해야 할지 생각하기 시작했다. 사실 거파선언이라는 것이 좀
말이 안 되는 것이긴 한 것이다. 그렇게 잠시 생각하다 다시 입을 열었
다.

　거파선언이란 명실상부한 대문파로의 도약을 세상에 고하는 것을 말
하는데 여기에는 몇 가지 조건이 있었다. 자잘한 여러 조건들이 있지만
사실 제일 중요한 것은 기존의 거대문파들에게 인정을 받는 것이었고,

그 부분에서 이 두 문파는 조건에 부합하고 있었다.

물론 어떤 문파든 스스로 거파선언이라 칭하지는 않는다. 그건 세인들이 불러주는 이름이고, 사실 문파 자체적으로 말한다기보다는 기존의 문파들이 예우해 준다는 것이 더 옳은 이야기였다.

그래서 거파선언은 자신들이 하는 것이 아니라 여타 문파의 장문인들이 연판장을 돌리며 서명을 하게 된다. 그렇게 되면 거파선언은 끝이 나게 되고 현 강호는 육파일방에서 팔파일방으로 바뀌게 되는 것이다.

지강안이 좀 멋쩍어하는 부분이 바로 이 부분, 연판장을 돌리는 부분이었다. 대관절 기존의 문파들이 무슨 권리가 있어 이렇게 하는지 모르지만 다 눈가림일 뿐이었다. 실상은 좀 달랐는데 그만큼 기존 문파들에게 주어야 하는 것들도 상당히 많았다. 어찌 보면 수단으로 이름을 얻으려 하는 것과 마찬가지인 것이다.

그래서 그들을 대신해 그들이 해야 할 일 중 꺼리는 일들도 대신 해주기도 했었다. 모르긴 몰라도 이 두 문파는 그간 많이 해왔을 것이 분명했다. 못내 지강안이 이 거파선언을 탐탁지 않게 보는 것도 이런 이유였다.

"그래도 그 두 문파들이 아직 무림에 뭐 하나 크게 한 것은 없지 않아요? 솔직히 거파선언이 된다는 것 자체가 전 이상해요. 무공과 세가 상당해진 것이야 두말할 것 없지만 무엇보다도 그들을 인정할 만한 명분이 없잖아요?"

얼굴 가득 인상을 쓰며 취소걸이 이야기를 하자 알아들을 듯했던 호월은 다시 복잡한 머리를 만들었다. 그렇다면 이미 다 이야기된 일이 아니라는 뜻인데 문득 사봉희의 목소리가 들려왔다.

“화산이야 그간 자신들이 개파한 곳에서 외적을 막아왔으니 관부의 도움준 것만 가지고 논해도 충분할 것이고, 무당이야 그간 고수들을 두루 배출하며 세인들의 관심이 높았잖아? 게다가 얼마 전엔 마교의 고수들을 상대로 정파의 기치를 드높인 자도 있다며?”

“아, 그 무당이협(武堂二俠) 말예요? 솔직히 그걸 어찌 믿어요? 우리 개방의 정보에도 긴가민가하는 일인데. 물론 그 당사자야 신원이 확실하고 대단한 사람이긴 해도… 근데 이름이 뭐더라?”

정작 그 이름이 생각이 안 나는지 취소걸은 곰곰이 생각에 잠겼는데 엉뚱한 곳에서 그 이름이 흘러나왔다. 조용히 있던 화산의 예당이 입을 열었던 것이다.

“일기협(一奇俠) 은옥당(溫玉儻)과 정일협(正一俠) 환안(奐安)이지요.”

“아, 맞다. 환안과 은옥당, 그들이다.”

확실히 거파선언에 관심이 있는 문파라 그런지 무당의 소식에 밝은 듯해 보였는데 왠지 두 문파 간의 묘한 경쟁심을 느끼는 것 같아 지강안은 쓴웃음을 지었다. 정보로 먹고사는 개방에서도 별로 중요하다 생각지 않는 것을 알고 있으니 말이다.

하나 한쪽에 있던 호월은 조금 다른 것에 주목하고 있었는데 은옥당이란 이름이 왠지 귀에 익었다. 다른 사람들이 각기 은옥당과 환안이란 사람들의 이야기를 하고 있는 동안 호월은 곰곰이 생각에 잠겼다.

“……!”

그러던 호월의 눈이 약간 커졌다. 이제야 그 이름이 생각났다. 어릴 때부터 자신이 수련했던 목검에 새겨진 이름인 것이다.

왠지 모르지만 그 은옥당이란 사람이 궁금해졌다. 무공을 가르쳐 준 연헌자가 준 검이니 두 사람은 분명 관계가 있을 터였다.

“허허, 이거 시간이 점점 늦어지는구나. 나이가 들면 잠이 많아진다더니. 이만 가보겠네. 젊은 사람들끼리 좀 더 이야기하시게나.”

문득 들려온 구량의 목소리에 호월은 퍼뜩 정신을 되찾았나. 구량은 자리에서 일어나 지강안에게 눈짓을 하는 중이었다. 자리를 피하자는 뜻인 듯했다.

“흠, 나도 젊은 편에 속하기는 하지만… 일 때문에 이만 일어서야 할 것 같소이다. 그럼 호 형께서는 편히 쉬시구려. 험험.”

괜한 헛기침을 하면서도 그의 눈은 취소걸의 술병을 향하고 있었는데 취소걸은 냅다 병을 끌어안으며 도끼눈을 떴다. 절대 이건 안 된다는 뜻인 것 같았다.

“치사한 놈. 간다!”

그냥 있으라는 예의 바른 목소리라도 기대했는지 지강안은 눈을 흘기며 문밖을 나서고 있었다. 그렇게 두 사람이 나가자 방 안이 조금 넓어져 이젠 모두 작은 다탁을 사이에 두고 앉게 되었다.

꽤나 어색할 만한 분위기였는데 문득 호월의 시선이 한쪽으로 향했다. 화산파의 예당에게 향한 것이다.

보통의 경우라면 그냥 인사만 하고 나가면 그만일 것을 일부러 지금까지 있는 것을 보면 뭔가 다른 할 말이 있는 것 같았다.

하나 뭐냐고 직접 묻기도 뭣해서 그냥 있었는데 그 시선을 눈치챘는지 예당이 일어섰다. 그리고는 바닥에 두 무릎을 꿇으며 고개를 숙였다.

“엉? 예 소저, 지금 뭐 하는 겁니까?”

“……”

취소걸과 사봉희는 어이없다는 눈으로 그녀를 바라보았다. 황당하기는 호월도 마찬가지였기에 그냥 그렇게 보고만 있었는데 그녀의 목소리가 들려왔다.

“이 자리에서 절 죽여도 좋고 분이 풀리실 때까지 때리셔도 좋습니다.”

“…….”

“다만… 기주로의 객잔에서 있었던 일은 잊어주십시오. 만일 그 일이
사문에 알려지면… 지금같이 중요한 때에 화산의 명예에 먹칠을 했다는
이유로 저와 사형들은 처벌받게 될 겁니다.”

“이봐요, 예당! 지금 그게…….”

순간적으로 화가 치밀어 오르는지 사봉희의 언성이 조금 높아졌는데
호월은 손을 들어 그녀를 제지했다. 그리고는 그녀를 향해 입을 열었다.

“하나만 묻지.”

“…….”

“괜한 사람에게 행패를 부린 것이 처벌받는다는 것인가? 아니면 누군
지도 모를 자에게 화산의 이름을 밝힌 네 명이 졌다는 것이 처벌받는 것
인가?”

“……!”

호월의 목소리에 예당은 몸을 살짝 떨었다. 강호에 대해 아무것도 모
르는 사람이 말하는 것치고는 너무나 예리한 질문이었다.

물론 전자 때문에 처벌받아야 하겠지만 실상 두 번째 이유로 처벌받는
게 옳다고 말할 수 있었다. 두 번째 경우로 처벌받는 경우는 봤어도 첫
번째 이유로 처벌받는 사람은 본 적이 없으니 말이다.

“그렇군. 네 뜻대로 하지.”

“감사… 합… 니다.”

어찌 되었든 호월은 그와 사형들을 살려준 은인이다. 그런 사람에게
거짓말을 하고 싶지 않기에 예당은 입을 꽉 다문 것이고, 호월은 대충 그
뜻을 이해하고 말을 한 것이다.

예당은 조용히 일어서 호월에게 허리를 숙였다. 그리고는 바로 신형을
돌려 방문은 나섰다.

“나참, 어이가 없으려니. 아니, 저 말이 지금 나오나? 누구 때문에 살았는데.”

“그러게 말이오, 누님. 진짜 황당하네.”

“……..”

두 사람의 반응에 호월은 그냥 그녀가 나간 방문을 바라볼 뿐이었다. 어찌 되었든 자존심을 굽히며 말하기는 쉽지 않았을 터였다. 그것도 무릎을 꿇으면서 말이다.

지금까지 호월이 들은 것을 토대로 추측하건대 문파라는 것에 대한 자부심은 다들 대단해 보였다. 그러니 돌이켜 생각하면 일개 낭인에 불과한 자신에게 졌다는 것이 원한으로 남을 수도 있을 것이란 생각이 들었다.

그래서 혹시나 해서 물어본 것인데 역시나였다. 하나 호월 입장에서는 신경 쓸 것도 없기에 그냥 그렇게 묻기로 결정했다. 어쨌든 지금은 저런 일로 신경을 빼앗기고 싶지 않았던 것이다.

“우씨, 확 먹읍시다. 마시고 싹 잊고 잡시다. 자, 호월 형님, 한잔하쇼!”

“별 희한한 이유를 다 갖다 붙이네. 먹고 싶으면 혼자 따라 먹어.”

어느새 잔에 술을 채워 호월에게 들이미는 취소걸에게 사봉희는 가늘게 눈을 뜨고 노려보고 있었다. 하나 취소걸은 이에 굴하지 않고 호월에게 잔을 내밀었다.

“받아요, 형님. 그리고 아까 보니 웃는 얼굴도 좋더만. 좀 웃어요.”

“그건 네 말이 맞다. 비록 쓴웃음 같기는 해도 보기 좋아요. 그러니 좀 웃어봐요.”

“……..”

갑작스런 두 사람의 말에 호월은 잔을 받으며 미간을 찌푸렸다. 둘 다 탁자에 손을 올린 채 얼굴을 들이밀며 호월의 웃음을 강요하고 있었다.

아무 말도 없이 그저 눈빛으로 ‘웃어봐’ 하고 말하는 것 같아 호월은 심히 난감했는데 결국 호월은 두 사람의 의도대로 입가를 움직였다. 이 황당한 사람들을 앞에 놓고는 호월도 별수없었던 것이다.

"훗."

피식하고 웃는 그의 모습을 보며 두 사람은 활짝 웃었고, 이어 서로가 잔을 부딪치며 득의의 표정을 지었다. 아마도 오기 전에 웃는 얼굴을 보자고 모의라도 한 것 같았다.

두 사람의 모습을 보며 호월은 고개를 좌우로 흔들었다. 그리고는 따라준 술을 입가로 살짝 가져가 입술을 적셨다. 나름대로 기념할 만한 일이긴 했다.

아마도… 그가 이렇게 웃은 것은 처음인 것 같았던 것이다.

◆ 第八章 ◆

동정호로 가는 길

“호호호, 아이, 공자님도 참.”

“큭큭, 요것이 아주 사람을 녹이는구나. 어서 이리 오너라. 크하하하!”

질펀한 사내의 목소리만큼이나 요염한 처자들의 행동이 보이는 이곳은 동정호 변에서도 한참 하류로 내려온 곳이었다.

장강의 거대한 줄기를 잡아 휘돌아 나가는 물줄기 속에 자리잡은 이곳은 언제든 동정호로 나가기도 좋았지만 그 나름대로 경관 또한 일품이었고, 게다가 다른 곳에 비해 인적이 상당히 드물었다. 유곽이 들어서기 위한 천혜의 조건인 것이다.

그렇기에 지금 강기슭을 따라 상당히 많은 유곽들이 눈에 보였고, 그 중에서도 단연코 눈에 들어오는 건물이 하나 있었다. 주변의 여타 유곽보다도 거의 배나 큰 건물로 화려한 홍등이 수십 개나 넘게 매달려 있었다.

그 거대한 유곽의 뒤편에 두 사람이 서 있었다. 오십대의 문사 같은 얼굴을 한 사람과 이곳의 기녀인 듯 짙은 화장을 얼굴에 한 여인이었다.

"틀림없는가?"

"분명합니다. 소림과 개방은 아직 아무것도 모르는 듯합니다. 나머지 육대문파와 곧 거파선언을 할 무당과 화산이 이미 연합했다는 증거들이 수하들로부터 보고되고 있습니다."

사내에게 깍듯한 경어로 이야기하는 여인은 나직한 목소리를 내었고, 사내는 묵묵히 고개를 끄덕였다. 잠시 그렇게 생각에 잠겨 있던 사내의 입이 열렸다.

"모두들 수고하는구만. 이 내가 다 미안해질 정도니."

"무슨 말씀이십니까? 비록 강호에서 미미한 존재로 여겨진다고 하지만 당당한 한 문파의 문주님이십니다. 그런 말씀 하지 말아주십시오."

"……"

도리어 당당한 여인의 목소리를 듣자 문주라 불린 사내는 쓴웃음을 지었다. 세월의 굴곡이 묻어나는 눈가의 주름 속에 허탈한 기운이 덧씌워지는 듯했다.

"이번이 기회입니다. 이제 저희도 당당히 한 문파로 자리매김해야 합니다. 그것이 비록 무간지옥의 위에 걸쳐진 썩은 줄을 건너는 일이라 해도 해야만 합니다. 문주님께서는 부디 마음을 단단히 하시길 바랍니다."

"허허, 이것 참, 맞소이다. 이 내가 양 당주보다도 한참 부족하게 느껴지는구려. 반드시 그리되야 할 것을……"

나직이 웃으며 그는 천천히 신형을 돌렸다. 그 모습은 마치 주위의 풍광을 살펴보는 듯했지만 그게 아니라는 것을 양 당주는 너무나 잘 알고 있었다.

"천 년의 한이옵니다. 이번에는… 이번만은 성공하게 될 것입니다. 이

양은화(揚恩花), 목숨을 걸고 말씀 올립니다."

스스로를 양은화라 칭한 여인도 말을 마치고 신형을 돌렸다. 이젠 그 끝을 향해 달려야만 할 때인 것이다. 뒤돌아볼 필요는… 전혀 없었다.

그렇게 여인도 떠나고 혼자 남은 사내는 쓸쓸한 미소를 지었다. 천 년의 한. 왜 그것을 모르겠는가? 하나 그만큼 힘든 일이 이것이며, 어쩌면 영원히 될 수 없을지도 몰랐다.

그것은 한 단체의 이름이었다. 그 이름을 세상에 각인시키고 밝은 양지로 끌어올리려는 노력을 지금 사내는 하고 있는 것이다. 하오문이라는 이름을 말이다.

"조사님들이시여, 부디 이 한평(漢平)에게 용기를 주시기를……."

사내는 하늘을 보며 한참 동안 움직이지 않았다.

*   *   *

"크어, 그렇지요. 그쪽 주변이 진짜 좋기는 하죠. 독한 화주를 마시더라도 그 풍광에 먼저 취하니 술에 취할 일이 없는 곳이죠. 암요."

"호호호, 지 대협께서는 정말 동정호를 잘 아시는군요. 맞아요. 상류도 좋지만 진짜 풍광은 하류가 좋지요."

"언제 한번 오세요. 꼭 저희가 모실 테니."

수양권협 지강안은 간드러지는 여인의 목소리에 얼굴 근육을 힘차게 움직이며 대소를 터뜨렸다. 이 같은 분위기에서 이 정도는 반드시 필요하다고 생각한 듯했다.

"크하하하, 비록 공사가 다망하지만 세 분 소저의 부탁이라면 가야지요. 내 반드시 갈 것입니다! 꼭이요!"

"정말이요? 그럼 저희도 꼭 기다릴게요. 언제든지 들러주세요."

지강안은 신념에 찬 목소리를 뱉어냈고 이에 화답하듯 하늘거리는 세 아가씨의 목소리가 이어지자 지강안의 입가에는 자연스러운 미소가 휘날리기 시작했다. 그야말로 천국이 따로 없었다.

그러나 그 뒷편에선 정반대의 시선이 있었으니 그건 다름 아닌 사봉희의 얼굴이었다. 그녀는 가뜩이나 큰 눈을 도끼 형태로 만들며 툭 뱉었다.

"어이구, 눈에서 빛이 다 나네. 무공할 때나 좀 그렇게 할 것이지."

"누님도 참, 아, 지 형이 언제 무공이 달리기라도 하요? 무공할 때도 눈빛 좋더만 뭐."

"이 자식이 꼴에 사내라고 너도 침 흘리냐. 엉! 쥐방울만한 게 벌써부터 색을 찾아!"

"누, 누가 색을 찾는다고 그래요! 아, 진짜 황당하네. 안 그래요, 호월 형님?"

"……."

취소걸은 내심 지강안을 부러워했는지 괜히 입을 열다 사봉희에게 꼬투리를 잡힌 것이었는데 무안한지 뒤를 향해 입을 열었다. 제일 마지막에 걸어오는 호월을 향해서였다.

하나 호월은 역시 그답게 말없이 걷고만 있었고 새로 구입한 죽립 때문에 무슨 표정을 짓는지도 알 수가 없었다. 취소걸은 한숨을 폭 쉬며 그냥 앞으로 시선을 돌렸다.

옆에선 사봉희가 입에서 침을 튀기며 색을 밝히는 남자의 위험함과 그 사회적 파장을 토해내고 있건만 취소걸의 귀에는 전혀 들어오지 않았다. 그저 왜 오늘 아침 자신이 저 세 낭자의 곁에 서지 못하고 여기 사봉희의 옆에 있기로 했는지 땅을 치고 후회하고 싶은 심정이었다.

일행은 지금 관도를 걷고 있었다. 원래는 호월 혼자 가려 했으나 여기에 일행이 붙었다. 사봉희와 자신이 별의별 핑계를 다 대가면서 반드시 따라붙으려 했는데 여기에 또 한 명이 붙었다.

그것이 지강안이었다. 지강안은 어차피 강남서로로 가는 길이고 강호에서 싸돌아다닌 경험이 많기에 길눈이 밝다고 하여 같이 가게 되었는데 문제는 저 세 여인이었다. 조금 황당한 이유로 같이 오게 된 것이다.

"내 반드시 이야기하지만 넌 어른 되면 절대 여자……."

"후우."

옆에서 사봉희의 살인적인 수다가 계속되고 있건만 취소걸은 한숨 한 번 길게 내쉬며 이를 사전에 봉쇄하고는 기억을 더듬기 시작했다. 대관절 왜 자신이 사봉희 옆에 있는지 다시금 반성하기 위해서였다.

"그래서 전 가야 합니다."

"설마 그게 말이 된다고 생각하는 건 아니지?"

굳은 얼굴로 입을 다문 취소걸을 향해 구량은 눈을 흘기며 입을 열었다. 지금까지 구구절절하게 말한 것이 모두 다 '호월을 따라가야 하는 자신의 타당한 이유'라 하지만 그중 구량이 보기에 타당한 것은 하나도 없었다.

일단 사봉희는 아무 말 없이 그냥 따라간다고 했는데 솔직히 사봉희는 개방의 사람이지만 개방 분타에 소속된 것이 아니었고, 방주의 말만 듣는 존재였다. 그러니 구량이 그녀를 말릴 명분은 없었다.

하지만 취소걸은 달랐다. 비록 그 역시 장로의 제자이기에 구량이 이래라저래라할 수는 없었지만 취소걸은 그의 사부인 환우 장로가 직접 그에게 사람 좀 만들어달라고 맡긴 녀석이었다. 충분히 상관할 명분이 되는 것이다.

"호 대협이 초출이기에 길을 모른다는 것은 희아가 따라가니 될 일이고, 어쩌면 복수심을 지닌 이두경의 공격이 있다 해도 너보다는 무공이 뛰어난 봉희가 더 나을 것 같은데 어째서 그게 타당한 논리이지?"

"백지장도 맞들면 낫다고 합디다. 설마 분타주님께서는 연약한 여인에게 모든 짐을 지우는 그런 분이셨나요?"

"……."

연약? 짐을 지워? 천하의 사봉희에게 이런 소리를 하다니 확실히 취소걸은 대답이 궁한 모양이었다. 그때였다. 약간 걸지면서도 호탕한 목소리가 들려왔다.

"크하하, 구 분타주님, 그러지 마시고 보내주십시오. 그대로 놔두다가는 내내 어르신의 귀가 따가울 것입니다. 말 많은 이놈이 그냥 있을 리가 없지요."

"거, 지 형, 오랜만에 옳은 소리 하시오. 정말… 흠흠!"

"으으음."

들려오는 지강안의 목소리에 구량은 미간을 찌푸렸다. 솔직히 취소걸의 심정을 모르는 바는 아니었다. 자신이라도 얼마 전에 다친 상처가 아니라면 당장 그를 따라갔을 터였으니.

호월에게는 묘한 구석이 있었다. 무뚝뚝하고 말을 아끼는 사람이지만 왠지 사람을 기대게 하는 그런 감정이 들게 한다. 지금 방주를 맡고 있는 신걸도 조금 그런 편이지만 정도로 따지자면 호월이 더했다.

그러나 못내 장로와 한 약속을 생각하며 한숨을 쉬었다. 아무래도 안 될 것 같은 것이다.

"정 그러시다면 이 녀석의 신병은 제가 맡겠습니다. 마침 저 역시 방주님께서 호출하셨기에 대회장으로 가려던 참이었습니다."

"오, 그런가? 그렇다면 좀 이야기가 되지. 알겠네."

사람 좋은 미소를 지으며 구량은 웃었고, 취소걸은 귀밑까지 입이 째졌다. 드디어 자신도 강호로 나갈 수 있게 된 것이다.

거기까지였다. 그의 기억 속에서 기분 좋게 생각된 그 순간은 딱 그때까지뿐이었다. 그리고 이어지는 기억 속에서 이 고통을 당하게 된 순간이 새록새록 떠올랐다.

"호월, 지금 어딜 보는 거……!"

한참 객잔 일층에서 향후 일정을 논의하던 사봉희는 아까부터 딴 곳을 바라보고 있던 호월을 보고 의아한 시선을 날렸다.

강호에 처음 나왔다 하니 아는 사람도 없을 것인데 궁금증에 그의 시선을 따라 고개를 돌리던 사봉희의 눈썹이 순식간에 치켜져 올라갔다. 호월의 시선이 향하는 방향에는 짙은 화장을 한 여인들이 있었던 것이다.

그녀들은 계산대의 주인과 뭔가 대화를 주고받고 있었다. 왠지 뭔가 사정을 설명하는 듯 가녀린 표정을 한껏 짓고 있었는데 분명 호월은 그녀들을 뚫어져라 바라보고 있었다.

"오호라, 이거야 호월 형님에게 이런 면이 있을 줄이야. 한데 형님, 너무 노골적인 거 아뇨?"

치미는 노화로 인해 가슴을 크게 울렁이고 있는 사봉희를 보며 취소걸은 기회는 이때다 하고 입을 열었다. 아마도 취소걸에게 사봉희는 틈나면 박박 속을 긁어놔야 하는 존재인 것 같았다.

"이 조그만 자식이, 진짜 오늘 죽고 싶나!"

결국 사봉희의 입에서 버럭 소리가 들려왔고, 취소걸은 손을 들어 올려 머리통을 방어하면서 웃었다. 하나 사봉희의 손은 내려오지 않았다. 계산대에서 들린 욕지거리 때문이었다.

"아니, 이것들이 어디서 장사를 방해하려고 그래! 빌어먹을 화냥년들,

당장 못 나가!"

계산대의 주인은 버럭 소리를 지르며 주먹을 허공에 치켜들었고, 세 명의 여인은 흠칫한 표정을 지었다. 설마 이런 대우를 받을지는 몰랐던 듯했다.

하긴 아무리 몸을 팔아 사는 사람들이라 하지만 대놓고 그런 말을 한다는 것은 조금 어긋난 행동이었다. 더구나 이렇게 사람들이 많이 있는 곳에서 커다란 소리로 내뱉은 것은 조금만 생각이 있는 사람이라면 눈살을 찌푸릴 만한 일이었다.

한데 이 객잔의 사람들은 이런 일을 자주 봤는지 그저 실실거리며 주인과 여인들을 바라보고 있었고, 누구 하나 뭐라 하질 않았다. 타지에서 온 일행 같은 사람들이 이상하게 생각할 정도였다.

"우린 그저 잠시 쉬러 온 것뿐입니다. 차 한 잔 마시고 바로 떠날 테니 너무 그러지 마십시오."

문득 한 여인의 입에서 여린 목소리가 흘러나왔는데 고운 얼굴만큼 참으로 잘 어울리는 목소리였다. 그러나 주인장의 귀에는 좋게 들리지 않은 것 같았다.

"쉬어? 이곳에서 쉰다고? 그 몸뚱이 굴려 돈 몇 푼 챙겨갈 생각이겠지. 내가 너 같은 년들을 한두 번 본 줄 알아! 치도곤을 치기 전에 당장 안 나가! 너희 같은 년들 때문에 우리 주루 평판 떨어져!"

기어이 내쫓아야 되겠다는 듯 주인은 우락부락한 얼굴을 벌겋게 물들이며 소리쳤고, 뭐 던질 게 없나 주위를 둘러보고 있었다. 그 서슬에 세 명의 여인은 뒤로 한 걸음 물러나며 소리쳤다.

"정말 너무하시는군요! 저희가 뭘 어찌했다고!"

"상화(想花)야, 되었다. 우리가 가면 된다. 그만 떠나자꾸나."

"홍화(紅花) 언니! 그게 무슨 말씀이에요! 이대로 가면 너무 억울하잖아요!"

"너희들은 이런 일이 있을 때마다 싸울 생각이냐. 어서 가자. 갈 길이 멀다."

홍화라 불린 여인은 두 여인을 다독이며 신형을 돌리려 했는데 그때였다.

콰아앙!

"가긴 어딜 가요! 당장 게 서요!"

커다란 소리와 함께 앙칼진 목소리가 허공에 울려 퍼지자 세 여인의 신형이 일제히 돌아섰다. 그리고는 눈을 크게 떴다.

긴 줄 하나가 자신들의 앞에 뻗어 있었는데 그 끝이 계산대에 닿아 있었다. 아니, 그냥 닿아 있는 게 아니고 반쯤 파묻혀 있었다. 커다란 소리는 이 줄이 계산대를 반쯤 부수는 소리였다.

그 끈의 반대편에 한 여인이 서 있었다. 상당한 미모를 소유한 그 여인은 한기를 있는 대로 피워 올리던 사봉희였다.

파각. 피피피핑! 카칵!

멋들어진 동작으로 자신의 채찍을 회수하며 사봉희는 앞으로 걸어나갔다. 그리고는 주인에게 눈 한 번 부라리고는 홍화라 불린 여인의 손을 잡았다.

"저, 소, 소저!"

"저 인간 두 번 다시 당신들에게 그런 말 하지 못할 테니 어서 따라와요. 차 한 잔 마시는데 뭐가 그리 필요해! 엉!"

조용히 잘 말하다가 다시 욱하는지 그녀는 막판에 다시 주인을 향해 소리쳤고 주인은 사색이 된 얼굴로 몸을 움츠렸다. 사봉희는 그제야 여인들의 손을 잡고 자신의 자리로 돌아가기 시작했다. 얼떨결에 세 여인은 사봉희를 따라 호월 일행의 다탁으로 모이게 되었다.

"호오! 고운 자태만큼이나 이름도 참으로 아름다우시군요. 홍화, 청화(靑花), 상화라… 이거 제가 눈을 어디에 돌려야 할지 난감합니다."

"사형이 대관절 분타주로 있으며 뭘 했는지 심히 의심스럽군요. 어디 유곽이라도 운영하셨나요?"

싸늘한 사봉희의 목소리에 지강안은 겸연쩍게 웃으며 식은땀을 흘렸고, 취소걸은 옆에서 낄낄거리며 웃었다. 그나저나 참 대단한 여인들이었다.

무공을 익힌 취소걸 자신도 혼자 움직이려면 망설여지는데 이 여인들은 지금 동정호 변 하구로 가고 있다 했다. 힘없는 세 여인에 용모가 이 정도라면 지금까지 몸 온전히 온 것이 더 신기할 정도였다.

비록 송 왕조가 이젠 자리가 잡혀 치안이 많이 좋아졌다고는 하지만 계속된 기근에 민심은 점점 흉흉해졌고, 이에 농사를 팽개치고 유민이 속출하는 세상이었다. 그 유민 중 대부분은 산적으로 흡수되고 말이다.

관도라고는 하나 인적이 별로 없으면 험한 산길과 별다를 바 없었다. 기주로에서 이곳까지 세 사람만 오는데 지금껏 무탈하게 왔다면 그건 정말 천신의 가호나 다름없었던 것이다.

"흐음, 마침 잘되기는 했네요. 우리도 지금 동정호로 가는 중이기는 한데 혹 도착해야 할 기일이 정해져 있나요? 저희는 앞으로 한 달여 후에 도착하도록 넉넉히 일정을 잡아서요."

"정말인가요! 그럼 죄송하지만 부탁드릴게요. 사실 저희만 길을 가다가 낭패볼 뻔한 것이 한두 번……."

"청화야! 이 무슨 결례냐! 이렇게 목을 축인 것만도 이미 은혜를 입은 것이다."

상당히 어려 보이는 청화란 여인이 반색하며 입을 열자 홍화의 단호한 음성이 들렸다. 생각보다 예절 교육을 많이 받은 듯했는데 왠지 이 세 여인은 그저 일반 기녀와는 조금 달라 보였다.

"뭘 그런 걸 가지고 결례라 하나? 처음 보는 여자에게 고개까지 돌리며 넋 빠진 인간도 있는데……."

"키킥!"

사봉희의 목소리에 취소걸은 결국 어깨를 들썩이며 웃었고, 지강안은 헛기침만 해대었다. 하나 정작 얼굴 붉어져야 할 호월은 아무런 미동도 없었다.

"나도 별문제는 없어 보이기는 하는데… 그럼 문제는 호월뿐이군요. 요놈이야 일행이 누군지 신경 쓸 놈이 아니니… 어떻게 할래요?"

조금은 시큰둥한 표정이었지만 내심 그녀의 관심은 온통 호월의 대답에 쏠려 있었다. 호월은 그녀의 질문에 조용히 입을 열었다.

"그렇게 하지."

"……."

혹시나 했지만 호월의 대답은 그녀의 생각대로였다. 문득 그녀는 처음 호월을 만난 날을 생각하며 이를 부득부득 갈았다.

솔직히 얼굴도 자신이 더 이쁘다고 생각하고 있건만 그날 분명히 자신을 소 닭 보듯 했었다. 한데 제법 치장 좀 한 여자들에게는 눈이 홱 돌아간다라…….

"하하핫, 그럼 결정되었군요. 걱정 마십시오. 이 지강안이 낭자들을 안전하게 모시겠습니다."

아주 신이 난 듯 지강안은 웃으며 소리쳤고, 그 말에 취소걸도 입을 열어 한마디 거들려고 했다. 하나 갑자기 느껴지는 강한 힘에 움찔하며 입을 닫았다.

"넌 나를 모셔야지? 응?"

"……."

커다란 눈을 흘기며 사봉희는 애꿎은 취소걸에게 불변한 심기를 표출했는데 취소걸은 아니라고 대답하고 싶었지만 그럴 수가 없었다.

치켜뜬 그녀의 눈 속에서 보이는 것은… 활활 타오르는 살기 어린 불빛이었던 것이다.

취소걸은 자신도 모르게 고개를 끄덕였고, 그것이 기억을 돌이켜 가장 후회스러운 순간이었다.

"애구, 죽어도 고개를 흔들었어야 했는데……."

"웅? 뭐라고?"

"아, 하하하, 아니오, 누님. 그런 게 있소."

취소걸은 그저 얼버무리며 계속 걷고 있었는데 문득 이상한 느낌에 신형을 돌렸다. 그리고는 호월의 모습을 보며 의아한 표정을 지었다.

"호월 형님, 안 가요? 왜 거기서 그러고 있소?"

"뭐?"

사봉희까지 고개를 돌리고 있었는데 잘 따라오던 호월은 꽤나 멀리 떨어져 있었다. 아마도 움직이지 않은 지 꽤 된 듯했다.

그렇게 잠시 있던 호월은 바로 움직이기 시작했는데 그 모습에 취소걸은 어깨를 으쓱했다. 당최 속을 알 수 없는 인간이니 뭔 일인지는 그만이 알 테니 말이다.

"별것 아닌가 보네. 그나저나 길을 오면서 좀 이상하네. 말도 더 없어지고……."

중얼거리며 취소걸은 다시 신형을 돌려 걷기 시작했는데 사봉희는 웬일인지 다가오는 호월을 바라보고만 있었다.

"……."

그러고 보니 과연 호월의 행동에 조금씩 이상한 점이 보이고 있었다. 이렇게 잠시 멈추는 것뿐만이 아니라 항상 제일 뒤에서 오고 있었다. 절대 길을 몰라 그런 것이 아닌 뭔가에 주의를 한껏 집중시키는 모습이었다.

저 삼화들 때문이라고 생각했었는데 이제 보니 그게 아니었다. 호월은 지금 뭔가를 느끼고 있는 것 같았다.

"얼래? 이젠 누님도 안 가요?"

"사람이 정이 있지 혼자 가냐! 데려가야지."

"풋, 지금 서방 챙기는 아낙네 흉내 내려는 거요?"

"너 지금 너무 오래 살았다고 내게 말하는 거냐!"

파아앙!

결국 사봉희의 허리춤에서 긴 채찍이 튀어나왔고, 취소걸은 있는 힘을 다해 도주하기 시작했다. 삼화와 지강안은 동그란 눈을 만들며 그들의 신형을 쫓았다.

*　　　　*　　　　*

"오냐, 이 개자식들! 당장에 끝을 내주마!"

"경거망동하지 마라. 그 얼굴을 만들고서도 느끼는 것이 없나? 모든 것은 예정대로 움직인다."

사위가 어두운 관도 옆 숲 속에서 두 사내는 서로를 향해 조용히 입을 열었다. 한 사내는 맨얼굴을 드러내고 있었고, 다른 사내는 얼굴까지 복면을 쓰고 눈만 내놓고 있었다.

"경거망동? 네 눈에는 내 얼굴이 보이지도 않나? 그런데 그냥 놔두라고!"

"멍청한 소리 하지 마라, 이두경. 지금 우리에게 중요한 것은 저 호월이란 놈의 목숨이 아니라 계집들이 가지고 있는 연판장이다. 우리가 이곳에 온 목적을 잊지 마라."

이두경. 한때 잘생긴 얼굴로 뭇 여인들을 희롱하고 다녔던 그의 얼굴은 이미 엉망이었다. 앞니는 세 개나 빠져 버렸고, 콧등은 부러져 콧날이 이상하게 휘어져 있었다. 예전의 번듯한 모습은 눈을 씻고 찾아봐도 보이지 않았던 것이다.

"목적? 웃기지 마라! 난 이두경이다! 백면호리 이두경이 내 얼굴을 이렇게 해놓은 놈들을 보기만 하라… 커억!"

"이해를 못하는구나, 이두경. 꼭 손을 써야 알아듣나?"

외마디 비명을 지르며 이두경은 목을 부여잡았다. 아니, 정확하게는 그의 목이 아니라 목을 부여잡은 복면인의 손을 부여잡은 것이다. 너무나 빠르고 정확한 일격에 방어할 사이조차 없었다.

"솔직히 회주님께서 왜 너 따위 놈을 사용하는지 그것도 난 화가 난다."

"컥, 크륵!"

힘껏 발버둥 치지만 그는 복면인의 손을 벗어날 수가 없었다. 점점 머리가 멍해져 가면서도 복면인의 목소리는 똑똑하게 들려왔다.

"어이없게 계집년의 엉덩이를 쫓아 은잠수(隱潛手) 중 반이나 잃어버린 네놈의 짓을 생각하면 당장이라도 죽이고 싶다만……."

"커륵, 그르륵!"

"회주님의 말씀이 계셨으니 참겠다. 그러니 시킨 대로 해."

"아칵, 칵!"

괴상한 소리를 내며 이두경은 고개를 아래위로 흔드는 시늉을 했고, 그제야 복면인의 손아귀에서 힘이 빠졌다. 이두경은 땅바닥에 주저앉으며 가쁜 숨을 들이켰다.

"그럼 좋은 결과 있기를 바란다, 이두경."

감정이라고는 전혀 실리지 않은 목소리가 들려왔고, 이어 그는 신형을 돌렸다. 그리고는 어둠 속으로 신형을 숨기며 사라져 갔다.

"쿨럭, 컥, 후우, 이 죽일 놈! 감히……."

이두경은 그가 사라진 곳을 바라보며 눈에서 새파란 살기를 피워 올렸다. 하지만 당장 그가 할 수 있는 일은 아무것도 없었다.

"언젠가… 는 반드시 네놈을……."

기어이 입을 열어 소리를 낸 이두경은 이를 꽉 깨물었다. 오로지 그의 머리 속에 드는 생각은 두 눈뿐이었다.

복면인의 두 눈. 그 미간 사이에 찍힌 아주 작은 점만이 머리 속에 각인되고 있었다.

2

타탁! 탁!

타오르는 모닥불을 사이에 두고 호월 일행은 둥그렇게 모여 앉았다. 제각기 모여 조그마한 목소리로 이야기를 나누고 있었는데 어차피 대회까지는 아직도 두 달 가까이 남았으니 급할 것도 없었다.

그러니 자연스럽게 이야기도 부드럽게 진행되었는데 호월은 그들과의 대화에는 별 관심 없었다. 하지만 세상사가 다 그의 뜻대로 되는 것이 아닌지라 그에게 누군가의 질문이 향했다.

"그럼 호월이란 분의 사문은 어디시죠? 다른 분들은 다 개방의 분들인 것 같은데?"

삼화 중 제일 어려 보이는 청화가 입을 열자 갑자기 주위에 징직이 흐르기 시작했다. 그러고 보니 호월의 사문조차 알지 못했던 것이다.

"그러고 보니 정말 궁금하기는 하네요. 호월 형님은 대체 어디서 그런 무공을 익혔나요? 일견하기에도 상당한 무공을 익히신 듯한데……."

뒷말을 흐리며 취소걸은 살짝 물어왔다. 솔직히 취소걸도 여기저기 들은 것, 본 것들이 좀 많아서 어디 가면 아는 체 좀 하는 편이었으나 도저히 호월의 무공은 알 수가 없었다. 그저 빠른 연격을 사용하고 손이든 발이든 혹 숨겨져 있는 쌍검이든 끊임없는 공격을 한다는 것 정도였다.

어쨌든 본인이 밝히지 않는 한 먼저 강요하는 것은 실례이기에 조심스럽게 물은 것인데 호월은 묵묵히 타오르는 불꽃만 바라보고 있었다. 그러다 입을 열었다.

"그냥… 무당과 관련이 있다고 해두지."

"무당?"

사봉희는 조용히 되뇌며 눈을 반짝거리다 고개를 갸우뚱거렸다. 도저히 무당의 무공과 비슷한 것이 하나도 없었던 것이다. 뭔가 더 알 수 있다면 어렴풋이나마 알 수 있을 것 같았지만 호월의 대답은 그게 다였다.

호월의 입장에서는 망일곡의 이야기를 해야 되는 것이고, 그러자면 여러 복잡한 사정들을 구구히 설명해야만 했다. 그 과정이 말하기가 좀 그래서 입을 다문 것이다.

"흠, 그래서 무당으로 가는 건가? 그럼 그건 그렇고, 한 가지만 더 물어봐도 돼요?"

"……."

초롱하게 빛나는 눈동자를 지닌 채 취소걸이 물어오자 호월은 그를 향해 고개를 돌렸다. 취소걸은 씨익 웃으며 입을 열었다.

"왜… 그 복면인들 있잖아요? 그날 봤던 두 사람, 권장을 쓴 사람과 자색의 검을 쓴 사람… 아는… 사람들인가요?"

"……"

역시나 복잡한 질문이었다. 대답을 하고 싶어도 이것 역시 어디서부터 이야기해야 될지 모를 질문이었다. 잠시 생각하다 호월은 입을 열었다.

"그들은 모른다. 하나 그자가 가지고 있던 자색의 검은 알고 있다. 내가 회수해야 할 검이 바로 그것이다."

"……?"

사봉희와 취소걸은 동시에 의아한 표정을 지었지만 역시나 호월의 대답은 거기까지였다.

궁금한 것은 죽어도 못 참는 성격이라 취소걸은 다시 입을 열려 했는데 그보다도 먼저 들린 목소리가 있었다. 지강안의 목소리였다.

"그 권력이 상당하다는 복면인 말이냐? 대관절 어느 정도인지 정말 궁금하구나. 한번 꼭 붙어보고 싶은걸?"

"아서요, 형님. 그자의 권력은 거의 군더더기가 없었어요. 호월 형님이 아니라 나나 누님이 당했다면 피하지도 못하고 나뒹굴 정도였어요. 게다가 얼마나 정확한데요. 권력이 미치는 범위도 작으면서 강하고……"

취소걸은 손을 휘휘 저으며 입을 연 그때, 지강안의 오른손이 허공으로 뻗더니 손바닥을 보이게 쫙 펼쳤다. 그리고는 순간적으로 주먹을 꽉 쥐었다.

파아앙!

"이렇게?"

"……!"

중앙에 피어오르던 모닥불이 비명을 지르는 듯 허공으로 크게 비산했다. 정확히 불꽃 윗부분만 타격해 허공으로 흩어버리는 그 모습은 비록 호월이 겪은 것과는 달라도 상당히 유사했다.

"우와, 지 형님, 이제 보니 상당히 많이 늘었네요. 놀고 있던 것은 아닌가 봐요?"

"팔성까지 익히셨나요? 사형, 다시 봤어요."

취소걸과 사봉희는 작은 감탄사를 내었다. 확실히 지금의 한 수는 만만히 볼 것이 아니었는데 내력의 폭발점을 정확히 불 위로 조정한 것이다.

강한 힘으로 밀어붙인 복면인과는 좀 달랐지만 이 방법 역시 보통 수법이 아니었다. 지강안은 씨익 웃으며 삼화에게 멋진 미소를 날렸다. 그때였다.

"다시 해볼 수 있나?"

"……."

들려오는 호월의 목소리에 지강안은 눈을 꿈틀거렸다. 건너편의 호월이 자신을 향해 물어오고 있었다.

내력의 운용, 그 실마리로 삼았던 모습을 본 기분이었다. 몸 안에 흐르는 기운을 순간적으로 응집시켜 몸 바깥으로 밀어내는 것이 기본적인 방법 같았다.

심상인에서 느껴지는 것을 비교해도 맞는 것 같았는데 강한 양강의 힘이 순간적으로 모여드는 것이 느껴졌다. 정말 놀라운 속도였다.

만일 지강안을 실전에서 적으로 만난다면 지금의 호월로서는 버거운 상대였다. 미리 기운을 감지하고 피할 수는 있겠으나 역공을 한다는 것은 상당한 위험 부담을 안아야만 할 것 같았다.

아니, 그렇다 해도 호월은 덤비기는 했을 터였다. 조금이라도 자신의 무공을 올려야 할 실마리를 찾기 위해 그 정도의 위험은 감수할 생각이었다.

"보여주는 것이야 별로 어렵지 않은데… 왠지 텅 빈 하늘로 때려낼 생각을 하니 기분이 좀 그렇구만. 잠깐 내 상대가 되어준다면 이것뿐만이 아니라 다른 것도 보여줄 수 있는데……."

말끝을 흐리며 지강안은 호월의 눈치를 살폈다. 그리고는 미간을 좁혔는데 호월이 일어서고 있었다. 쓰고 있는 죽립을 벗어 땅에 내려놓고는 서서히 어디론가 향했다.

이곳은 관도에서 조금 떨어진 이름 모를 관제묘였다. 지강안이 예전에 몇 번 이용해 본 곳이라 해서 따라온 것인데 생각보다 공터도 있고 불 피운 흔적도 한구석에 따로 있는 것이 괜찮은 곳이었다.

그 공터의 한쪽에 호월이 섰다. 그리고는 피풍의를 벗으며 몸을 살짝 풀었다.

"좋아! 그렇다면 한번 해보자구!"

호월의 행동에서 승낙이란 확증을 얻은 지강안은 하얀 이를 드러내며 호월의 앞으로 달려갔다. 나머지 사람들은 흥미 어린 표정으로 바라보고 있었는데 지강안의 심사는 정말 기분 좋아 미칠 것만 같았다.

사실 호월의 무공을 말로만 전해 듣고는 한번 겨루고 싶어 죽을 지경이었다. 빠른 신형에 예상치 않은 공격들이 나오고 거기에 강호에서는 드물게 쌍검을 사용하는 데다 신법도 처음 본 것이라니 어찌 해보고 싶지 않을까?

어떡하면 한판 해볼 수 있을까 고민하던 참에 좋은 기회였다. 그는 내력을 일주천시키며 호월을 향해 입을 열었다.

"듣기로는 검을 쓴다고 하던데… 맨손으로 싸울 셈인가?"

"지금은……."

들려오는 호월의 목소리에 지강안의 눈이 일순 험악하게 변했다. 아무래도 자신을 얕보는 듯한 호월의 말에 기분이 상한 것이다.

"딴 건 몰라도 자신감 하나는 인정하지. 어디 그 입심만큼이나 대단한지 확인해 볼까!"

타타탓. 파아앙!

허공을 나는 한 마리의 독수리처럼 공중에서 양손을 활짝 벌린 채 지강안은 호월에게 날아갔다. 그리고는 양 손바닥을 활짝 펼쳤는데 어느새 그 손에는 하얀 기가 넘쳐흐르고 있었다.

"찻!"

파팡!

땅에 내려서자마자 양손을 앞으로 힘껏 밀어내며 장력을 날린 지강안은 호월의 대응을 살폈다. 한데 실망스럽게도 호월은 그저 뒤로 물러서고만 있었다.

양손을 가슴께로 끌어 올린 채 조용히 정면만 바라보고 있었는데 문득 호월의 양손도 지강안처럼 좌우로 길게 펴졌다. 그와 함께 공기를 가르는 파공성이 들려왔다.

파가강!

팔목에 찬 수갑으로 내력을 퉁겨낸 듯했는데 지강안은 눈썹을 한 번 꿈틀거리고는 호월을 향해 모로 섰다. 그리고는 양손을 앞뒤로 쫙 벌린 채 입을 열었다.

"뭔가 다른 생각이 있는 것 같군. 그러나 지금 이 순간은 나에게 주의를 집중하는 게 좋을 거야. 차아앗!"

우우웅!

꽤나 멀리 떨어져 있지만 호월의 귓가에 공기의 파동이 들릴 정도로 지강안의 힘은 상당했다. 그는 호월을 노려보면서 앞쪽에 있던 왼손을 머리 위로 들어 올렸다.

허리를 틀며 오른손을 앞으로 크게 내뻗으면서 쫙 뻗은 오른손을 슬쩍 떨고는 주먹을 꽉 쥐었다.

파아앙!

강력한 내기가 담긴 권력이 호월을 향했고, 호월은 두 눈을 부릅뜨며 양손을 가슴에서 교차시켰다. 피할 수도 없는 속도였다.

쩌어엉! 타타탓!

양팔이 저릿하게 울릴 정도로 강한 충격에 호월은 뒤로 서너 걸음 움직였다. 이것이었다. 좀 전에 봤던 지강안의 권력이 바로 이것인 것이다.

"용섬권(聳閃拳)! 대체 사형이 어느새 저런 경지까지……."

지켜보던 사봉희의 입에서 놀란 목소리가 나왔다. 지강안의 무공이 마지막으로 봤을 때보다 한층 진일보한 것이다.

사실 지강안은 그저 무공을 좀 해서 분타주 자리 하나 꿰찬 사람이 아니었다. 신걸 표우등이 어쩌면 자신의 후계자를 택해야 한다면 주저없이 그를 택하겠다고 공공연하게 떠들 정도로 보통 실력이 아니었다.

언제나 짐짓 호탕한 듯 떠들고 다니지만 실상 아주 냉정한 사람 중의 하나였다. 어릴 때부터 봐온 사봉희이기에 잘 알고 있었는데 오히려 그 성정에 비해 무력이 별로라고 생각될 정도였으니 말이다.

한데 이젠 그렇지 않았다. 자신의 진실한 성격과 무공 모두 껍질 속에 넣고 숨겨왔던 지강안이지만 용섬권을 시전할 수 있다면 이젠 강호의 누가 와도 승부를 걸 만한 정도였다.

용섬권은 하나의 권법이라기보다는 변용된 모습을 말했다. 원래 용화십결(勇火十訣)이라는 극양의 무공이 그 원류인데 이를 십성 이상 수련하면 나오는 경지였다.

통상적으로 위력이 강한 무공은 속도가 떨어지는 결점이 있었다. 그건 그만큼 많은 시간을 들여 내력을 축적해야 하기 때문인데 이 용섬권은 그렇지가 않았다. 짧은 시간에 내력을 모아 바로 쳐내기에 막아내기기 쉽지 않았다.

하나 그만큼 수련하는 과정은 고되다는 말로는 채 표현이 되지 않을 정도로 힘들었다. 온몸의 내력을 빠르게 치돌렸다 되돌렸다를 반복하니 잘못하면 주화입마의 위험도 있었던 것이다.

"근데 누님, 그걸 막아내는 호월 형님은 대체 뭐요?"

"……."

옆에서 중얼거리는 취소걸의 목소리에 사봉희는 그저 꿀 먹은 벙어리가 되어 있었다. 특이하고 훌륭한 움직임을 보여주지만 그게 호월이 가진 모든 것이라 생각했었다. 사실 내력 면에서는 그다지 대단하지는 않을 것이라 생각했었다.

한데 지금 호월은 근 대여섯 개의 장력을 피하지 않고 정면으로 막아내고 있었다. 그러면서도 처음과 같이 뒤로 밀려나기는커녕 앞으로 조금씩 다가서고 있었다. 도무지 믿기지 않는 사실이었다.

알 것 같았다. 비밀은 저 보이지 않는 작은 내력의 끈, 그것으로 타격점을 조절하는 것이 지강안의 권력이었다.

그냥 보이지 않는 기운만 내보내는 것이 아니라 그 중간에 실같이 이어진 진기들이 느껴졌다. 그 기운이 끊어지는 순간이 내력이 폭발하는 시점이었다. 호월은 그걸 눈치챈 것이다.

몸의 기운을 끌어올려 쳐내는 것. 그 운용 자체는 그다지 힘든 것이 아니지만 그건 쉬운 일이 아니었다. 그래서 호월은 방법을 달리해 우선 방어부터 하기 시작했다.

조금씩 앞으로 나가는 것은 그 이유에서였다. 순간을 노려 오히려 앞으로 나감으로써 내력의 폭발점을 살짝 비껴 나갔던 것이다. 하나 그것만으로는 부족했다.

이 싸움을 하는 이유는 그의 무공에 조금이라도 도움을 받기 위해서였다. 특히나 공격시에 사용할 수 있는 내력의 발출, 그것을 위해 싸우고 있는 것이다.

그의 내력은 음유의 내력, 저 지강안의 순수한 양강과는 정반대의 기운이었다. 호월은 몸 주변의 기운을 느끼며 서서히 힘을 끌어올리기 시작했다.

현풍결로 인해 끌어올려진 음기들이 주변에 휘도는 것이 느껴진다. 그와 함께 머리 속으로 새로운 생각들이 지나갔다.

몸 안에 흐르는 힘이 아니라 이 힘들을 이용해 할 수는 없을까? 그것이 그가 생각한 방법이었고, 바로 이를 시전해 보기 시작했다.

“차앗!”

파아앙!

또다시 기합성이 들리고 지강안의 내력이 물밀듯이 밀려들자 호월은 다시 한 발을 앞으로 내디뎠다. 그리고는 오른손을 들어 앞으로 내밀었다.

양강의 기운, 분명히 자신의 몸은 양강의 기운이 흐른다. 비록 그 양강은 저 지강안의 양강과는 전혀 다른 모습이긴 하지만 말이다. 그 양강의 기운을 손 쪽으로 가득 밀어내자 뒤쪽에서 이상한 감각이 느껴졌다.

서늘한 음유의 기운, 손 어림에서 자연스럽게 발출되는 양강의 힘에 음유의 힘이 뒤쪽으로 모인 것인데 순간 호월은 내력을 빠르게 거두어들이며 상황을 살폈다.

“……!”

모였다. 주변이 음유지력이 이번엔 앞쪽으로 흘러나와 모이고 있었는데 그러자 호월의 머리 속에 섬전 같은 깨달음이 번졌다. 순환, 바로 그것이었다.

끝없이 휘돌리는 양강의 힘을 따라 음유의 힘 역시 같이 이동하고 있었던 것이다. 유리병 속에 물과 기름을 넣어 휘돌리면 서로가 비틀리면서 움직이듯 섞이지 않는 두 힘은 언제나 반대로 움직일 수가 있었다.

그냥 무작정 쳐내는 것은 바보 같은 짓이었다. 엄연히 배우고 익힌 것이 다른데 지강안처럼 발출해 내는 것도 웃기는 일이었다. 그에겐 그만의 길이 있는 것이다.

손 안 가득 들어오는 음유의 기운을 느끼며 호월은 오른손을 힘껏 우측으로 휘둘렀다. 눈앞에 펼쳐진 기운들이 촘촘히 엮어진 그물처럼 느껴지는 가운데 오른팔이 뻐근할 정도로 강하게 잡아당겼다.

콰가각! 파아아앙!

날아오던 지강안의 내력이 크게 휘어지며 땅바닥에 처박혔다. 커다란 소리와 함께 흙이 사방으로 비산하는 가운데 호월은 땅을 박찼다. 더 이상 고민하는 것은 부질없는 짓이었다.

"이, 이화접목? 그것도 벽공장을!"

지강안은 놀라 눈을 휘둥그렇게 뜨며 소리쳤다. 초식이나 병기의 싸움에서 상대의 내력을 이용해 신형, 혹은 무기를 휘돌리는 일은 봤어도 이렇게 벽공장을 잡아당기는 것은 본 적도, 들은 적도 없었다.

어떻게 저것이 가능한지는 그도 알 수가 없었지만 지금 그걸 생각할 때가 아니었다. 지금까지 수비 일변도였던 호월이 달려들고 있었다. 그것도 흐릿한 안개처럼 신형을 흩날리면서 말이다.

놀라운 신법이 있다는 것은 사실이었다. 눈으로 확인해 본 지강안은 더 망설일 것 없이 양손을 치켜들었다. 이젠 근접전인 것이다.

스스— 팡!

정수리에 느껴지는 섬뜩한 감각에 지강안은 손을 들어 막았는데 그건 호월의 왼발이었다. 분명 얼굴은 아직 눈앞에서 흐릿하게 보이는데 언제 발이 올라왔는지 신기할 따름이었다. 그리고는…….

스파파파팡!

여기저기 감각이 느껴지는 대로 온 힘을 기울여 막아냈는데 정말 정신이 하나도 없을 지경이었다. 도무지 반격할 틈이 보이질 않았다.

그러나 이대로 선기를 빼앗긴다면 될 일은 하나도 없었기에 지강안은 이를 악물었다. 오른손으로 호월의 왼손 공격을 막자마자 바로 허리를 숙이며 왼손을 날렸다. 물론 그의 손에는 내력이 가득 담겨 있었다.

타타탁. 스윽.

"……!"

뭔가 자신의 왼팔을 살짝 훑고 지나가는 듯하더니 너무나 부드러운 동작으로 왼팔이 왼쪽으로 크게 움직였다. 막아서 민 것도 아닌데 마치 자신의 의지와는 전혀 상관없다는듯이 그렇게 움직였다.

슥. 탓.

"……."

이어 느껴지는 작은 감각에 지강안은 멍하니 그 자리에 서 있었다. 어느새 호월의 왼손이 눈앞에 있었다. 엄지는 인중을 살짝 누르고 있었고, 검지와 중지가 눈앞에 활짝 펴져 있었다. 실전이라면… 이미 당한 것이다.

스슥.

호월은 손을 거두어들이며 지강안의 표정을 바라보았다. 지강안은 상당히 충격을 받은 듯 놀라고 있었는데 아마 정신없이 막다가 졌다고 생각하고 있을 터였다.

하나 그건 그냥 정신없이 막아낸 것이 아니라 호월이 의도한 것이다. 진파랑십삼퇴와 세심마수를 조화시켜 꼭 막아야 하는 부위와 쉽게 막을 수 있는 곳만 골라서 움직였다. 그 후 세심마수의 장점을 살려 공격한 것이다.

다른 여타의 무공과 세심마수가 다른 점은 무엇보다도 타격점에 있었다. 강한 타격으로 상대를 격살하는 여타의 권법과는 달리 가장 취약한 곳을 때리며 그 부위 또한 잘 당하지 않는 부위로 집중되었다.

그렇기에 세심마수에서는 정권이란 것이 존재하지 않는다. 또한 손의 어느 부위를 사용하라고 정해진 것도 없었다. 대부분 손가락 마디를 사용해 타격을 하지만 때에 따라서는 정권도 사용하기도 하는 무공이 바로 세심마수였다.

이러한 움직임으로 일격필살을 노리니 하나같이 노리는 부위가 독특해서 독랄하다고까지 표현되는 무공이었는데 지금도 팔목의 내관(內關), 팔꿈치의 수삼리(手三里), 이두박근 정중앙의 협백(俠伯)을 손가락으로 툭툭 누르며 올렸던 것이다.

한 군데만 제대로 잡혀도 온몸이 저릿하면서 움직이지 못할 정도였는데 비록 작은 충격이지만 세 개의 혈이 동시에 받으니 순간적으로 팔이 움직이지 못하는 것은 당연했다. 호월은 이 틈을 노려 마무리를 지었던 것이다.

"의외로군. 음유지력을 익혔나?"

"……."

아직도 떨리는 자신의 팔을 보며 지강안은 입을 열었고, 호월은 묵묵

히 고개를 끄덕였다. 그리고는 신형을 돌려 어디론가 가고 있었는데 혼
자서 좀 더 움직여 볼 요량인 것 같았다.

"진짜라면 이렇게 하지 않을 것이란 것! 알고 있겠지!"

지강안은 못내 진 게 기분 상한 듯 소리쳤는데 호월은 그 말에 신형을
멈추었다. 그는 고개를 살짝 옆으로 돌리며 입을 열었다.

"물론이다. 나나 너나 이렇게 끝나진 않을 테지."

"……."

말을 마치고 사라지는 호월을 보며 지강안은 한참이나 말없이 노려보
기만 했다. 여전히 그의 팔은 조금씩 떨리고 있었다.

"사형, 괜찮아요?"

"휘요, 대단하네. 근데 음유지력이라니, 그게 뭔 소리요?"

사봉희와 취소걸이 냉큼 달려와 하는 소리에 지강안은 픽 하고 웃었
다. 얼굴에 궁금해 죽을 지경이라고 써놓은 채 두 사람은 초롱초롱한 눈
을 빛내고 있었다.

"맞아. 우리와 같은 양강의 내력이 아니라 음유지력을 수련한 사람이
었어. 그러니 그렇게 기척을 느낄 수가 없었지. 움직임이 아니라 내력의
이동으로 그를 느끼려 한다면 정말 힘들겠구만."

아직도 떨리는 왼팔을 주무르며 그는 말했다. 이젠 승부에 관한 것 따
윈 다 잊은 듯 밝은 얼굴을 다시 유지하고 있었는데 문득 그는 힐끔 옆을
바라보았다. 사봉희와 취소걸 외에 삼화도 걱정스런 눈빛으로 서 있는
것이 보이자 그는 호탕하게 웃었다.

"하하하, 이거야 원. 나중에 다시 붙을 땐 숨겨놓은 실력 좀 발휘해야
겠는데? 오랜만에 만난 동생들에게 면목이 안 서네. 우하하하."

"지 형님, 이런 말 하는 때가 좀 그렇긴 하지만 호월 형님도 주먹이 아
니라 쌍검이 무기인데요?"

“…….”

오랜만에 무섭게 취소걸을 쏘아보면서 지강안은 눈을 부라렸다. 그 눈빛은 ‘성질나니 입 닥치고 있으라’ 는 무언의 시위였다.

지강안은 그러다 사봉희가 주위에 없는 것을 보고 눈을 돌렸는데 저만치 달려가는 그녀의 모습이 보였다. 아마도 호월이 간 곳인 것 같았다.

“녀석, 기어이 임을 만난 건가?”

취소걸을 향하는 눈길과는 전혀 대조적인 눈길이 그녀에게 향했다. 한없이 자상한 오라비의 눈빛이었는데 그는 눈을 돌려 삼화 쪽으로 향했다. 그러다 문득 생각이 난 듯 취소걸을 향해 조용히 입을 열었다.

“소걸아, 정말이냐? 저 호월을 꼼짝도 못하게 만든 사람이 있다는 것이?”

“진짜요, 형님. 내가 들은 것도 아니고 직접 본 일이니 확실해요. 자색의 검을 가진 자였는데 검기만으로 호월 형님을 죽일 뻔한 사람이에요. 사실 그 당시 호월 형님이 목숨을 부지한 게 기적이지만요.”

“…….”

취소걸의 대답에 지강안은 살짝 굳은 얼굴을 보였다. 솔직히 이젠 자신도 호월의 실력을 인정했다. 아무리 못 잡아도 강호의 일류고수 이상이었다. 한데 그를 꼼짝도 못하게 만들었다니…….

“아무리 형님이 안 보여준 수까지 모두 사용한다 해도 그놈에겐 좀 힘들 겁니다. 적어도 제가 보기에는…….”

“내가 아니라 호월 혼자서도 충분할 거다. 내가 보기에 호월은 자신의 능력을 반도 끌어내지 못하는 것 같더군. 조금 시간이 흐르면 정말 무섭게 성장할 사람이야.”

“네? 바, 반이요?”

놀란 취소걸이 의문스러운 눈초리로 되묻자 지강안은 조용히 고개를 끄덕였다. 그리고는 서서히 삼화를 향해 움직였다.

"설마……."

취소걸은 신형을 돌려 호월이 사라진 곳을 향했다. 이리 보든 저리 보든 간에 하나는 확실히 알 수 있었다. 정말 불가사의한 인간인 것이다.

호월이 사라진 곳을 보는 사람은 취소걸뿐만이 아니었다. 삼화 중 홍화 역시 같은 방향을 바라보고 있었다. 하나 취소걸과는 조금 다른 느낌이었다.

정말 놀란 얼굴. 아직도 눈썹의 경련이 가시지 않는 그녀의 가슴은 터질 듯이 부풀어 있었는데 그건 호월의 신법 때문이었다.

안개처럼 흩어져 보이지 않는 신법. 귀에 못이 박히도록 들은 이야기가 다시금 떠올랐던 것이다.

무류종환보. 비록 직접 본 적은 없지만 그 신법의 모습만은 확실히 들어 알고 있었다. 분명 호월의 움직임은 무류종환보라고 볼 수밖에 없었다.

"……."

한참 동안 이번에 얻은 심득에 따라 몸을 움직이던 호월은 신형을 멈추었다. 내력의 순환을 통해 이전보다도 좀 더 빠르고 확실한 움직임이 가능했다.

그러나 무엇보다 가장 큰 소득은 그저 무의식 중에 펼쳐 낸 수법을 완전히 자신의 것으로 소화했다는 것. 그건 내력의 운용을 한 단계 높인 것과 같았다. 그것 하나만으로도 만족할 만한 결과였다.

하루아침에 수련한다고 달라질 일이 아니기에 멈춘 것도 있지만 그가 수련을 멈춘 건 또 다른 이유가 있었다. 사봉희 때문이었다.

빤히 그녀의 얼굴을 바라보자 사봉희는 얼굴을 살짝 붉게 물들였는데 곧 그녀의 목소리가 들려왔다.

"하나만 물어볼게요."

"……."

"무당의 장문인을 만나는 것 말고 해야 할 일이 또 있나요?"

"……."

짧은 질문이지만 여러 가지가 내포된 말이었다. 돌려 말한 것이지만 무공을 그렇게 신경 쓰며 끌어올려야 할 이유가 있냐는 말이었고, 지금 껏 묻지 않은 복면인에 관한 문제를 말하기도 했다. 하나 그 어느 것도 시원히 대답해 줄 수 있는 것은 없었다.

그렇지만 이것 하나만은 대답해 줄 수 있었다. 왜 이렇게 무공을 빨리 올려야 하는지는 말해 줄 수 있는 것이다.

스릉.

쌍검을 빼내며 호월은 달빛에 검을 들어 올렸다. 번뜩이는 검날은 달 빛을 받아 진한 자색으로 번뜩이고 있었다.

"이 검은 원래 세 개였소. 내가 가진 여호와 남월이란 이름을 가진 검 과 자헌이라는 검이 하나가 더 있소."

"……."

"셋 다 돌아가신 숙부님이 만들어주신 것인데 그중 한 개의 검을 도난 당했소. 그것이 자헌검이고, 사 소저가 본 흑의인이 가진 검이 바로 그 검이오."

호월의 말에 사봉희는 고개를 살짝 끄덕였다. 그렇다면 정말 무공이 필요한 것이다. 그 복면인을 이기려면 웬만한 무공으로는 턱도 없을 테 니 말이다.

하지만 지금의 호월에겐 그만한 힘이 없었다. 계란으로 바위치기인 것이다.

"그걸 찾아야 하오. 그 검을 찾는 것이 숙부님의 유언이었소. 내가 해야 할 일인 것이오."

"그렇지만 그 돌아가신 숙부님이란 분도 호월이 이렇게 목숨을 걸어가며 해야 할 줄은 모르셨겠지요. 솔직히 이젠 그 검을 찾을 필요도 없는 것 아닌가요? 아니면 그 검이 쓰여질 데가 있어요?"

"……."

사봉희의 말에 호월은 잠시 쓴웃음을 지었다. 솔직히 그녀의 말이 옳았다. 순서로 봤을 때도 연헌 숙부의 부탁을 먼저 들어주는 것이 호월에게도 좋았다. 모두가 무공에 관련된 것이니 말이다.

하나 기회가 온다면 머뭇거리지 않을 생각이었다. 어떤 방법을 사용해서라도 다시금 그와 승부를 가릴 것이고, 반드시 검을 되찾을 것이었다.

"그 검을……."

호월은 잠시 달로 시선을 돌리며 입을 열었다. 환한 달 주변에 부연 무리가 생긴 것이 내일은 비가 올 것 같았다.

" '네 아내 될 사람에게 주어라'. 숙부님의 유언이 그것이었소. 하나 난 그것보다는 숙부님의 노력이 담긴 검을……."

"꼭 찾아야 되겠군요!"

"……."

갑자기 들려온 강한 집념이 서린 목소리에 호월의 시선이 다시 움직였다. 사봉희는 두 주먹을 불끈 쥐며 눈을 빛내고 있었다.

"개방의 힘을 동원해서라도 그자들을 파헤치겠어요! 그러니 꼭 성공하세요!"

숨 가쁘게 말하면서 떠나는 사봉희를 바라보며 호월은 멍한 표정을 지었다. 도무지 사봉희와 이야기를 하면 종잡을 수가 없었는데 좀 전까지만 해도 말리는 분위기가 순식간에 바뀌는 것은 아주 좋은 예였다.

어쨌든 도와준다는 것은 좋은 일이긴 하니 말릴 이유는 없었다. 그렇지 않아도 막막했으니 말이다.

문득 호월은 주위를 둘러보았다. 이곳저곳 신형을 돌리며 지그시 눈을 감고 있던 그의 눈이 떠지며 나지막한 목소리가 들려왔다.

"내일… 쯤인가?"

굳은 얼굴로 입을 열며 호월은 검을 검집에 되돌렸다. 그리고는 일행이 있는 곳을 향해 서서히 움직이기 시작했다.

第九章

구소산의 혈투

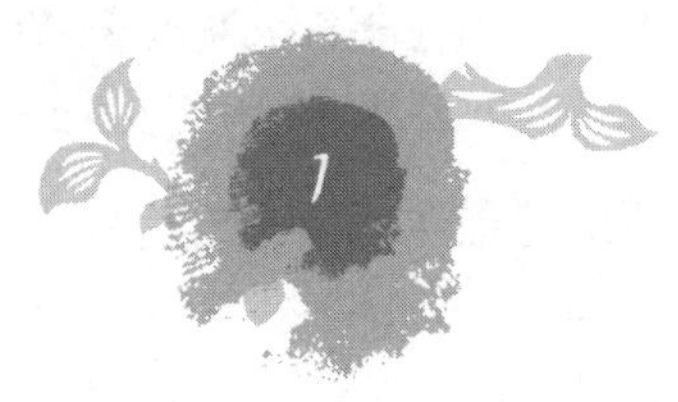

"사형, 진짜 없어요?"

"희야! 너 진짜 왜 그래! 용상십팔편을 익힐 땐 좋아라 하더니 이제 와서 왜 검법 타령이야? 그리고 우리 개방이 검법에 약한 거 몰라?"

"알았어욧! 없으면 없지 왜 신경질이에욧!"

지강안의 말에 버럭 화를 내며 사봉희는 씩씩거렸다. 그저 멍한 눈으로 사봉희를 바라보는 지강안의 귓가로 문득 취소걸의 목소리가 들려왔다.

"신경질은 누가 내는데 그러요, 누님. 어제 무슨 꿈꾸었소? 가뜩이나 비도 질질 내려 마음 심란한데 대체 뭔 뚱딴지 같은 소리요?"

취소걸은 정말 어이없다는 듯 입을 열었는데 그도 그럴 것이 어젯밤 호월이 혼자 있는 곳을 갔다 와서는 당장 물어보는 것이 현 개방의 검법 중 쓸 만한 게 뭐냐는 질문이었다.

조금은 황당한 질문이지만 별달리 고민할 필요도 없는 질문이었다. 없었다.

솔직히 개방에서 유명한 것은 권각술과 봉술, 단봉술 정도였다. 사봉희의 용상십팔편도 특이한 경우 중 하나인 것이다.

"우씨, 알았다구! 없으면 없다고 하면 되지 뭘 중얼거려! 할 일 없으면 어서 움직이기나 하자구!"

빽 하니 소리를 지르며 입고 있는 도롱이를 추스르며 그녀는 앞장서기 시작했고, 취소걸과 지강안은 그저 멍한 얼굴만 하고 있었다. 대관절 없다는 소리를 어제부터 지금까지 얼마나 했는데 지금 뭔 소리를 하는 것인지 알 수가 없었다.

일행은 지금 구소산(九沼山)을 넘어가고 있었다. 형호남로로 들어온 지 이틀째. 조금만 더 가면 강릉부가 보였다. 그곳에는 형호남로의 개방 분타가 자리잡고 있었다.

일단 거기까지 가서 마차든 말이든 구해 움직일 생각이었는데 마침 이 구소산의 경치가 상당히 좋다면서 지강안이 넘어가자고 했고, 별다른 일이 없었기에 모두 동의했었다.

게다가 삼화 중 홍화 역시 적극적으로 산행을 동의하고 나서서 이루어진 것인데 우습게도 이렇게 비가 내리고 있었다. 그것도 대책없이 흐르는 장대비가 꽤 자주 쏟아지고 있었던 것이다.

덕분에 경치는커녕 입고 온 옷을 모두 버리게 생길 정도로 흙만 잔뜩 묻힌 상태였다. 아직 반도 채 올라오지 못했거늘 이 정도의 비에 요따위 이동 속도라면 오늘 하루 이상 이곳에 잡혀 있어야 할 것 같았다.

"자, 조금만 더 힘을 냅시다. 조금만 올라가면 쉴 만한 좋은 곳이 있어요. 그러니 어서 움직이죠."

"아, 예, 대협."

지강안의 목소리에 상화는 웃으며 입을 열었고, 지강안 역시 밝은 웃음으로 화답했다. 그렇게 한참을 올라가고 있을 때였다.

"……."

모두 다 도롱이를 입고 있었고, 호월 혼자만 피풍의를 입고 있었는데 맨 뒤에 있던 그가 전력으로 달리기 시작했다. 순식간에 중앙을 지나 저 앞에서 씩씩거리며 올라가는 사봉희를 향하고 있었다.

"어라? 호월 형님, 지금 뭐……!"

멍하니 호월을 바라보던 취소걸의 눈이 커졌다. 호월의 신형이 허공을 날고 있었다. 사봉희를 향해 말이다.

"응? 호, 호월, 왜 그래요! 꺄약!"

갑작스럽게 자신을 덮쳐 오는 호월을 보며 사봉희는 비명을 질렀다. 양팔을 벌리며 허공을 날아오는 그의 모습은 이상한 기운을 느끼고 돌아서는 순간 이미 눈앞에 다가와 있었다.

콰각!

"꺅!"

또다시 비명이 터졌고, 사봉희는 호월의 가슴에 안기며 땅에 쓰러졌다.

퍼억!

흙탕물이 튕기며 사정없이 두 사람은 뒹굴었지만 정작 사봉희는 도롱이를 뚫고 들어오는 흙탕물에 옷이 더러워지는 것보다 자신의 가슴에 느껴지는 호월의 가슴 감촉에 더 신경이 쓰였다.

사정없이 단단하고 굉장히 넓은 가슴이 느껴지자 그녀는 자신도 모르게 얼굴이 붉어지며 호흡이 가빠오는 것을 느꼈다. 한데 그때였다.

피피핑!

공기를 가르며 날아오는 뭔가가 자신을 덮친 호월의 등 위쪽으로 쏜살같이 지나가자 그녀는 뜨거웠던 온몸이 차갑게 식는 것을 느꼈다. 비록 해가 뜨지 않았지만 금속의 작은 반짝임이 보였던 것이다.

푹!

"……!"

뒤허리의 뜨끔한 감각에 호월은 차갑게 눈을 빛냈다. 양 발을 땅에 세우며 그는 무릎을 굽혔다.

파팡!

그 자리에서 공중으로 신형을 뽑으면서 호월은 오른손을 앞으로 돌렸다. 여전히 그녀를 안은 채 땅에 내려서자마자 오른손의 수갑으로 날아오는 암기를 후려쳤다.

따다당!

경쾌한 소리와 함께 뭔가가 이곳저곳으로 퉁겨져 나갔는데 호월의 품에서 빠져나와 뒤로 한 걸음 물러선 사봉희는 붉어진 뺨에 손을 대며 눈을 내렸다가 살짝 크게 떴다.

"선편(旋片)?"

사봉희의 눈에 떨어진 금속 조각의 모습이 들어왔다. 두 치 정도의 작은 길쭉한 직사각형 모양으로 한쪽은 조금 넓었고, 전체적으로 완만한 곡선을 그리는 모양이었다.

따당!

"뭐, 뭐야, 이것들은!"

사태가 심상치 않음을 깨달은 취소걸과 지강안은 삼화를 호위하며 재빨리 호월의 뒤에 섰다. 그리고는 앞으로 나와 손을 휘두르기 시작했는데 선편은 꽤 많이 날아오고 있었다.

따다다당!

있는 힘껏 손을 놀리며 세 사람은 공중에서 춤을 추었고, 그때마다 여지없이 선편은 떨어져 내렸다. 그들의 뒤에는 사봉희가 채찍을 휘두르며 세 사람이 놓친 것을 떨구었고, 그 뒤에 삼화가 놀란 얼굴을 하며 서 있었다.

"지 형! 여기서 숨을 곳이… 있나요!"

"여기서 더… 올라가야… 돼!"

취소걸의 목소리에 지강안은 몸을 바삐 놀리면서 겨우 대답했고, 호월은 슬쩍 주위를 살폈다.

정면에 보이는 아름드리 숲 속에서 암기는 날아오고 있었다. 작은 암기에다가 때마침 쏟아지는 비 때문에 사실 쳐내기도 쉽지 않았다. 그저 온 정신을 집중해 쳐내는 것뿐이었다.

한데 지강안은 좀 다른 곳에 정신을 팔고 있었다. 솔직히 지강안은 도대체 어떤 죽일 놈들이 이렇게 덤비는지도 궁금했지만 그것보다 호월의 움직임에 더 놀랐다.

따당! 따다다당!

쌍검을 뽑아 든 것도 아니고, 그저 양팔목의 수갑으로만 쳐내는데도 뒤로 빠져나가는 것이 하나도 없었다. 비록 암기에 내력이 가득 담긴 것은 아니라 해도 이렇게 완벽한 방어를 한다는 것은 불가능에 가까웠다.

한데 호월은 해내고 있었다. 틈틈이 그의 모습을 살펴보던 지강안은 그저 황당할 따름이었는데 한순간 눈을 크게 떴다. 호월의 다리 쪽으로 향하는 암기들이 모두 희한하게 궤적을 바꾸고 있었다.

파파파팍!

"……."

땅에 처박히는 암기는 하나같이 약속이라도 한 듯 호선을 그리며 호월의 발 아래로 처박히고 있었다. 상체 쪽으로 오는 암기만 손으로 퉁겨내는 것이다.

날아오는 암기를 내력으로 밀어낸다라… 설마 호월이 밀어내는 것이 아니라 당기고 있음을 지강안은 꿈에도 생각할 수가 없었다.

따당!

"지 형님, 여유가 넘치는 거요, 미련한 거요? 날아오는 암기가 형님만 피해가요?"

"그런 넌 참 여유가 넘치는구나. 나랑 이런 즐거운 대화도 하고 말이야."

취소걸의 비죽한 목소리에 지강안은 전방에 시선을 집중하며 입을 열었다. 갑자기 씻은 듯 날아오던 암기들이 모두 사라진 것인데 허리춤의 단봉을 꺼내 든 채 취소걸은 다시 목소리를 냈다.

"사라진 건가? 아니, 대체 이건 뭐지?"

"아니, 진영이 바뀌고 있다."

"아니, 호월 형님은 보여요? 이 빗속에서?"

황당하다는 듯 취소걸은 입을 열었는데 곧이어 나타난 호월의 행동에 눈을 동그랗게 떴다. 죽립이 옆으로 조금씩 움직이는 것이 고개를 가로 젓고 있었다.

"보지 않는다. 그저 느낄 뿐."

"……?"

이 무슨 뜬구름 같은 소리인지 황당할 따름이지만 호월은 진실이었다. 심상인으로 저들의 움직임을 알아본 것이니 느낀 것이 맞는 것이다.

"어쨌든 지금은 올라가야 돼! 여기선 그냥 잡힐 뿐이야. 저 앞으로 가면 절벽의 옆을 돌게 되니 차라리 그쪽이 더 나아! 어서 움직여!"

지강안은 커다랗게 소리를 지른 후 삼화를 데리고 움직이려 했고, 나머지 일행도 모두 그들을 따라 이동하려 했다. 한데 그때였다.

피피피핏!

또다시 암기의 공격이 시작되었고, 사람들은 이를 악물며 다시금 앞으로 나서 막으려 했는데 문득 호월의 목소리가 들려왔다.

"무시하고 달려! 일단 내가 막는다!"

펄럭!

피풍의를 벗어 눈앞으로 펼치며 호월이 외치자 일행은 잠시 그를 향해 시선을 던졌다. 호월은 눈앞에 피풍의를 넓게 편 채 빙글빙글 돌리고 있었다.

파파파파팡! 스파파파파!

괴이한 소리가 흘러나오며 호월의 피풍의는 순식간에 걸레쪽이 되어 공중에서 분해되고 있었는데 그와 함께 다시 날아온 선편들은 모두 엉뚱한 방향으로 퉁겨져 나갔다. 호월은 온 힘을 기울여 피풍의 쪽으로 선편을 모은 것이다.

다행히 아까에 비해 한 점으로 공격하듯 그렇게 집중된 공격이기에 그나마 수월했는데 뒤에서 지켜보던 사봉희는 채찍을 들며 앞으로 달려나가려 했다. 한데…….

"아악!"

들려오는 뾰족한 비명에 사봉희는 소리의 진원지로 고개를 돌렸는데 삼화 중 상화가 어깨를 부여잡고 쓰러지고 있었다. 날아온 암기에 스친 것이다.

"상화야!"

"상화 언니!"

홍화와 청화가 달려와 그녀를 부축하는 장면이 보이자 사봉희는 입술을 질끈 깨물었다. 이대로라면 세 사람은 죽은 목숨이나 다름없었다. 유곽의 여인이지 무림인이 아니니 말이다.

"할 수 없군. 희아와 소걸은 한 명씩 업고 따라와! 시간이 없어!"

어느새 부상당한 상화를 업고 지강안은 소리쳤다. 그리고는 발걸음을 빠르게 놀리며 저 앞으로 달려가자 취소걸과 사봉희도 한 명씩 업은 채 움직였다.

비록 호월이 혼자 있기는 하나 막아내는 것도 아니고 몸을 빼는 것이니 별다른 어려움이 없을 것이라 생각한 것인데 그건 호월의 생각도 마찬가지였다.

이 정도의 공격이라면 얼마든지 피해낼 수 있었다. 게다가 비는 호월에게도 불리하지만 저들에게도 불리했다. 던지는 암기들이 원하는 방향으로 잘 가지 않게 되는 것이다.

어쨌든 사람을 업은 일행이 뒤를 빠져나가는 듯한 느낌이 들자 호월은 신형을 빼며 그들의 뒤를 따랐다. 한데 그때였다.

"……!"

누군가 자신을 목표로 한 느낌. 옆에서 느껴지는 서늘한 감각에 호월은 눈을 돌렸다. 그리고는 검을 뽑아 가슴께로 끌어 올렸다.

쩌어엉! 좌아아아앗!

비가 와 무른 황토 땅을 미끄러지면서 겨우 신형을 잡은 호월의 눈에 누군가의 모습이 보였다. 예의 그 복면인이었다. 철검 하나를 든 채 호월을 막아서고 있었던 것이다.

분명 전에 이두경을 구해간 자와 같은 복색을 하고 있는 자였지만 왠지 이자의 분위기를 그와 달랐다. 아무래도 새로 보는 자 같았던 것이다.

"……."

호월은 앞으로 나가려던 신형을 옆으로 틀어 그자를 바라보았다. 그의 의도는 너무나 뻔했다. 자신을 이곳에 붙잡아두려는 것, 당장 공격을 해오지 않고 바라보고만 있는 것은 이를 증명했다.

게다가 어차피 이 정도의 꼬리를 달고 움직인다는 것 자체가 불가능했다. 저 앞의 세 사람은 삼화를 업은 채 달리기도 벅찬 것이다.

시링!

쌍검을 힘차게 휘두르며 호월은 검에 묻은 물기를 털어냈다. 나타난 상대는 먼저 상대했던 복면인과 동급, 혹은 그 이상의 무공을 가진 자였다. 마냥 도망칠 수 있는 상대가 아닌 것이다.

“호, 호월!”

“호월 형님!”

바로 따라올 줄 알았던 호월이 정체불명의 복면인에게 발목을 잡히자 놀란 것은 사봉희와 취소걸이었다. 이미 십여 장 넘게 떨어진 곳까지 왔고 다시 가자니 주위에 느껴지는 기이한 기운들이 마음에 걸렸다.

“젠장! 일단 움직이자. 그 다음에 수를 내자고! 어서 따라와!”

역시 분타주답게 지강안은 상황 판단이 빨랐고, 결정한 순간 바로 움직이고 있었다. 하나 사봉희와 취소걸은 아니었다.

특히 사봉희는 걱정 가득한 얼굴로 호월을 바라보고만 있었는데 문득 취소걸의 목소리가 들려왔다.

“일단 지 형님 말대로 해요! 그 다음에 와서 도와주자구요!”

“……”

말을 마치고 취소걸은 바로 달려갔지만 사봉희는 그냥 그대로 있었다. 그렇게 반 각 정도 지났을까? 이윽고 사봉희도 신형을 돌렸다.

“조금만, 조금만 기다려요, 호월.”

나직한 목소리와 함께 그녀는 달리는 다리에 힘을 배가했다. 그녀의 마음속은 온통 빨리 돌아와 호월을 도와주어야 한다는 생각 외엔 없었다.

＊　　　　＊　　　　＊

"잘된 것인지 잘못된 것인지 판단이 서질 않는군요."

"허, 좋게 생각하게나. 잘된 일이지. 마침 비도 오고 사람들의 통행도 없지 않은가?"

"그러나 애써 준비한 것들이 물거품이 되어버렸습니다. 꼭 우리가 매복하는 줄 알고 있는 듯하군요."

"설마 그럴 리가 있는가? 그저 하늘이 심술을 부린다고 생각하게. 허허허허."

구소산의 정상에서는 흑의를 입은 두 사람이 이야기를 나누고 있었다. 깎아지른 듯한 절벽의 위에 올라 두 사람은 아래를 내려다보고 있었는데 문득 조금 젊은 듯한 눈을 지닌 자가 입을 열었다.

"그나저나 표 어른께서 오실 줄은 정말 생각도 못했습니다. 오시니 든든하기는 하나 제가 제대로 못한 것 같아 죄송스럽습니다."

"자네가 왜 그런 말을 하나? 비팔수, 자네는 열심히 했지. 다만 저 이두경이 중간에 초를 친 것이지……."

비팔수는 조용히 허리를 숙이며 감사의 뜻을 표했다. 그리고는 잠시 고개를 갸웃거렸는데 문득 복면인이 입을 열었다.

"질문이라도 있나?"

"실은 일을 왜 이렇게 어렵게 추진해야 하는지 모르겠습니다. 연판장은 어차피 저 세 여인에게 있으니 모두 죽이고 가져오면 그만 아닌가 하는 생각이 들어서……."

"비팔수, 자네답지 않구만. 무조건 죽여 뺏고 입막음하는 건 내 방식이 아니야. 그리고 저들이 죽어서도 안 되고 말이야."

"회주님, 그 말씀은……."

비팔수는 말끝을 흐리며 회주라 부른 사람을 향해 물었는데 뭔가 이상한 기분이 들었다. 자신도 모르는 뭔가가 일어나는 듯한 느낌이었던 것이다.

"헛헛, 미리 이야기해 주어야 하는데 미안하구만. 그래, 저 연판장은 가짜일세. 설마 우리가 저따위 바보 같은 흔적을 남겼을 성싶은가?"

"……!"

복면 속의 눈이 떨렸다. 그럼 대관절 지금 하는 일은 무얼 의미하는지 이해가 되질 않았다. 온통 헛수작이지 않은가?

"좀 있으면 개방의 사람들이 올 테지? 얼마나 걸릴 것 같나?"

"한 시진쯤 걸릴 것 같습니다."

"음, 그래그래. 되었어. 그러면 되는 것이지……."

뭐가 된 것이라 이야기하는지 모르지만 비팔수는 결국 입을 열었다. 설마 저들이 방수의 도움을 받아 멀쩡히 이 산을 내려가는 것까지 의도인 줄 몰랐던 것이다.

"회주님, 그렇게 된다면 저 이두경도 잡히게 됩니다. 하면 우리의 입장이……."

"이두경? 저놈이 뭘 아는데 그러나? 기껏해야 우리 회의 이름 정도일 것일세. 그 정도 가지고는 아무런 일도 일어나지 않아. 그리고……."

"……."

"우리도 강호에 보일 때가 되었어. 물론 아주 조금이겠지만 말이야."

"……!"

비팔수는 눈을 크게 떴다. 지금까지 비밀스럽게 움직이던 조직을 전면에 부상시킨다는 뜻이었다.

"자, 그만 가지. 표 대협께는 이미 말했으니 알아서 하실 것이야. 그리고 너도 그만 돌아가야지?"

"예, 회주님."

비팔수는 신형을 돌렸다. 그렇게 결정된 일이라면 따르면 그뿐이었고, 확실히 이번 일 때문에 그도 문파의 일에 소원했었다. 더 의심을 사기 전에 돌아가긴 해야 했다.

회주의 뒤를 따라 산의 반대편으로 가면서 비팔수는 눈빛을 차갑게 만들기 시작했다. 조금씩… 그의 꿈이 실현되어 가고 있음을 가슴으로 느끼고 있는 것이다.

*   *   *

쏴아아아아!

장대 같은 비가 퍼붓고 있었다. 그 빗속에서 호월은 고스란히 비를 맞으며 시선을 전방에 고정했다.

투툭. 툭.

죽립의 끝에서 빗방울은 계속 떨어져 내리고 있었고 눈앞의 흑의인은 흐릿하게 보이고 있었다. 호월은 자신의 몸 이곳저곳에서 흐르는 피비린내를 맡으며 어금니를 꽉 깨물었다.

쾌검. 환상적이라고밖에 말할 수 없는 검세에 호월은 눈을 굳혔다. 눈앞의 복면인은 호월의 눈에 그렇게 보였다.

검날이 눈앞으로 다가오는 것 같은데 어느새 왼쪽 옆구리를 스치고 지나간다. 삼환검으로 단단한 수비를 펼쳐 보지만 복면인의 앞에서는 무력했다. 얼마 전에 다친 상처들도 아직 제대로 아물지 않은 상태에서 호월은 또다시 온몸에 피를 흘리기 시작했다.

"놀랍구나. 내 검을 이 정도로 피해낼 수 있다니. 정말 네 정체가 궁금하구나."

"……."

복면 속에서 들려오는 어눌한 목소리에 호월은 눈을 좁혔다. 원래의 목소리가 아니라 뭔가를 물고 이야기하는 것 같았다. 스스로 목소리를 변조하는 것이다.

"다른 녀석들은 신경 쓸 것 없다. 여긴 너와 나뿐이라고 생각하면 된다. 저 녀석들은 공격하지 않을 테니……."

들려온 목소리에 호월은 확신할 수 있었다. 이자는 그전에 만났던 복면인과는 달랐다. 새로운 사람인 것이다.

하나 그들과 같이 무공 하나만큼은 정말 대단한 실력이었다. 비록 자색의 검을 가지고 있던 자와는 조금 차이가 있긴 해도 호월에게는 버거운 상대였다.

"자, 그럼 다시 가볼까!"

파아앗.

내리는 빗줄기를 가르며 날아오는 검날을 바라보며 호월은 쌍검을 앞에 들어 올렸다. 비록 아직 난감하기는 하지만 그 검극이 서서히 보이고 있었다. 아니, 검극이 노리는 방향을 알았다고나 할까?

그렇지만 그게 눈에 환히 보이는 것은 절대로 아니었다. 그저 이젠 이렇게 될 것 같다는 것, 그 생각 하나로 검날을 움직이기 시작했다. 왼편 옆구리 부근을 노리고 있었는데 역시 눈에 보이는 것은 자신의 미간 쪽이었다.

시링.

쌍검을 가슴께로 끌어 올리며 호월은 두 개의 원을 그렸다. 온몸의 내력을 검에 집중한 채 유려한 곡선을 그리다 어느 순간 뒤로 신형을 뺐다. 채 세 개의 고리를 만들기도 전에 어느새 검날은 가슴 쪽으로 이동했다. 목표가 바뀐 것이다.

피이잇!

힘껏 허리를 틀어 돌리지만 검날은 이미 호월의 앞가슴을 살짝 훑고 지나간 상태였다. 가슴에서 튕겨 오르는 핏물을 보며 호월은 다시금 어금니를 꽉 깨물었다. 이대로 가다간 죽음뿐이었다.

촤촤촤악!

순간적으로 방위를 밟으며 호월은 무류종환보를 펼쳤다. 그나마 이것이 있어 겨우 최후의 순간을 피할 수가 있었다.

스스슥─

빗속에서 흐려지는 호월의 신형에 복면인은 눈꼬리를 위로 올렸는데 아까부터 이 보법이 문제였다. 최후의 순간에 이 희한한 보법으로 살아나곤 했던 것이다.

그러나 그것도 이젠 불가능했다. 다른 것은 몰라도 그의 발자국만은 거짓말을 하지 않는다. 순간적으로 자신의 오른쪽으로 펼쳐지는 흙탕물의 흔적을 보며 그는 오른손을 힘껏 휘둘렀다.

피이잉!

“……!”

내력이 가득 담긴 검날이 자신의 오른팔을 향해 날아오자 호월은 흠칫했다. 그러다 땅바닥에 생긴 흔적을 보곤 눈을 좁혔다. 흔적이 보였던 것이다.

비록 방위를 밟기는 하지만 무류종환보는 방위의 이점이라기보다는 내력의 운용으로 가능한 보법이었다. 몸 바깥으로 내력을 뿜어내어 안개와 같은 신형을 만들어내는 것이다.

사정이 이렇다 보니 발자국 두 개면 어디로 움직이는지 훤히 알 수가 있었다. 빠른 몸놀림은 그만큼 방향 전환이 쉽지 않은 단점이 있으니 말이다.

파아앙!

있는 힘껏 발에 힘을 주고 신형을 날렸지만 복면인의 검은 여전히 쫓아왔다. 승기를 잡았다고 생각했는지 그도 검을 멈추지 않고 계속 쳐내고 있던 것인데 이대로 가다간 저 검날에 온몸을 훑어야만 할 것 같았다.

호월은 힘껏 뒤로 한 번 도약하면서 온 힘을 끌어 모으기 시작했다. 피할 수 없으면 막아야만 했다. 이를 악물며 온 힘을 다해 끌어올린 호월은 단전으로 그 힘을 모았다.

몸 안에서 휘돌리며 내력을 순환시켜 어떻게든 저 검날의 방향을 틀려 했다. 그때였다. 명치 부근이 급격하게 뜨거워지며 하체에서 이상한 느낌이 들었다.

"……."

단전이 아니라 온 힘이 명치 부근에 모이는 기분, 그와 함께 다리에서는 시원한 청량감이 들면서 여태껏 물먹은 솜 같던 다리가 깃털처럼 가벼워졌다.

게다가 심상인으로 느껴지는 것을 보니 복면인의 뒤편으로 음유지력이 모이는 것이 느껴졌다. 양강의 기운을 힘껏 쳐올린 채 호월을 치다 보니 자연스럽게 뒤편에 모여들게 되는 것이다.

왠지 모를 느낌에 저곳으로 갈 수 있을 것만 같았다. 여태껏 순환하던 내력을 멈추며 호월은 몸 안 가득 음기를 담기 시작했다. 그러자 뼛속까지 시려오는 강한 한기와 함께 몸 안에서 터져 나갈 듯한 기운이 생겼다.

찰박.

문득 뒷다리가 땅에 닿았다. 여전히 검날은 호월에게 날아오고 있었고, 어느새 가슴을 노리는 형국이 되어 있었다. 호월은 양 발을 모두 땅에 박은 채 허리와 무릎을 굽혔다.

우우웅.

순간적으로 흐르는 양기를 몸 뒷편에 응축시키며 왼손을 앞으로 뻗었다. 한데 그 방향은 복면인이 아니라 복면인의 좌측이었다.

몸 안에 모아두었던 음유의 기운을 폭발시키며 호월은 왼손의 여호검에 집중시켰다. 그와 함께 온 힘을 다해 땅을 박찼다.

파아아앙!

허공 가득 흙탕물이 비산하는 가운데 호월의 신형이 앞으로 폭사되었다. 마치 하나의 실이 늘어나듯 호월은 놀라운 속도로 복면인의 좌측으로 움직였다. 그러자…….

스스스슥—

그 자신도 놀랄 일이 생겼다. 왼손 검날을 통해 밀어낸 검력이 복면인의 뒤편에 있던 음유지력을 끌어당기기 시작하자 호월은 온몸의 힘을 뺀 채 그 힘에 몸을 맡겼다. 그러자 부드러운 호선을 그리며 그가 움직이고 있었다. 호월은 오른손의 남월검을 우측으로 올렸다. 단지 그것뿐이었다.

삿!

"……."

아주 작은 소리가 들리며 복면인의 신형이 멈추었다. 검을 들고 밀어내던 동작 그대로 멈춘 채 슬며시 떨리는 신형을 간신히 다잡으려 하는 것 같았다.

호월은 신형을 멈추었다. 어느새 복면인의 뒤로 돌아와 흔들리는 신형을 다잡던 그의 눈은 복면인의 뒷모습을 뚫어지게 바라보고 있었다.

뭔가 벤 것 같은 느낌은 있었지만 그게 뭔지는 알 수가 없었다. 한데 그때였다.

파아아앗!

"크윽!"

답답한 신음을 내뱉으며 복면인이 질펀한 땅에 무릎을 꿇었다. 그의 오른손은 팔목부터 어깨까지 긴 혈선이 생겨나며 피가 분수처럼 쏟아지고 있었는데 복면인의 눈에서는 불신의 빛이 역력히 쏟아지고 있었다.

보이지 않았다. 분명 호월의 움직임은 그로서도 볼 수 없는 움직임이었고, 거기다 공격까지 해올 줄은 정말 꿈에도 몰랐다. 오른팔의 고통보다도 한순간에 패했다는 것이 그는 믿겨지지 않았다.

"이게… 무슨 검법이지?"

"……."

입에 문 나뭇조각마저 놀라 떨어뜨린 채 복면인은 입을 열었지만 호월은 아무런 대답도 하지 않았다. 사실 그조차도 이렇게 해본 적이 없는데 무슨 무공인가?

콰악!

호월의 무응답에 복면인은 왼손으로 검을 옮겨 쥐며 일어섰다. 활활 타오르는 눈을 호월에게 내던지며 다시금 다가서려는 순간, 성한 왼팔을 잡는 손길이 느껴졌다.

"그만 가셔야 합니다."

"……."

호월처럼 죽립을 쓴 사내 하나가 서서 입을 열고 있었다. 나타난 것은 그만이 아니라 근 스무 명 이상 보였는데 하나같이 손에 선편을 쥐고 있는 것이 이들이 암기를 날린 자들인 것이다.

"꼭… 다시 만날 수 있을 거다. 그때는 이렇게 끝나지 않을 테니 기대해라. 큭!"

빗물처럼 피가 흐르는 오른팔을 잡고 복면인은 작은 목소리로 중얼거렸다. 하나 호월에게는 똑똑히 들렸고, 호월은 그저 그를 바라보고만 있었다. 마치 언제든 오라는 듯이 말이다.

철벅. 철벅.

사내들은 복면인을 부축하며 빗속으로 사라지기 시작했다. 왠지 모르지만 호월의 생사에 관해선 전혀 신경조차 쓰지 않는 것이 마치 좀 전에 암기를 날린 자들이 아닌 것 같을 정도였다.

그렇게 마치 꿈같이 정체불명의 사람들이 사라진 지금 호월은 신형을 돌렸다. 그리고는 위쪽으로 달려 올라가려다 신형을 멈추었다.

"……!"

허리. 허리 뒷부분의 감각이 없었다. 아까부터 뜨끔한 것이 그냥 저 복면인의 일검을 맞은 줄만 알았는데 그게 아닌 것 같았다. 호월은 오른손을 뒤로 돌렸다.

"……."

선편. 틀림없는 선편의 끝부분이 비죽이 나와 있었다. 처음 사봉희를 감쌌을 때 맞은 것으로 별것 아닌 줄 알았는데 아무래도 그냥 암기가 아닌 것 같았다.

깊이 박힌 것은 아니지만 그렇다고 뽑기도 뭣했는데 일단 호월은 신형을 옮겼다. 지금 급한 것은 사봉희의 안부였다. 이들은 자신을 붙잡고 있는 것 이외에 별다른 목적이 없었던 것이다.

2

파방!

한 복면인을 절벽 아래로 떨어뜨리며 지강안은 입술을 꽉 깨물었다. 스스로 생각해도 본인이 멍청하다고 느껴질 수밖에 없었다.

여기까지 오면서 설마 습격을 받으리라고는 생각지 못했다. 취소걸과 사봉희의 말을 미루어볼 때 이두경은 상당한 부상을 입은 것으로 생각되어 이렇게 빨리 습격해 올 것이라곤 생각지 못했었다.

솔직히 그들의 습격을 염두에 두고 관도행에서 산행으로 바꾸며 빨리 움직이려 했으나 오히려 그게 실수였다. 이렇게 좁은 지형에서 앞뒤로 둘러싸이니 완전히 죽을 맛인 것이다.

거기다 상황 판단까지 틀려 버렸다. 잘 쓰지도 않는 선편을 암기로 날릴 때부터 이미 느꼈어야 할 것을 놓치고 있었다. 그냥 암기가 아닌 것이다.

일반적으로 선편은 암기 중에서도 다루기 까다로운 편이었다. 더구나 일정 이상의 위력을 보이려면 상당한 내력이 있어야 했는데 사실 내력에 비해 그 위력은 솔직히 미미한 편이었다.

암기는 암기 자체의 무게도 있어야 타격을 줄 수 있는 게 정설이었다. 그래서 륜 같은 암기와 무기의 역할을 수행하는 병기를 독문무기로 사용하는 사람들이 많은 것이고 거기에 비한다면 이 선편은 가랑잎이나 마찬가지였다.

그러나 선편의 장점 또한 무시하지 못하는 것이 일단 그 움직임이 엄청나게 빨랐다. 또한 휘어진 형태에 발출할 때 손가락 사이에 걸어 던지기에 팔목과 손가락의 움직임이 합쳐져 보통 암기보다 회전력이 두 배 이상 빨랐다.

따라서 잘못 던지면 아무런 해도 입지 않는 일반 암기에 비해 반드시 베어지는 장점이 있었다.

또한 작아서 주먹에 쥐었다가 바로 펼쳐 낼 수가 있어 암살을 업으로 하는 실수들이 많이 사용기는 했다. 그러한 경우에는 보통 독을 발라 위력을 배가시키는 것이 일반적이었고 지금 날아드는 이 선편에도 독이 발라져 있는 것이다.

선편을 맞은 상화는 지금 온몸을 떨며 죽은 듯이 누워 있었다. 마비가 오는지 아무런 행동도 취하지 못하고 일행의 짐이 되어버려 일행의 움직임을 크게 제약하고 있었다. 게다가 일행 사이의 간격도 떨어져 있었다.

이곳은 구소산의 정상 바로 밑이었다. 오른편으로는 깎아지른 듯한 벼랑이 높다랗게 펼쳐져 있고, 왼편은 낭떠러지가 있어 그 끝이 보이지 않을 정도로 깊었다. 떨어지기라도 하면 끝장인데 잠시 상화의 상태를 살필 때 벼랑 위에서 줄이 내려오더니 갑자기 복면인들이 들이닥친 것이다.

맨 앞에 있는 사봉희와 홍화가 그 바람에 일행과 떨어지게 되었다. 지강안은 취소걸과 함께 앞뒤로 막아서며 적을 막아내고 있었지만 도무지 전진을 할 수가 없었다. 벌써 죽은 사람이 상당한데도 끝없이 절벽 위에서 떨어져 내리고 있었던 것이다.

"하앗!"

짜자작!

허공에 빗물을 퉁겨내며 한껏 채찍을 휘둘렀지만 너무나 협소한 지리적 위치 때문에 사봉희는 제 기량을 발휘할 수가 없었다. 앞뒤로 덤벼드는 놈들을 효과적으로 막을 수가 없는 것이다.

다행이라면 놀랍게도 홍화가 무공을 할 줄 알았다. 손에 단검을 든 채 뒤에서 달려드는 적을 상대하고 있어 그나마 나았지만 그게 다였다.

대체 그녀들의 정체가 뭔지 궁금했지만 지금 그걸 따질 때가 아니었다. 그렇게 그녀의 손이 한껏 허공에 치켜 올려질 때였다.

"죽일 년들! 오냐, 아주 잘 모여 있구나. 오늘 내가 네년들의 껍질을 다 벗겨주마!"

저 앞쪽에서 원독에 찬 소리가 흘러나오자 사봉희는 눈을 크게 떴다. 얼굴이 희한하게 변했지만 알아볼 수 있었다. 백면호리 이두경이었다.

"이 개자식! 네놈이었구나!"

"멍청한 년, 내가 아니면 누가 네년들을 거두겠나!"

이두경은 빠져 버린 앞니를 드러내며 웃다 앞으로 달려나오며 소매를 떨쳤다.

"오늘 네년들을 잡아 갈아 마시지 않으면 내가 사람이 아니다!"

피리리리링!

허공 가득 암기가 날아오는 가운데 사봉희는 얼굴을 굳혔다. 절벽가에 난 길이라고 해봤자 폭이 오 척도 안 되었다. 도저히 움직일 수도 피할 수도 없는 상황이라 정면 대결밖엔 방법이 없었다.

"야압!"

짜자자자작!

마치 살아 있기라도 한 듯 영활하게 움직이며 그녀는 오른손을 바삐 휘둘렀다. 그러자 대여섯 개의 암기가 땅에 떨어져 내렸다.

"큭큭, 그래. 네년이 언제까지 버티나 한번 보자! 반드시 내 네년을 잡아 애들 노리개로 만들어주마!"

"……."

또다시 소매에서 암기를 꺼내며 다가서는 이두경을 보며 사봉희는 온 내력을 끌어올리기 시작했다. 시간이 지나면 지날수록… 이두경의 말처럼 불리한 것은 자신이었다.

"……."

깎아지른 벼랑의 중간에 아슬아슬하게 나 있는 길을 보며 호월은 미간을 찌푸렸다. 그 중앙에서 치열하게 싸우는 사람들이 보였다. 먼저 올라간 개방 일행이 분명했다.

그리고 맨 앞에서 분전하는 사봉희의 모습도 보였다. 그 앞에서 사이한 미소를 지으며 비도를 날리는 이두경의 모습 역시 보였다. 잠시 호월은 주위를 둘러보며 방법을 찾았다. 하나 단숨에 그곳으로 갈 방법은 없어 보였다.

문득 쌍검을 들어 눈앞으로 올렸다. 그 쌍검을 보면서 호월은 이를 악물었다. 굳이 방법이라고 말한다면… 이것밖에는 없었다.

타타타타탓! 파아앙!

힘차게 달리다 허공으로 도약하며 호월은 양손을 옆으로 길게 내뻗었다.

“제길, 이 미친 것들! 꺼지지 못해!”

빠각!

한 흑의인의 어깨뼈를 단봉으로 부수며 취소걸은 신형을 움직였다. 오척도 안 되는 작은 소롯길에서도 좌우로 흔들리는 그의 신형은 믿어지지 않을 정도였다. 비록 어리긴 해도 환우 장로가 키워낸 고수란 말이 새삼 떠오를 정도였다.

그러나 그의 내심은 까맣게 타 들어가고 있었는데 도무지 방법이 없었다. 이미 곁눈질로 사봉희가 위험한 상황이 보였지만 어떻게 해볼 도리가 없었다. 눈앞의 일이 급한 것이다.

속으로 불화가 일어 눈물이 다 날 지경이었지만 취소걸은 이를 악물며 단봉을 휘두르고 있었다. 그때였다.

파파파팟! 파아앙!

“크아아악!”

“칵!”

저 뒤편에서부터 비명 소리가 들리더니 이 빗속에서도 튀어 오르는 핏물이 확연히 보였다. 취소걸은 잠시 놀란 눈으로 바라보고 있었는데 갑자기 허공에 커다란 그림자가 떠올랐다.

마치 비상하는 매처럼 떠오른 그림자는 바로 내려서면서 한 사람의 머리를 밟고 다시 올라서고 있었고, 머리를 밟힌 자는 입에서 피를 토하며 그 자리에서 쓰러졌다. 취소걸은 멍한 얼굴로 싸우는 것도 잊고 바라보기만 했다.

문득 허공에 뜬 사람의 손이 움직였다. 하늘 높이 떠 어느새 눈 바로 위까지 와 있었는데 내려서는 것이 아니라 오른손을 옆으로 밀어내고 있었다. 그리고는……

콰아악! 파아아앙!

"……!"

절벽에 뭔가를 꽂아놓은 후 그걸 밟고 더욱더 빠르고 높게 솟구치고 있었다. 단번에 삼 장을 날아오른 것이다.

잠시 어리둥절해하던 취소걸의 눈이 절벽으로 향했다. 쏟아지는 빗줄기에 잘 보이진 않았지만 확실한 것은 하나 보였다. 검신의 색깔만은 확연했던 것이다. 분명 옅은 자색이었다.

"호월!"

빠르게 고개를 돌리며 취소걸은 자신의 생각을 확인했다. 틀림없는 그였다. 어느새 지강안의 신형을 넘어서고 있었다.

투투툭!

"우악!"

"악!"

누군가 자신의 머리를 뛰어넘으며 내리워진 줄을 모두 끊어버리는 것을 보며 지강안은 눈을 반짝였다. 그는 도약력이 떨어져 내려서려고 하다 발밑에 왼손의 검을 찔러 넣으며 다시 튕겨 오르고 있었다.

"호월?"

역시나 자색의 검이 보이자 지강안은 중얼거렸다. 무사히 살아왔다는 것이 도저히 믿기지가 않았다.

사실 지강안은 조금만 올라간 후 일단 삼화를 놓고 호월을 도와주러 갈 생각이었다. 비록 무뚝뚝하고 말도 별로 없는 인간이건만 왠지 그는 호월이 마음에 들었다. 그래서 무리를 하더라도 가고 싶었다.

한데 그럴 수가 없었다. 암기의 공격은 계속되었고, 어쩔 수 없이 여기까지 밀려왔다. 이 절벽만 넘으면 바로 반격하려 했었다. 완전한 판단 착오였으니 말이다.

그래서 그의 마음속엔 호월에 대한 미안한 감정이 자리잡고 있었다. 아니, 열불이 터지고 있었다. 아무래도 평생의 짐이 될 것만 같았던 것이다.

그러나 이젠 그럴 필요가 없었다. 호월은 건재한 모습으로 이곳에 나타났고 숨 쉴 틈을 만들어주고 있었다. 지강안은 가슴속에 치밀어 오르는 호기를 느끼며 온 내력을 끌어올렸다.

우우웅!

상대를 향해 모로 선 후 양팔을 벌렸다. 얼마 전에 호월에게 선보였던 용섬권의 기수식이었다.

"차아앗! 합!"

파아아앙!

강한 내력의 울림이 터지고 그의 오른손이 앞으로 길게 나가자 거대한 권력이 쏟아져 나왔다. 내력은 둥근 공이 되어 내리는 빗방울을 세차게 튕겨내며 흑의인들 사이로 지나갔다.

"합! 파(破)!"

쩌어어엉!

"커어어억!"

"으아아악!"

대여섯 명의 흑의인들이 모두 허공으로 퉁겨지며 절벽 밑을 향해 추락하자 지강안은 재빨리 뒤로 돌아 쓰러져 있는 상화를 안았다. 그리고는 고개를 들어 위를 확인했다.

꽤나 위쪽에서 끊어진 줄 때문인지 아직 제대로 내려오질 못하고 있는 것이 보이자 지강안은 있는 힘껏 소리쳤다.

"취소걸! 지금이다! 얼른 달려와!"

타타탓!

순식간에 청화의 신형을 안고 지강안이 움직이자 바로 취소걸도 홍화를 안고 뛰었다. 그렇게 결국 포위망을 뚫고 일행은 합류하고 있었다.

카칵, 콰악!

마지막으로 날아오는 비도를 휘감으며 사봉희는 거친 숨을 토해냈다. 벌써 몇십 개의 비도를 쳐냈는지 몰랐는데 이젠 한계에 다다르고 있었다.

성질 같아서는 바로 앞으로 달려나가 승부를 내고 싶었지만 이두경은 바보가 아니었다. 그런 기미만 보이면 바로 뒤로 빠지고 있었다. 따라가면 저 뒤쪽의 흑의인들까지 합세해 바로 위험에 빠질 터였다.

그러니 방법은 오로지 이렇게 막는 길밖엔 없었고 사봉희는 이에 충실하게 채찍을 옆으로 힘껏 잡아챘다. 그러다 그녀의 눈이 커졌다.

피이잉!

분명히 잡아챘는데 그 자리에 뭔가 있었다. 아니, 금속은 아니었고, 무슨 내력 같은 것인데 사봉희는 모골이 송연해졌다. 암기의 바로 뒤에 내력으로 또 하나의 검을 만들어 보낸 것이다.

실상 검의 형상은 아니고 그저 지법 종류 같은데 도저히 채찍으로 막을 수가 없었다. 무의식 중에 몸을 숙여 피하려다 그녀의 신형이 굳어졌다.

홍화가 뒤에 있었다. 아직 뒤쪽의 흑의인들을 상대하고 있을 테니 만일 자신이 피한다면 직격으로 맞게 될 터였다. 그렇다면 그녀의 목숨은 불 보듯 뻔했다. 지금도 느껴지는 것이 그다지 대단한 힘은 아니니 말이다. 한데…….

“……!”

팔이 보였다. 반쯤 걷어붙인 팔에는 이곳저곳 긁힌 상처가 잔뜩 나 있었지만 자신의 팔보다도 하얀 색의 팔이었다. 팔목에 자색의 수갑을 찬 그 손바닥은 쫙 펴져 있었다.

그녀의 바로 뒤에서 오른 어깨 위로 올라온 팔은 옅은 아지랑이를 뿜어내고 있었다. 문득 그 팔이 오른쪽으로 움직였다. 그러자 이두경의 내력이 같이 움직였다.

파가각!

단단한 절벽을 파 들어가며 이두경의 내력이 사라지자 그녀의 눈에 놀란 이두경의 얼굴이 들어왔다. 하나 그녀의 관심은 그자에게서 이미 멀어진 상태였다. 그녀는 왼발을 살짝 뒤로 움직였다.

턱.

누군가의 가슴이 등에 닿았다. 머리가 가슴 끝에 닿을 만큼 키도 컸고, 양 어깨에서 느껴지는 두툼한 가슴의 감촉이 느껴졌다. 조금 전에도 느껴보았던 그 감촉… 이었다.

“호월…….”

문득 그녀의 입에서 작은 소리가 나며 입가에 미소가 떠올랐다. 그녀의 귓가로 작은 목소리가 들려왔다.

“물러서.”

“…….”

억센 왼팔로 자신의 몸을 감싸고 몸 뒤로 돌리는 호월의 행동에 그녀는 순순히 따랐다. 어느새 그녀의 앞에는 거대한 그림자 하나가 서 있었다. 세상 어디서도 볼 수 없는 거대한 그림자가.

스슥. 파아앙!

슬쩍 몸을 움직이는 듯하더니 어느새 호월의 그림자가 사라졌다. 저 오 장여 너머의 이두경을 향해 그는 달려가고 있었다.

기회는 한 번뿐이었다. 온몸에 느껴지는 저릿함을 힘껏 떨군 채 호월은 내력을 일으켰다. 명치 끝의 뜨거움을 또 한 번 느끼며 양팔을 들어 올렸다.

파파파파파!

비도가 날아왔다. 한 번 당한 것이 공포로 남은 듯 얼굴색을 하얗게 물들이며 양손을 떨구는 이두경의 손에서는 상당한 수의 비도가 날아왔다. 호월은 음유지력을 앞쪽에 집중시키며 손을 좌우로 밀었다.

시시시시싱!

절벽의 아래로 비도가 모두 사라지자 이두경의 얼굴이 파랗게 변했다. 호월은 이두경의 뒤쪽에 초점을 맞추었다. 그와 함께 오른팔을 길게 뻗으며 음유내력을 발출했다.

스슥. 사사사사—

이두경의 눈이 커졌다. 호월은 절벽의 옆을 밟으며 달리고 있었다. 그저 몸이 흐르는 대로 움직이면서 발만 움직이고 있었다. 이두경의 고개는 전혀 호월의 신형을 보지 못한 듯 그가 사라진 절벽가의 길만 바라보고 있었다.

슥.

주먹을 들었다. 왼 주먹을 말아 쥐며 날아가는 힘 모두를 실어 한 번에 날리려 한 것이었고, 이윽고 호월의 주먹이 앞으로 길게 뻗었다.

쩌어엉!

"크어억!"

오른쪽 어깨에 강렬한 고통을 느끼며 이두경이 뒤로 튕겨졌다. 호월은 어느새 그의 뒤편으로 내려서며 이두경의 모습을 발치에 두고 있었다.

“…….”

지강안은 입을 딱 벌렸다. 사봉희를 젖히고 앞으로 나온 그의 눈에 비친 호월은 사람이 아니었다. 한줄기 실이 되어 그는 사라졌다. 그리고는 튕겨져 가는 이두경의 발치에 모습을 드러냈다.

꿈, 꿈이라면 설명이 가능했다. 그냥 생각했던 것이 꿈에 나왔다면 그런가 보다 했겠지만 이건 꿈이 아니었다. 도저히 믿을 수가 없는 것이다.

저 정도의 움직임이라면… 내력이고 뭐고 간에 상대할 사람이 별로 없었다. 솔직히 자신의 사부이자 신걸로 추앙받는 표우등도 저런 움직임은 보이지 못하고 있던 것이다.

“조심해, 호월!”

갑작스럽게 중심을 잃고 휘청거리는 호월을 보며 지강안은 외쳤다. 그러다 휘청거리는 그의 등을 바라본 지강안의 눈이 굳어졌다.

“선편!”

그의 허리춤에 박힌 작은 암기. 더 볼 것도 없이 지강안은 달렸다. 호월은 당장이라도 천 길 벼랑으로 떨어지려 하고 있었다.

뻣뻣한 몸을 최대한 추스르려 했지만 더 이상 몸이 말을 듣지 않았다. 왠지 납덩이처럼 무거워지는 몸을 느끼며 호월은 뒷걸음질쳤다. 아니, 뒷걸음이라고 생각했는데 제자리에서 빙글빙글 돌며 어느새 낭떠러지를 눈앞에 두고 있었다.

콰각!

무의식적으로 오른손을 뒤로 뻗어 절벽을 잡으려 했지만 비가 와 미끄러운 흙 한 줌만 힘껏 잡아낸 꼴이었다. 호월은 서서히 기울어지는 자신을 느꼈다.

투투투툭.

발 아래 흙들이 떨어지며 완전히 기울어지는 그의 눈에 사람들의 모습이 보였다. 지강안이 뭐라고 소리치며 달려오고 있었고, 그 뒤에 채찍을 날리며 소리치는 사봉희가 보였다. 한데 뭐라고 이야기하는지는 들리지 않았다.

휘이이잉!

쓰러지는 고목처럼 호월은 넘어갔다. 머리 속에서는… 아무 생각도 나질 않았다.

"안 돼!"

파아앙!

있는 힘껏 도약하며 지강안은 손을 날렸지만 호월은 너무 멀리 있었다. 서너 발자국은 족히 부족했고, 호월은 벼랑 아래 반쯤 신형을 기울인 상태였다.

오만 가지 보법과 신법을 알고 있는 지강안이지만 이 순간은 아무것도 생각나지 않았다. 그저 이를 악물며 최선을 다할 뿐이었는데 그때였다.

쉬이이이이!

"……!"

뒤에서 뻗어 나오는 기다란 물체를 보며 한 가닥 희망을 걸었다. 사봉희의 채찍이었다. 이 정도 거리에서 잘만 하면 어떻게 될 것도 같았던 것이다.

"제발!"

길게 뻗어나가는 채찍의 끝을 보며 지강안은 타는 가슴을 진정시켰다. 채찍은 영활한 뱀처럼 뻗어나가며 호월의 허리를 향해 날아가고 있었다. 그런데…….

짜작!

"……."

지강안의 눈이 절망으로 물들었다. 일 척. 호월의 몸에서 일 척의 거리를 남겨두고 채찍은 쫙 펴져 있었다. 길이가… 모자랐다.

"호월!"

그의 뒤에서 사봉희의 비명 소리가 들려왔고, 지강안은… 두 주먹을 쥐고 눈을 질끈 감았다. 호월의 신형은 완전히 절벽 아래로 떨어져 내리고 있었던 것이다.

"……!"

취소걸은 울상을 만들며 그 자리에서 신형을 굳혔다. 비단 도움을 받아서 그런 것이 아니라 사람을 구할 수 없다는 죄책감에 멈춘 것이었다.

지금까지 강호를 돌아다녔지만 이 호월 같은 사람은 본 적이 없었다. 차가울 것 같으면서도 따뜻하고, 따뜻할 것 같으면서도 냉혹한, 종잡을 수 없는 성격을 지닌 그였지만 소걸은 볼 때마다 그가 좋았다.

비록 같이한 시간은 얼마 안 되었어도 정말 큰형 같았다. 언제나 자신의 머리 위에 큰 우산을 씌워줄 것만 같은 그런 사람 말이다.

"호월… 형님!"

얼굴을 타고 내리던 빗물과 함께 흐르는 눈물과 함께 소걸은 호월의 모습을 바라보았다. 호월은 완전히 신형을 뒤로 젖힌 채 발까지 시야에서 사라지고 있었다. 한데…….

"……."

갑자기 그가 떨어진 벼랑 아래로 하얀 그림자가 언뜻 보인 듯했다. 슬픔에 헛것이 보였나 했는데 바로 그때였다.

수웅! 터덩!

"호, 호월 형님!"

호월이었다. 죽은 듯이 누워 있는 호월이 벼랑 아래에서 위로 붕 떠오르며 길 위에 올라선 것인데 정말 귀신이 곡할 노릇이었다. 이건 또 무슨 무공이란 말인가?

터턱!

"엉?"

그러고 나서 호월이 떨어진 벼랑에 사람의 손가락이 보였다. 꽤나 작은 손가락이었고, 이어 꿈틀꿈틀거리더니 누군가의 팔꿈치가 보였다. 버둥거리며 올라오는 것 같았는데 드디어 그의 얼굴이 보였다.

"아이고, 죽겠다. 야, 이 무심한 제자 놈아! 이 사부를 죽일 생각이야! 얼렁 안 와!"

"사부님!"

취소걸은 펄쩍 뛰며 달려가기 시작했다. 조그마한 얼굴에 쭈그렁한 피부가 보였고, 세 가닥 염소수염이 보였다. 틀림없는 자신의 사부 환우 장로였다.

"호월!"

얼굴 가득 눈물을 흘리며 사봉희는 호월을 흔들어 깨웠지만 호월은 요지부동이었다. 지강안은 그의 맥이라도 짚을 생각으로 달려갔는데 문득 귓가에 사이한 목소리가 들려왔다.

"컥, 이… 주, 죽일 놈들이!"

"……!"

고개를 돌리던 지강안의 눈이 커졌다. 이두경이 다시 일어서고 있었다. 덜렁거리는 오른손을 성한 왼손으로 붙잡고 있었는데 그는 왼손을 움직여 다시 비도를 꺼내는 것을 보니 아직도 승기가 자신에게 있다고 믿는 듯싶었다.

"다… 죽인다!"

한껏 소리를 내면서 이두경은 손을 들었다. 이후 던지려던 그는 이상한 기분이 들어 손을 멈추었다. 지강안이 웃고 있는 것이다.

미치지 않고는 저럴 수가 없다고 생각하며 이두경은 다시 힘을 끌어올렸다. 그런데…….

"이두경이란 놈이 이렇게 시끄러운 놈이었다니."

"……!"

뒤에서 들리는 소리에 이두경은 몸을 떨었다. 아니, 소리도 소리지만 언제인지 몰라도 자신의 오른쪽 목을 누군가 잡고 있었다.

"넌 좀 있다 손봐줄 테니 입 닥치고 있거라!"

퍼어억!

"끄아악!"

강하게 밀어붙이는 힘에 이두경은 절벽에 자국을 남기며 서서히 미끄러지고 있었다. 이미 그는 의식의 끈을 놓아둔 채였다.

지강안은 무릎을 꿇었다. 눈앞에 새로이 나타난 장년인은 뒤에 개방 사람들을 상당수 데리고 왔는데 강직하게 다문 입술을 지닌 그를 향해 지강안의 입이 열렸다.

"제자 지강안, 사부님을 뵙니다."

고개를 끄덕이며 호월을 향해 다가오는 건장한 장년인은 백만 개방의 방주 신걸 표우등이었다.

〈1권 끝〉